Frauke Buchholz • Blutrodeo

Frauke Buchholz

BLUTRODEO

PENDRAGON

Für Helen und Fritz

Der Mensch ist im Grunde ein wildes, entsetzliches Thier
Arthur Schopenhauer

Prolog

8. Juli 2022
Rockyview General Hospital, Calgary

Draußen im Park sang eine Amsel. Durch das offene Fenster strömte die weiche Sommerluft herein und vermischte sich mit dem Krankengeruch, der über dem Raum lag wie eine nasse Hundedecke. Die Abendsonne tauchte das Zimmer in ein goldenes Licht, in dem Myriaden winziger Staubpartikel tanzten, sodass sich Monitore, Schläuche und Kabel in einem unwirklichen Flimmern und Flirren aufzulösen schienen.

Gerry schloss die Augen. Seine Hand mit den hervortretenden blauen Adern strich unruhig über die Bettdecke. So still. Nur die Amsel und das leise Blubbern der Apparate. Sein rasselnder Atem. Es würde jetzt nicht mehr lange dauern. Er verspürte keine Schmerzen, doch die tirilierenden Laute zerrissen ihm das Herz. Auch damals hatte die Amsel gesungen. Das Goldgelb der Ähren, die im Sommerwind wogten. Das weite Land. Die endlosen Weizenfelder Albertas. Er hörte Schritte auf dem Gang, das Öffnen der Tür. Schwester Ruby, die seit 23 Tagen sein langsames Sterben überwachte. Die mit starrem Blick den Rhythmus seines Herzens von den gezackten Kurven des Bildschirms ablas, ein Fieberthermometer in sein Rektum steckte, ohne mit der Wimper zu zucken, ihn an Schläuche und Tröpfe anschloss, Brei in seinen Mund presste, seine stinkenden Windeln wechselte. Schwester Ruby, die seinen abgemagerten, faltigen Körper besser kannte als irgendeine Frau ihn jemals gekannt hatte, die ihm jetzt ohne Zärtlichkeit oder Zimperlichkeit Oberkörper und Hintern wusch, dabei in einer Tour auf ihn einschwatzend, als sei er ein kleiner dummer Junge, der sich eingekotet hatte. Der zahnlose Mund in dem eingefallenen Gesicht verzog sich zu einer Grimasse. In dem Wasserglas auf dem Nachttisch schwamm sein Gebiss und grinste ihn an. Wie er es hasste, ihr so hilflos ausgeliefert zu sein! Damals hatte er sich eingekotet. Die Scheiße war aus ihm herausgeflossen wie dunkle Soße, und er hatte geglaubt, dass er sterben würde. Das Trommelfeuer der Mörser. Die blattlosen Wälder. Lange her. Eine Ewigkeit. Fast schon nicht mehr wahr. Gab es das? Dass etwas nicht mehr wahr war, nur weil es in der Zeit vergraben lag? Er wünschte, die Amsel würde endlich verstummen. Es gab Dinge, die man besser vergaß. Ein Gesicht wie eine Madonna. Ihre Haut so weich. Dunkle Locken. Wenn er nicht … Reiß dich zusammen, Gerry. Wenn er sich bewegen könnte, würde er der Amsel den Hals umdrehen. Doch er konnte sich nicht bewegen. Schlaganfall. Dann noch die Lungenentzündung. Er war fast 78 Jahre alt. Tödliche Komplikationen. Er konnte nicht mehr sprechen, seine Zunge war ein dicker roter Klumpen in seinem Mund und gehorchte ihm nicht. *Sein Kopf war benebelt, zu viel Whiskey, er dachte, er müsste kotzen. Sein Rücken schmerzte schon vom Zugucken, die Gäule hatten gebockt wie wilde Teufel, Appalousa-Hengste, Bronc ohne Sattel, die meisten lagen nach fünf Sekunden am Boden. Calgary Stampede. Wolf war Zweiter beim Bullenreiten ge-*

worden. Halt bloß die Schnauze, Gerry. Wenn du das Maul aufreißt, bist du tot. Der Gedanke an Wolf verursachte ihm Übelkeit. Schwester Ruby trocknete seinen Hintern mit einem Handtuch ab, befestigte eine frische Molicare und zog ein Nachthemd über seinen Körper. Er hielt die Augen geschlossen. Ihr Blick, so hart und tief wie die Zeit. Damals war er in einen Abgrund gefallen. Schwester Ruby schloss das Fenster und zog die Vorhänge vor. „Gute Nacht, Gerry. Schlafen Sie gut." Das Klappern ihrer Sandalen, das leise Schließen der Tür. Das vertraute Summen und Gurgeln der Maschinen, die seinen Körper am Leben hielten. Gerry starrte auf die weiße Wand. Das Licht schwand allmählich, und es schien ihm, als kröchen aus den Ecken des Zimmers Schatten hervor, die langsam näher kamen und ihn umzingelten. Sein Atmen wurde heftig, und er versuchte vergeblich, mit den Armen zu rudern, um sie abzuwehren. Die Amsel war nicht mehr zu hören. Die Schatten flüsterten, zischelnde, boshafte Laute, eine Kakofonie des Grauens. Schattenfinger zupften an seiner Bettdecke, glitten unter sein Nachthemd, strichen hungrig über seinen Körper, befingerten seine schlaffen Geschlechtsteile. Er wollte schreien, doch die Stimme blieb ihm im Hals stecken. Sein Atem ging jetzt so hart und schwer wie ein Presslufthammer. Er hörte, wie die Türklinke leise hinuntergedrückt wurde. Schwester Ruby. Dem Himmel sei Dank. Jemand trat an sein Bett, und er riss vor Entsetzen die Augen weit auf. Das letzte, was Gerald Steiner spürte, war der kalte Stahl eines Messers, das seine Kehle zu liebkosen schien, bevor es einen glatten Schnitt tat.

Ted Garner

12. Juli 2022
Transcanada Highway

Der silberfarbene BMW schnurrte wie eine gesättigte Raubkatze, während Ted Garner das Gaspedal bis zum Anschlag durchdrückte und den Highway 1 Richtung Westen entlangraste. Rechts und links schossen Weizenfelder vorbei, so als durchpflüge er ein sanft dahinwogendes goldgelbes Meer. Falls er geblitzt würde, wäre er seinen Führerschein für lange Zeit los, doch das Gefühl grenzenloser Freiheit, das ihn durchflutete, war es wert. Die Strecke von Regina nach Calgary betrug 760 Kilometer. Als er sich nach dem Frühstück von Pat und den Jungs verabschiedet hatte, zeigte das Navigationsgerät an, dass er knapp acht Stunden brauchen würde, aber Garner hatte beschlossen, dass sechs Stunden reichten. Der Horizont war endlos. Weiße Wolken hingen wie Wattebäusche an einem tiefblauen Sommerhimmel. Saskatchewan. *Land of Living Skies*. Garner liebte die Weite der Prärielandschaft. In Moose Jaw und Swift Current drosselte er ein wenig die Geschwindigkeit. Danach wieder freie Fahrt. Kaum noch eine Ortschaft bis Medicine Hat. Ab und an ein Farmgebäude. Rote Kornspeicher, die wie Leuchttürme aus dem Gelb der Felder ragten. Windschiefe Weidezäune. Menschenleer. Er überquerte die Grenze zur Nachbarprovinz Alberta, ohne dass sich die Landschaft änderte. *Wild Rose Country*. Während Garner Stunde um Stunde durch die

Rolling Prairie fuhr, stiegen Bilder in ihm hoch, ohne dass er sich dagegen wehren konnte. Ein totes Indianermädchen, eine Strip Bar, eine Insel im St. Lawrence. Eine Frau, die nicht seine Ehefrau war. Der Montreal-Fall hätte ihn beinahe das Leben gekostet. Mehr als ein halbes Jahr war vergangen. Seine Schussverletzung war ohne Probleme verheilt. Er hatte nie mehr etwas von der Sûreté Montreal gehört, weder von Morel noch von LeRoux oder Maskisin. Der Indianer war entkommen, und Garner hoffte inständig, dass er nie mehr auftauchen würde. Wenn Maskisin jemals die Wahrheit ausspucken würde, wäre Garner geliefert. Pat hatte vorgeschlagen, dass er die Arbeit als Profiler an den Nagel hängen und eine eigene psychotherapeutische Praxis eröffnen solle, doch er brauchte das Adrenalin der Jagd wie eine Droge.

Der Verkehr nahm allmählich zu. Vor ihm lieferten sich zwei Wohnmobile ein Kopf- an Kopfrennen. Garner fuhr dicht auf und betätigte die Lichthupe. Es dauerte eine gefühlte Ewigkeit, bis das Überholmanöver vorbei war und das Wohnmobil wieder auf die rechte Spur wechselte. Garner fluchte. Touristen auf dem Weg in die Rocky Mountains. Oder zur Calgary Stampede. In Calgary war mit Sicherheit die Hölle los. Jedes Jahr im Juli stand die Stadt für zehn Tage Kopf. Das größte Rodeo der Welt. Bereits seit 1886 fand alljährlich eine Landwirtschaftsausstellung statt, 1912 folgte dann das erste Rodeo. Mittlerweile lockte die Stampede rund 1,5 Millionen Besucher an.

Der Mord kam zur Unzeit. Der Calgary Police Service war bis zum Stehkragen belastet, um für die Sicherheit der

Touristen zu sorgen. Alle Hotels in Calgary und Umgebung waren ausgebucht. Mindestens bis zum 17. Juli. Der Commissioner hatte ihm angeboten, bei ihm zu Hause zu wohnen, doch Garner hatte dankend abgelehnt. Er hasste es, fremde Menschen im Pyjama mit verklebten Augen auf dem Weg ins Bad zu treffen. Er würde die erste Nacht in Canmore verbringen. Nach seiner Militärkarriere hatte sich sein alter Herr in den Foothills der Rocky Mountains niedergelassen. Canmore lag nur eine knappe Stunde westlich von Calgary. Der Colonel lebte alleine in einem alten Ranchhaus. Ein alter Grizzly in seiner Winterhöhle, den man besser nicht aufstöberte. Eine Nacht, dann würde er weitersehen.

Die Benzinanzeige blinkte, und Garner nahm die nächste Ausfahrt. Es war 12:50 Uhr. Er hatte seinen Zeitplan locker eingehalten. Noch knapp 70 Kilometer bis Calgary. Während er an einer Esso-Tankstelle auf der Mainstreet eines gottverlassenen Kaffs den Tank auffüllte, beschloss er, eine kurze Pause einzulegen. Er könnte einen Kaffee gebrauchen. Außer einem alten Holzschuppen mit der verwitterten Aufschrift *Rosi's Café* schien es keine weiteren Lokale zu geben. Auf dem Schotterparkplatz standen zwei Harley Davidsons mit Alberta-Nummernschildern und einem Fan-Aufkleber der *Edmonton Oilers.* Seit seiner Zeit im Internat hasste Garner Eishockey. Es war ein Spiel für Roughnecks, und Garner war noch nie ein Teamplayer gewesen. Er zog das Jackett seines grauen Anzugs über und betrat einen schäbigen Raum, in dem ein schaler Geruch nach Frittierfett und Putzmittel stand. Drei alte Farmer mit runzligen Gesichtern unter breitkrempigen Cowboy-Hüten stierten ihn an. Garner grüßte knapp und setzte sich an einen freien Tisch in der Nähe der Theke. Zwei muskelbepackte Typen in Motorradkluft lehnten am Tresen und tranken ein Bier. Ansonsten war das Lokal leer. Die Augen des einen klebten am Ausschnitt der Kellnerin, die mit einem Wischlappen über die Oberfläche der Theke fuhr und dann zu Garners Tisch kam. Sie war klein und zierlich, trug hautenge Jeans und Cowboystiefel und sah aus wie 16. Garner bestellte einen Kaffee und einen Donut. Sie ging zurück zur Theke, doch bevor sie die Kaffeemaschine erreichte, packte sie einer der Biker am Arm und sagte: „Bring uns erst noch zwei Bier, Honey.“ Dabei blickte er in Garners Richtung und rülpste laut. Sie versuchte, sich loszumachen, doch der Mann legte den Arm um ihre Taille und sagte: „Verrätst du mir deinen Namen, Sweetheart?“ „Sandra“, hauchte sie. „Sandra“, sagte der Typ und verzog die Lippen zu einem Grinsen. „Magst du eine Spritztour mit mir machen, Sandra? Ich reite gern heiße Öfen.“ Der andere lachte dreckig.

Das Mädchen wurde knallrot. Die Farmer grienten.

„Lass sie los“, sagte Garner. „Meinen Kaffee, bitte. Ich hab's eilig.“

Der Mann zog das Mädchen enger zu sich heran und pflanzte sich vor ihm auf.

„Halt's Maul, Wichser“, sagte er. Seine Hände glitten höher und streiften Sandras Brüste. Das Mädchen erstarrte.

„Lass sie los“, sagte Garner noch einmal. Seine Stimme blieb ungerührt.

„Misch dich nicht ein, Wichser." Der andere trat drohend einen Schritt auf ihn zu.

Garner zögerte einen winzigen Moment. Er würde sich nur ungern das weiße Hemd und den Anzug versauen. Sie waren zu zweit, und man musste nicht Psychologie studiert haben, um zu wissen, dass die beiden Ärger suchten. Garner griff langsam in die Innentasche seines Jacketts.

„Hands up", zischte er und richtete die Walther Q5 auf die Brust des Mannes vor ihm.

Es dauerte eine Sekunde, bis der Biker begriff, dann ließ er Sandra los und hob langsam die Hände. Das Mädchen verschwand blitzschnell hinter dem Tresen. Die Farmer glotzten mit offenen Mäulern.

„Zahlen und Leine ziehen", sagte Garner.

Der andere zückte vorsichtig seine Brieftasche und knallte ein paar Dollarscheine auf den Tresen.

„Du hast das Trinkgeld vergessen", sagte Garner.

„Fuck you", knurrte der Mann. Er warf ein paar Münzen auf den Tisch, dann stürmten die beiden wutschnaubend hinaus. Garner stellte sich mit gezogener Waffe in den Eingang. Wenn sie auch nur in die Nähe seines BMWs kämen, würde er sie abknallen. Er sah zu, wie sie zögernd ihre Helme aufsetzten und auf ihre Harleys stiegen. Sie ließen den Motor aufheulen und fuhren im Schritttempo auf die Straße. Der eine drehte sich um und zeigte ihm den Mittelfinger. Garner fühlte sich wie Sheriff Cooper in dem Western *High Noon*.

Er wartete, bis sie davongebraust waren, dann ging er zurück ins Lokal und setzte sich wieder an seinen Tisch.

Sandra brachte endlich den Kaffee und den Donut. Ihre Hände zitterten, als sie die Tasse vor ihn hinstellte. Die Farmer glotzten noch immer. Er schlang den Donut in sich hinein und trank hastig den Kaffee aus. Willkommen im Wilden Westen, dachte Garner. Er hasste Cowboys.

Samantha Stern

12. Juli 2022
Calgary Police Department

Bestimmt hatte sie sich getäuscht. Sie musste sich getäuscht haben. War der Strich wirklich blassrosa gewesen oder war es das fahle Licht in der Toilette?

Es war 15:10 Uhr, und Samantha Stern schaute ungeduldig aus dem Fenster ihres Büros. Wenn dieser Garner nicht bald käme, hätte er Pech gehabt. Ihr war schon seit dem Morgen übel, und sie würde ausnahmsweise pünktlich Feierabend machen. Schließlich hatte sie bereits das ganze Wochenende durchgearbeitet. Wahrscheinlich hatte sie etwas Falsches gegessen. Oder sich eine Sommergrippe eingefangen. Ein silberfarbener BMW preschte auf den Parkplatz und bremste mit quietschenden Reifen. Die Autotür ging auf, und ein Mann um die vierzig in grauem Anzug stieg aus. Nach allem, was Samantha über Garner gehört hatte, war er ein arrogantes Arschloch. Wenn es nach ihr gegangen wäre, hätte er bleiben können, wo der Pfeffer wächst. Bisher hatte sie noch alle ihre Fälle alleine lösen können, und sie war sicher, dass sie auch dieses Mal keine Hilfe brauchte. Mit 32 Jahren war sie jüngster Chief Superintendent der Royal Canadian Police Albertas. Aber der Commissioner hatte darauf bestanden, einen Profiler heranzuziehen. Samantha schnaubte. Diese Psycho-Heinis hatten ja keine Ahnung davon, was wirklich abging! Realitätsfremde Spinner, die in abgehobenen Diagnosen schwelgten, während die Polizisten die Drecksarbeit machten. Es klopfte, und Samantha setzte ihr Haifischlächeln auf. Ihre wahren Gefühle gingen niemanden etwas an. Eines ihrer Grundprinzipien.

„Ja, bitte." Samantha versuchte, ein wenig Wärme in ihre Stimme zu legen. Die Tür ging auf, und der Mann im grauen Anzug stand vor ihr. Er war mittelgroß und drahtig, hatte ein hageres Gesicht und schütteres blondes Haar. Er lächelte nicht. Er stand da wie ein Stockfisch und schwieg. Seine Augen waren von einem merkwürdig changierenden Graugrün und Samantha beschlich ein ungutes Gefühl.

„Mr. Garner, nehme ich an."

Knappes Nicken. Der Mann blickte wie eine Sphinx. Samantha hasste Psychologen.

„Samantha Stern. Meine Freunde nennen mich Sam." Samantha dachte, dass sie eine Spur zu jovial wirkte. Sie ließ ihr Lächeln ein wenig verblassen.

„Ich habe keine Freunde. Doch Sie können mich Ted nennen, Sam." Er betonte das ‚Sam' und verzog den Mund zu einem Grinsen.

Sie hatte richtig gehört. Dieser Garner *war* ein arrogantes Arschloch.

Sam beschloss, die Nettigkeiten ad acta zu legen und den Profi raushängen zu lassen.

„Ich habe Ihnen die Unterlagen zu den beiden Fällen zusammengestellt, Ted." Sie betonte ebenfalls das ‚Ted' und machte ein Pokerface. „Sie können sie gerne mitnehmen und erst einmal in Ruhe in Ihrem Hotelzimmer studieren. Sicherlich sind Sie müde von der langen Fahrt. Der

Commissioner lässt sich für heute entschuldigen. Calgary Stampede, Sie wissen ja."

Hauptsache, sie war diesen Garner erst einmal wieder los.

„Ich bin nicht müde, Sam."

Wieder diese dämliche Betonung. Sie hätte sich mit Superintendent Stern ansprechen lassen sollen.

„Vielleicht können Sie mich kurz über die beiden Fälle informieren. Ihre persönliche Einschätzung ist mir wichtig."

Er lächelte, doch sie war sich nicht sicher, ob das ironisch gemeint war.

„Okay", sagte sie. „Setzen Sie sich. Ich werde meine Sekretärin bitten, uns einen Kaffee zu bringen."

Während sie Tina anrief, meinte sie, einen Funken von Anerkennung in den grauen Augen blitzen zu sehen, doch vielleicht hatte sie sich auch getäuscht. Immerhin hatte sie eine Sekretärin, auch wenn Tina für die ganze Abteilung zuständig war. Wollte sie Garner etwa beeindrucken?

Garner hatte sich nicht gesetzt, sondern betrachtete die Wand, an der die Fotos vom Tatort hingen. Ein alter Mann lag mit aufgeschlitzter Kehle in einem Krankenhausbett. Nachthemd und Bettwäsche waren rot von all dem Blut, auf dem Fußboden hatte sich eine Pfütze gebildet. Es sah aus wie bei einem Schlachtfest. Die Handgelenke des Mannes waren bandagiert und verkabelt, der Blick starr, die Nase stach spitz aus dem ausgemergelten Gesicht. Nahaufnahmen der klaffenden Schnittstelle. Garners kalte Augen lagen ungerührt auf den grausamen Bildern.

„Der Mann hieß Gerald Steiner“, sagte Sam. „Er war 77 Jahre alt. Er hatte vor einigen Wochen einen Schlaganfall erlitten, der seine linke Seite vollständig lähmte, und sich dann noch eine Lungenentzündung eingefangen. Der behandelnde Arzt sagte aus, dass er höchstwahrscheinlich eh bald gestorben wäre.“

Tina klopfte und stellte zwei Tassen auf den Tisch, während sie Garner in einer Tour anlächelte, als mache sie Werbung für Zahnpasta. Der Mann war in Polizeikreisen eine Berühmtheit. Sie war ein blonder Wonneproppen von Mitte zwanzig, der aus dem engen Sommerkleid zu platzen schien, doch Garner würdigte sie keines Blickes. Vielleicht war er immun gegen weibliche Reize. An seiner rechten Hand trug er einen Ehering.

„Wann war der genaue Todeszeitpunkt?“, fragte Garner.

„Das EKG-Gerät zeigt an, dass die Herzkurve um 19:14 Uhr zum Stillstand kam. Die diensthabende Krankenschwester, Ruby Davis, hat den Patienten bis etwa 19:00 Uhr versorgt. Danach endete ihre Schicht. Als sie ging, war alles okay, obwohl sie fürchtete, dass er die Nacht nicht überleben würde. Er war sehr schwach, und sein Herzrhythmus unregelmäßig.“

Der Mord war erst Freitagabend passiert. Und bereits drei Tage später war ein Profiler angefordert worden. Wahrscheinlich hatte der Leiter des *Rockyview Hospitals* ordentlich Druck gemacht. Wenn einem sterbenskranken Patienten die Kehle aufgeschlitzt wurde, war das keine gute Werbung für ein Krankenhaus. Und natürlich war die Ärzte-Lobby eine der mächtigsten.

Sam deutete auf die Akte. „Die Protokolle der Aussagen von Dr. Anderson und Ruby Davis habe ich Ihnen kopiert. Alle relevanten Informationen können Sie ganz in Ruhe studieren und morgen mit dem Commissioner besprechen."

Garner lächelte. „Danke", sagte er. „Wollen Sie mich loswerden?"

Sam fühlte sich durchschaut und errötete. Gleichzeitig ärgerte sie sich über sich selbst und beschloss, die Frage zu ignorieren.

„Als die Nachtschwester, eine gewisse Miranda Martinez, den ersten Kontrollgang machte, war es 19:17 Uhr. Der Monitor in Steiners Zimmer piepste, und als sie nachsehen wollte, war er bereits tot. Sie rief sofort Dr. Anderson, der dann die Polizei alarmierte. Die Kollegen waren um 20:03 Uhr vor Ort."

„Bleibt ein Zeitfenster von knapp 14 Minuten für den Mörder", sagte Garner. „Ist jemandem etwas Ungewöhnliches aufgefallen?"

„Nein", sagte Sam.

Garner schwieg.

„Gibt es Angehörige?"

Sam schüttelte den Kopf.

„Steiner lebte in einer Mietwohnung am Stadtrand von Calgary. Die Putzfrau hatte ihn wenige Stunden nach seinem Schlaganfall gefunden und den Krankenwagen gerufen. Anscheinend lebte er sehr zurückgezogen. Soweit wir wissen, hat ihn niemand im Hospital besucht."

Keine Reaktion.

„Natürlich stehen wir noch ganz am Anfang unserer Ermittlungen."

Sam fand selbst, dass das wie eine Entschuldigung klang.

Garner schwieg weiter und starrte die Wand an. Sein Schweigen ging Sam allmählich auf die Nerven.

„Und der erste Fall?", fragte er schließlich.

„Genau zwei Monate vorher, am 8. Mai, wurde ein anderer alter Mann hier in Calgary ermordet. Auch ihm wurde die Kehle aufgeschlitzt. Er litt an Lungenkrebs im Endstadium. Natürlich könnte es auch ein Zufall sein", fügte Sam hinzu.

„Es gibt keine Zufälle", sagte Garner. „Jede Begegnung ist eine Verabredung."

„Aha", sagte Sam. Was für ein Kauz! Diese war es mit Sicherheit nicht.

„Schopenhauer", sagte Garner. „*Die Welt als Wille und Vorstellung*. Ein Meisterwerk. Sehr empfehlenswert."

Angeber, dachte Sam. Sie hasste Menschen, die mit ihrem angelesenen Wissen prahlten. Wieder spürte sie eine Welle von Übelkeit aufsteigen. Sie war erst neun Tage überfällig. Er hatte ein Kondom benutzt. Auch wenn die Sache ziemlich außer Kontrolle geraten war, darauf hatte sie bestanden, hundertprozentig. Auch eines ihrer Grundprinzipien. Selbst mit ordentlich Whiskey und einer Line Koks im Blut. Oder etwa nicht? Die Wahrheit war, dass sie einen Filmriss hatte. Der Mord vor zwei Monaten hatte sich im *Rosebud Palliative Center* ereignet. Josh Armstrong war 79 Jahre alt, als er starb. Sam erinnerte sich an den Fall, als sei er gestern passiert. Sie hatte alles getan, um das grausame Verbrechen aufzuklären, doch es hatte sich keine heiße Spur ergeben. Noch nicht einmal eine lauwarme.

Garner stand weiterhin vor der Wand und nippte an seinem Kaffee.

„Wer schlitzt zwei todkranken alten Männern die Kehle auf?", fragte er.

„Ein Psychopath?", meinte Sam.

„Vielleicht", sagte Garner. „Vielleicht auch nicht. Wissen Sie, was ein Psychopath ist?"

Seine Überheblichkeit kotzte sie an. Es war eine schwere Form der antisozialen Persönlichkeitsstörung. Wahrscheinlich stand gerade einer vor ihr.

„Psychopathie ist keine wissenschaftliche Diagnose", sagte Garner. „Auf eine gewisse Art sind wir alle Psychopathen."

Bingo, dachte Sam.

„Es ist ein griechisches Wort. Übersetzt heißt es Seelenleiden." Er wandte sich ihr zu, und seine merkwürdigen Augen schienen sie zu durchbohren.

„Leidet Ihre Seele nicht auch, Sam?"

Der Gedanke an Gideon durchschoss Samantha wie ein Blitz, und sie hatte Angst, sich übergeben zu müssen. Die Bilder überfluteten sie, doch sie riss sich zusammen und lächelte.

„Nein", sagte sie. „Ihre?"

Garners Blick war stechend, doch Sam hielt ihm stand. Damals hatte sie eine psychologische Betreuung abgelehnt. Posttraumatische Belastungsstörung. Was für eine simple Diagnose. Sie hasste diese Seelenklempner.

„Die meisten Morde sind Beziehungstaten“, sagte Garner. „Das simple Prinzip von Ursache und Wirkung.“

Sam merkte, dass ihr allmählich der Geduldsfaden riss. Sie hatte weder Lust auf Psychospielchen noch auf eine Philosophiestunde.

„Wir sind allen möglichen Spuren nachgegangen. Akribisch. Angehörige, Bekannte, Pflegepersonal. Es gab weder ein Motiv noch einen Verdächtigen.“

Sam knipste wieder ihr Lächeln an.

„Wenn Sie meine Einschätzung wollen, Ted“ – Betonung auf Ted – „es war entweder ein Psychopath oder es ist Zufall. Doch Sie werden sicher bald ein Profil erstellen, Ted, das uns einen Riesenschritt voranbringt.“

Garner grinste. Sam hatte das ungute Gefühl, dass er durch sie hindurchsah wie durch Glas.

„Danke für die Blumen“, sagte er. „Wir sehen uns morgen.“

Er nahm die Akte und ging.

Arschloch, dachte Sam. Dennoch fühlte sie eine merkwürdige Erregung, so als hätte jemand sie zu einem Wettkampf oder einem Duell herausgefordert. Sie würde die Herausforderung annehmen, und Samantha Stern war keine gute Verliererin.

Ted Garner

12. Juli 2022
Bow Valley

Sie atmete etwas aus, das er nicht ausstehen konnte: übersteigertes weibliches Geltungsbewusstsein. Eine ganz bestimmte Art von zickiger Arroganz. Ein aufdringliches Emanzentum. Garner grinste. So etwas durfte man nicht einmal mehr denken, ohne in den Ruf des Sexisten zu geraten und gelyncht zu werden. Dabei sah sie gar nicht schlecht aus. Dunkle Locken, blaue Augen. Sexy Figur. Daran ließen die hautenge Jeans und das ärmellose T-Shirt keinen Zweifel. Der Name Stern klang jüdisch.

Es war kurz vor sechs, und er war hundemüde. Außerdem knurrte sein Magen. Er hatte über eine Stunde gebraucht, um aus Calgary herauszukommen. Der Verkehr war die Hölle gewesen, doch jetzt war er fast am Ziel. In der Ferne ragten die Gipfel der Rocky Mountains auf. Schneebedeckt, majestätisch. Noch immer wild, trotz der Horden von Touristen, die sich jeden Sommer durch den Jasper- und Banff-Nationalpark quälten. *Lake Louise, Spirit Island, Columbia Icefield, Banff Springs Hotel.* Zivilisierte Menschen aus aller Welt, die einmal im Leben ein wenig Wildnisluft schnuppern wollten, ohne auf ihren gewohnten Komfort zu verzichten. Zum Glück trauten sich die Wenigsten, von der einzigen Hauptstraße abzuweichen, und blieben brav auf den ausgewiesenen Campingplätzen, ohne sich auf Wanderungen ins Backcountry zu begeben, wo sie womöglich einem Elch in die Arme liefen oder von einem Grizzly zerfleischt würden.

Obwohl er die Protokolle, die Samantha Stern ihm mitgegeben hatte, noch nicht studiert hatte, war Garner überzeugt, dass es zwischen den beiden Fällen eine Verbindung gab. Beiden Männern war die Kehle aufgeschlitzt worden, beide waren alt und hilflos, und beide Morde waren an einem 8. passiert. Garner glaubte nicht an Zufälle. Nur – was war die Verbindung?

Das Haus seines Vaters lag knapp 20 Kilometer außerhalb von Canmore im *Bow Valley.* Ein breites Tal zu Füßen der Bergriesen, sattgrüne Fichtenwälder, durchbrochen von türkisen Flussläufen und glasklaren Seen mit Sedimenten aus Gletscherkies, die das Wasser in einem tiefen, kalten Blau erstrahlen ließen. *Call of the Wild.* Garner konnte verstehen, was seinen Vater hierhin gezogen hatte. Er hatte den Colonel seit über einem Jahr nicht gesehen. Dennoch blickte er dem Wiedersehen mit gemischten Gefühlen entgegen.

Eine ungeteerte Gravel Road führte von der Hauptstraße ab durch einen Mischwald aus Lärchen, Kiefern, Birken und Ebereschen. Steinchen prasselten gegen den Lack des BMWs, während Garner versuchte, den tiefen Schlaglöchern auszuweichen. Er konnte nicht schneller als Schritttempo fahren, wenn er sich nicht den Wagen ruinieren wollte. Garner fluchte. Es war eine Schnapsidee gewesen, bei seinem Vater zu übernachten. Das Ranchhaus lag abgelegen am Ufer eines mit Schwarzfichten gesäumten Sees. Es war aus massivem Holz gebaut mit einer überdachten Veranda, auf der ein einsamer Schaukelstuhl stand. Der Panoramablick auf die glitzernde Wasserfläche und die Gipfel der Rockies in der untergehenden Sonne war beinahe kitschig. An einem Holzsteg schaukelte ein Boot. Als er in die Einfahrt einbog, schlug ein Hund an. Der Hund hieß Rick und war ein hervorragend abgerichteter Deutscher Schäferhund, der genauso bissig war wie sein Herr. Garner hasste Schäferhunde.

Die Tür ging auf, und der Colonel trat auf die Veranda, den wütend kläffenden Rick am Halsband führend. Garner parkte den BMW, nahm seinen Samsonite-Koffer vom Rücksitz und stieg aus. Der Hund sträubte die Nackenhaare und fletschte die Zähne, doch der Colonel tätschelte ihm den Kopf und sagte: „Ruhig, Rick." Das Tier gehorchte aufs Wort. Obwohl er auf die achtzig zuging, war sein Vater noch immer in Form. Er trug Khakihosen und ein kurzärmeliges Hemd, unter dem die gut trainierten Oberarmmuskeln hervortraten. Sein schütteres graues Haar war kurz geschnitten, das Gesicht kantig und verwittert. Er hielt sich stockgerade.

„Hallo Dad", sagte Garner.

Der Colonel verzog die Lippen zu etwas, das Garner als ein Lächeln deutete.

„Hallo Ted", sagte er.

Sie schauten einander einen Moment in die Augen, doch es gab weder ein Händeschütteln noch eine Umarmung. Nicht einmal ein männliches Schulterklopfen.

„Komm rein. Wie lange bleibst du?" Noch immer diese schroffe Stimme.

„Eine Nacht", sagte Garner, während er seinem Vater ins Haus folgte.

Der Colonel brummte etwas. War er enttäuscht oder erleichtert? Obwohl Garner in seinem Psychologie-Studium etliche Kurse über Kommunikationsstrategien und das Lösen emotionaler Blockaden absolviert hatte, fühlte er sich seinem Vater gegenüber so hilflos wie eh und je. Er stellte seinen Koffer in der Diele ab und betrat das Wohnzimmer. Holzbalkendecke, rustikale Möbel, offener Kamin. An den Wänden Jagdtrophäen. Ein Leopardenfell, präparierte Antilopenköpfe, die ihn aus kalten Glasaugen anstarrten, ein Kaffernbüffel, sogar ein Nashorn. Seit seiner Pensionierung ging sein Vater jedes Jahr auf Großwildjagd in Botswana, Tansania oder Zimbabwe, angestachelt von dem Ehrgeiz, die ‚Big Five' zu erlegen. Der Colonel träumte von einem Löwen oder einem Elefanten.

„Magst du ein Bier?", fragte er.

„Später", sagte Garner. Außer dem Donut hatte er seit dem Frühstück nichts gegessen. Sein Magen hing auf den Knien, doch etwas hielt ihn davon ab, seinen Vater um etwas Essbares zu bitten.

„Willst du dich umziehen?" Der Blick des Colonels glitt missbilligend über den grauen Anzug und das weiße Hemd.

„Nein", sagte Garner. Er fühlte sich ausgesprochen wohl in seinem Anzug, und die einzige Freizeitkleidung in seinem Koffer war sein Pyjama.

„Hast du Hunger?", fragte der Colonel. „T-Bone-Steak?"

Garner nickte. Er hatte das Gefühl, dass die Fragen wie Gewehrsalven auf ihn einprasselten.

„Medium?“

„Well done.“ Garner ekelte sich vor halbrohem Fleisch. Schließlich war er kein Löwe. „Brauchst du Hilfe?“, fragte er, obwohl er die Antwort bereits kannte. Sein Vater war stolz auf seine Kochkünste, auch wenn sie sich auf das Braten von Steaks oder einen seiner selbst geangelten Hechte oder Forellen beschränkten.

Der Colonel grinste. „Viele Köche verderben die Köchin.“

Während sein Vater in der Küche verschwand, folgte Rick ihm schwanzwedelnd. Hoffentlich leckte er nicht die Steaks ab. Garner dachte, dass der Colonel seinen Hund mehr liebte als ihn. Er trat an den Kamin und betrachtete die Fotos, die auf dem Sims standen. Das Familienfoto von ihm, Pat und den Jungen, das sie dem Colonel zu Weihnachten geschenkt hatten. Es war Pats Idee gewesen. Daneben ein Foto von Ted in einer rot-blauen Militäruniform mit einem Barett auf dem Kopf. Es war das Schulabschlussfoto der *Robert Land Academy.* Er war 17 und blickte ernst und angestrengt in die Kamera. Das Hochzeitsfoto seiner Eltern. Beide strahlend, der Colonel in Uniform, seine Mutter in einem weißen Brautkleid mit Schleier. Niemand hatte geahnt, dass Elisabeth Garner ein Jahr später bereits begraben sein würde. Wie immer, wenn er das Foto sah, fühlte Garner einen Stich in der Brust. Seine Mutter war bei seiner Geburt gestorben. Fruchtwasserembolie. Feingesponnene Härchen, Flocken von Käseschmiere, Kindspech, die durch Wunden, die bei der Entbindung entstehen, in den Blutkreislauf der Mutter gelangen und tödliche Blutgerinnsel verursachen. Er hatte seine eigene Mutter vergiftet. Das irrationale Schuldgefühl verfolgte ihn sein ganzes Leben. Hatte er deshalb Psychologie studiert?

Aus der Küche klang das Klappern von Geschirr und Töpfen. Etwas zischte, Rick bellte, und der Colonel fluchte laut.

„Alles okay, Dad?"

„Yes Sir", brüllte der Colonel.

Er hätte nicht kommen sollen, dachte Garner. Die Erinnerungen an seine Kindheit überschwemmten ihn mit der Macht einer Flutwelle.

Der Colonel hatte nie mehr geheiratet, obwohl er erst 38 Jahre alt war, als seine Frau starb. An seiner rechten Hand trug er noch immer den Ehering. Sein Vater hatte für die Armee gelebt. Wechselnde Stützpunkte, erst Ontario, dann Alberta. Riskante NATO-Einsätze. SFOR Bosnien. Afghanistan. Operation *Enduring Freedom.* Die ersten Jahre hatte Ted meist bei einer älteren Schwester des Colonels, an die er sich nur vage erinnern konnte, verbracht. Danach das Chaos ständig wechselnder Grundschulen und Haushaltshilfen, bis ihn der Colonel mit neun Jahren in die *Robert Land Academy,* das renommierteste Jungeninternat des Militärs in Wellandport, Ontario gesteckt hatte.

Die Küchentür ging auf und ein Duft nach Gebratenem wehte heran. Der Colonel balancierte zwei Teller, die von riesigen Steaks bedeckt waren, und stellte sie auf den Holztisch. An seinem rechten Unterarm war eine Brandblase.

„Guten Appetit", sagte er. „Ketchup?"

„Hast du dich verletzt?", fragte Garner.

„Nur ein Spritzer Fett, nicht der Rede wert", sagte der Colonel. „Holst du uns ein Bier?"

Die Brandblase war so groß wie ein Tischtennisball.

„Hast du Schmerzen?", fragte Garner.

„Indianer kennen keinen Schmerz."

Garner hatte den Spruch zu oft in seiner Kindheit gehört und schwieg. Während er zwei Dosen Bier aus dem Kühlschrank holte, dachte er, dass die Wunde versorgt werden müsste, doch er wusste, dass es zwecklos war, seinen Vater zu einem Arztbesuch zu überreden.

Er tat etwas Ketchup auf den Rand seines Tellers und schnitt das Fleisch an. Es war blutig.

„Wie geht's den Jungs?"

„Gut", sagte Garner. „Ich soll Grüße ausrichten."

Während Garner mit den Schul- und Sportleistungen seiner Söhne prahlte, leuchtete das Gesicht des Colonels auf. Wenn es jemanden außer Rick gab, für den sein Herz höher schlug, dann waren es seine beiden Enkel. Garner spürte eine bohrende, kindische Eifersucht, während er an seinem Steak kaute. Im Militärinternat hatte er sich weder auf sportlicher noch auf intellektueller Ebene ausgezeichnet. Er war ein einsamer und verstockter Junge gewesen, ein Einzelgänger, der sich dem Lernen verweigerte, obwohl er dem Stoff mühelos hätte folgen können.

„Schmeckt's?", fragte der Colonel.

„Ja", log Garner. Die blutige Flüssigkeit, die sich auf seinem Teller ausbreitete, vermischt mit dem roten Ketchup, erinnerte ihn an die Fotos vom Tatort, und er verspürte eine leichte Übelkeit.

„Was macht die Kunst?“

Der Ärger schwappte hoch, ohne dass er sich dagegen wappnen konnte. Mit Kunst war natürlich sein Job gemeint. Wenigstens verkniff der Colonel sich das Wort ‚Seelenklempner‘. Garner hatte nicht nur seine Mutter umgebracht, sondern auch seinen Vater aufs Bitterste enttäuscht. Anstatt aufs *Royal Military College* in Kingston zu gehen und eine militärische Laufbahn anzustreben, hatte er zunächst sein Philosophiestudium abgebrochen, um dann Psychotherapeut zu werden. Dass er inzwischen einer der erfolgreichsten Profiler der Royal Canadian Police Kanadas geworden war, konnte den Colonel nur wenig mit der Berufswahl seines einzigen Sohnes versöhnen.

„Zwei alte Männer wurden in Calgary ermordet. Man hat ihnen die Kehle aufgeschlitzt.“

Der Colonel kaute und schluckte. Sein Adamsapfel hüpfte unruhig auf und ab. Er steckte Rick, der unter dem Tisch lag und seinen Herrn unterwürfig anblickte, einen Bissen Fleisch zu.

„Sie waren etwa in deinem Alter. Lagen beide schon im Sterben, der eine im Hospital, der andere im Hospiz. Vielleicht ist es ein Serienmörder.“

Garner wusste nicht, warum er das sagte, doch er fühlte eine seltsame Befriedigung.

„So“, sagte der Colonel. Sein Gesicht blieb unbewegt.

Sein Vater hatte sein ganzes Leben lang den Tod herausgefordert. Kannte er keine Angst oder hielt er sich selbst für unsterblich? Jeder fürchtete den eigenen Tod, dachte Garner. Wenn ihre Stunde schlug, klebten selbst die schlimmsten Misanthropen am Leben wie die Fliegen an der Leimrute.

„Es gibt jede Menge Scheißkerle da draußen“, sagte der Colonel. „Wenn der Kerl geschnappt wird, sollte man ihn an den Eiern aufhängen.“

Der Colonel war ein vehementer Verfechter der Todesstrafe. Er wählte seit Jahrzehnten die *Conservative Party of Canada,* auch wenn er die *Tories* noch für viel zu liberal hielt. Er stocherte in seinen Zähnen und warf den Knochen des *T-Bone Steaks* unter den Tisch. Garner hörte das Malmen von Ricks Kiefer. Hatte sein Vater auch Menschen getötet? Er hatte nie mit ihm über seine Einsätze gesprochen.

„Willst du ein Eis?“, fragte der Colonel.

Garner fühlte sich wie als kleiner Junge, wenn sein Vater ihn für ein Wochenende aus dem Internat abgeholt hatte. Was selten genug passiert war.

Garner nickte.

Der Colonel verschwand kurz in der Küche und kam mit zwei großen Bechern *Häagen-Dazs* zurück. *Chocolate Cream.* Garners Lieblingssorte. Wider Willen war er gerührt. Während sie das Eis schweigend in sich hineinlöffelten, dachte Garner, wie einsam das Leben seines Vaters war. Der nächste Nachbar wohnte mehr als 16 Kilometer entfernt. Er hatte weder eine Familie noch Freunde. Nur einen Sohn, der ihm fremd war. Und wie einsam Garners eigenes Leben war. Trotz Pat und der Jungs. Gab es Menschen, die für die Einsamkeit geboren waren? Und waren sich der Colonel und er ähnlicher, als er sich eingestand?

Rick bellte kurz und klopfte unruhig mit dem Schwanz auf den Boden.

„Der Hund will raus", sagte der Colonel. „Bist du fertig?"

Garner nickte. Sie brachten das schmutzige Geschirr in die Küche und räumten es in die Spülmaschine. Der Colonel hielt peinliche Ordnung. Er nahm zwei Gläser und eine Flasche Whiskey aus dem Schrank. Es war ein 30 Jahre alter *McGuinness Old Canada.*

„Genehmigen wir uns einen!" Es war keine Frage, sondern ein Befehl. Vielleicht war ja der Whiskey der beste Freund des Colonels. Garner nahm einen Stuhl und folgte seinem Vater auf die Veranda. Rick verschwand bellend im Gebüsch.

Der Colonel schenkte ein und ließ sich in den Schaukelstuhl fallen.

„*Cheers*", sagte er.

„*Cheers*", sagte Garner.

Sie saßen schweigend nebeneinander und nippten an ihrem Drink, während allmählich die Dämmerung he reinbrach. Vom See wehte eine leichte Brise, und er hörte das klagende Rufen eines Seetauchers. In dem Lichtkegel der Außenlampe tanzte ein Mückenschwarm. Eine riesige Motte taumelte wieder und wieder gegen die Glühbirne. Die Luft war kühl und roch nach Fichten. Einmal schlug Rick irgendwo da draußen wild an. Der Colonel pfiff, der Hund kam zurück und legte sich hechelnd neben ihn. „Kojoten", sagte der Colonel. Ganz in der Ferne standen die Berge wie schwarze Schatten. Ein blasser Mond zog herauf, die Venus leuchtete. Es war sehr still.

Panta rhei – alles fließt, hatte Heraklit gelehrt. Doch vielleicht hatte er sich geirrt, dachte Garner, und die Dinge blieben so, wie sie immer schon gewesen waren. Es schien ihm, als führten sein Vater und er ein uraltes Marionettenstück auf, bei dem die Charaktere, ihr Schicksal und das Ende von Beginn an feststanden. Am Schluss starben alle. Doch wer zog die Fäden, und wer hatte das Stück erfunden? Hatte Schopenhauer recht, und sie waren wirklich die Theaterdirektoren des eigenen Schicksals? Das Schweigen zwischen ihm und seinem Vater war so undurchdringlich wie die Wildnis, und plötzlich verspürte Garner eine bleierne Müdigkeit. Morgen würde er abreisen.

„Es war ein langer Tag", sagte er. „Ich gehe schlafen. Gute Nacht."

„Gute Nacht", sagte sein Vater.

Garner ging zurück ins Haus und trug seinen Koffer nach oben. Das Bett im Gästezimmer war frisch bezogen. Im Bad hing ein sauberes Handtuch für ihn. Während Garner sich die Zähne putzte, fiel sein Blick auf eine Schachtel Tabletten, die auf der Ablage unter dem Spiegel lag. Es waren Tabletten gegen Herzinsuffizienz.

Colonel Robert Garner

2. März 1962
Vietnam

Ich war 18 Jahre alt und noch grün hinter den Ohren, als ich als Freiwilliger in die US-Armee eintrat und nach Saigon einschiffte. Heute heißt es Ho-Chi-Minh-Stadt. Nach kanadischem Recht war es verboten, Kriegsdienst in fremden Streitkräften abzuleisten, doch das war mir egal, und keiner der 40 000 Kanadier, die unter US-Flagge in Vietnam kämpften, wurde jemals juristisch verfolgt. Mein Vater war 1944 bei der Landung in der Normandie gefallen, damals war ich noch ein Baby, und meine beiden älteren Schwestern und ich wuchsen vaterlos auf. Vielleicht dachte ich, ihn da draußen auf den Schlachtfeldern der Welt irgendwo zu finden, vielleicht dachte ich, dass – wenn er mich sehen könnte in meiner Uniform – er mächtig stolz auf mich wäre, vielleicht war ich auch nur ein blutjunger Kerl, der Abenteuer erleben und sich bewähren wollte. Es war 1962, das Jahr der Kuba-Krise, und ich brannte für John F. Kennedy und seinen heroischen Kampf gegen die Kommis.

Später redeten alle nur noch über My Lai. Niemand redete über Dak Son und das Hotel Hanoi. Die Wahrheit ist, dass der Krieg ein schmutziges Geschäft ist. Es gab Massaker, Folterungen und Gräueltaten auf beiden Seiten, und ob du es willst oder nicht, immer werden Unschuldige getötet. Doch das ist mein Credo: Es gibt ihn, den gerechten

Kampf für die Freiheit. Und der Sieg ist alle Opfer wert.

Bei meinem ersten Einsatz wäre ich beinahe draufgegangen. Wir Rekruten hatten nur ein Blitztraining in einem Armeestützpunkt in South Dakota absolviert, und schon ging's ab nach Nam. Ich wusste, wie man ein Maschinengewehr lädt und abfeuert, wie man eine Handgranate abwirft, wie man einen Flammenwerfer betätigt. Doch wie man einen Guerillakampf in einem tropischen Dschungel gegen einen unsichtbaren Feind führt, hatte man uns nicht beigebracht. 1962 flog die US Air Force bereits 50 000 Luftangriffe gegen vietnamesische Dörfer, die als Vietcong-Dörfer galten, und setzte dabei auch Napalm ein, doch der Abschnitt, in dem unser Platoon abgesetzt wurde, war eine undurchdringliche Wildnis voller Schlangen, Moskitos und tödlicher Fallen. Es gab genug Geschichten darüber, was mit denen passierte, die in die Hände der Vietcong fielen, um dir die Haare zu Berge stehen zu lassen, und wenn du in der Nacht schweißgebadet wach wurdest, war dein erster Griff der zum Gewehr. Wir lernten, mit nur einem Auge zu schlafen. Tagsüber kletterten die Temperaturen auf weit über 30 Grad, die Luft war feucht und schwül, der Himmel bleiern. Wir hatten den Auftrag, das Gelände zu erkunden und den Ho-Chi-Minh-Pfad zu unterbrechen; falls wir Feindkontakt hätten, würden wir keine Gefangenen machen. Die Methode hieß *Search and Destroy*, der Erfolg einer Operation wurde am *Bodycount*, der Anzahl der getöteten Feinde, gemessen. Wir folgten zunächst einem schlammigen Fluss, der von Mangroven gesäumt war, dann wurde die Landschaft bergig. Es war

Frühjahr, und der Monsunregen verwandelte die Pfade, die durch den Dschungel führten, in einen schlüpfrigen Morast, der bei jedem Schritt den Stiefel verschlang wie ein gieriges Monster, und dann mit einem schmatzenden Geräusch wieder freigab. Schwärme von Mücken sirrten um unsere Köpfe, die Uniform klebte am Körper, und die bleischweren Rucksäcke schnitten ins Fleisch. Darren Cooper, mit 27 Jahren einer der ältesten Rekruten aus unserem Platoon, litt an Malaria, er taumelte mehr, als dass er lief, und seine Augen waren fiebrig. Nach mehr als vier Stunden Höllenmarsch bergauf gab der Commander endlich das Zeichen zur Rast. Wir warfen die Rucksäcke ab und ließen uns auf den Boden fallen. Wir waren so erschöpft, dass uns alles egal war, selbst die Dosen mit Corned Beef löffelten wir lustlos in uns hinein, obwohl wir seit dem Frühstück nichts gegessen hatten. Mein Kopf dröhnte und mir schwindelte. Ich dachte, dass ich vielleicht auch Malaria oder Dengue-Fieber oder irgendeine andere Scheißtropenkrankheit hätte, und dass wir alle in diesem gottverdammten Dschungel verrecken würden, ohne auch nur einen einzigen Kommi zu Gesicht bekommen zu haben, doch ich hatte mich getäuscht. Unten im Tal bewegte sich etwas. Ein kaum wahrnehmbarer Schatten, eine Windböe in den Blättern, eine Langure, die zwischen den Bäumen herumsprang? Doch während ich noch in das Dickicht, durch das wir uns so mühsam gekämpft hatten, hinunterspähte, prasselte eine Gewehrsalve, die von der dicht mit Bananenstauden und Farnen bewachsenen Bergkuppe etwa 50 Meter oberhalb kam, auf uns herab. Ich schnappte mein M-16-Gewehr, schaltete auf vollautomatisch und feuerte zurück. Aus den Augenwinkeln sah ich, dass Hank Mitchell, der gerade noch neben mir gehockt hatte, in einer Blutlache am Boden lag. Dann brach die Hölle los. Plötzlich schien es, als seien überall Vietcong. Im Bruchteil einer Sekunde wurde mir klar, dass sie uns umzingelt hatten, und dass wir in einen Hinterhalt geraten waren. Ich duckte mich zwischen das Blätterwerk aus hüfthohem Elefantenohr, das uns umgab, doch die Schüsse schlugen überall ein und brachten die Erde in Klumpen zum Hüpfen.

Der Lärm ist ohrenbetäubend, Rauch steigt in dichten Schwaden in den Gluthimmel auf. Ich feuere wie ein Besessener blind in das Dickicht, laden, feuern, laden, feuern, meine Augen brennen, mein Schädel zerplatzt, meine Schulter schmerzt, die Zeit löst sich auf, bin ich getroffen? Eine Hand zieht mich weg, der Commander brüllt, runter, runter, wir robben rückwärts, die Halme blutig, tote Körper, Kameraden, nicht hinschauen, weiter, weiter, zurück in das tiefere Unterholz. Die Gesichter zur Tarnung mit Schlamm verschmieren, eine Blätterkrone auf den Kopf, weiter, weiter, wir sind nur zu fünft, wo sind die anderen? Tot tot tot, es hämmert in meinem Kopf, wir sind Schlangen im Dschungel, wir kriechen bäuchlings durchs Gras, der Commander setzt einen Funkspruch ab, warten, atmen, leise, leise, das Klopfen des Herzens, das Dröhnen des Helikopters, schnell, sie werden ihn abschießen, rennt, rennt wie die Hasen, Haken schlagen, der Helikopter sinkt, ist fast über uns, etwas reißt mich um, mein Bauch ist aufgerissen, eine rote Quelle, ein Soldat springt aus dem Heli-

kopter, der Propeller dreht sich, alles dreht sich, wird schwarz.

Es war der 2. März 1962, und von den 40 Rekruten unserer Einheit kehrten nur fünf in das zur Landepiste ausgebaute US-Basislager Khe Sangh zurück. Der Rest war entweder tot oder in die Hände der Vietcong geraten. Ein Militärarzt versorgte mich notdürftig, dann wurde ich ausgeflogen nach Saigon. Ich blieb mehr als drei Monate im Lazarett. Nach meiner Genesung meldete ich mich sofort zurück zum Dienst.

Der Soldat, der aus dem Helikopter gesprungen war und mir das Leben rettete, gehörte zur Elitetruppe der *Green Berets.* Er war 23 Jahre alt und bereits Platoon Commander. Sein Name war Wolf Hansen.

Ted Garner

13. Juli 2022
Calgary

Der Commissioner hieß Bernard O'Sullivan und war ein korpulenter Mann jenseits der sechzig, der ihn mit einem dieser knochenbrechenden Händedrucke begrüßte, die Entschlossenheit und Stärke ausdrücken sollten.

„Mr. Garner, ich bin sehr froh, dass Sie hier sind", sagte er. „Nehmen Sie Platz. Sam – Superintendent Stern –", verbesserte er sich, „wird sicherlich bald kommen."

Es war 10:00 Uhr und Garner fragte sich, wann die Arbeitszeit von Samantha Stern wohl begann. Er selbst war um 6:00 Uhr aufgestanden und nach einem *Ham and Eggs*-Frühstück, das der Colonel bereitet hatte, zeitig Richtung Calgary gestartet. Die Nacht war unruhig gewesen, und er war hundemüde. Erst hatte er nicht einschlafen können, dann hatte der verdammte Köter angefangen, zu bellen. Er hatte den Colonel durchs Haus schlurfen hören, die Haustür öffnete und schloss sich, und als er sich endlich aus dem Bett gequält hatte, um nach dem Rechten zu sehen, stand sein Vater im Pyjama mit der Jagdflinte im Anschlag auf der Terrasse, den böse knurrenden Rick neben sich.

„Vielleicht ein Bär", sagte der Colonel. „Manchmal treibt sich einer hier herum."

Sie starrten eine Weile in das dunkle Gebüsch, doch alles blieb ruhig. Danach hatte es eine Ewigkeit gedauert, bis Garner wieder in den Schlaf fand. Er hatte das Licht angeknipst und die Akten studiert, die Samantha Stern ihm mitgegeben hatte. Sie hatte gründliche Arbeit geleistet. Alles war sauber protokolliert, Fotos vom Tatort, Obduktionsbericht, Vernehmungsprotokolle. Im Fall Gerald Steiner gab es kaum mehr zu lesen, als sie ihm bei seinem kurzen Besuch bereits gesagt hatte. Ein 77-jähriger Schlaganfallpatient ohne Angehörige oder Freunde. In den 23 Tagen seines Krankenhausaufenthalts hatte niemand ihn besucht. Es hatte sich auch niemand nach ihm erkundigt, und außer der Putzfrau, die den Notdienst angerufen und ihre Telefonnummer hinterlegt hatte, gab es keinen Ansprechpartner. Josh Armstrong war 79 gewesen, als er genau zwei Monate zuvor im *Rosebud Palliative Center* ermordet worden war. Lungenkrebs im Endstadium. Ein Pfleger hatte ihn in seinem Rollstuhl im Garten des Hospizes abgestellt, damit er die ersten wärmenden Strahlen der Frühlingssonne genießen konnte. Als der Pfleger nach einer knappen halben Stunde wiederkam, war der Rollstuhl verschwunden. Jemand hatte Armstrong hinter ein Rhododendron-Gebüsch geschoben und ihm die Kehle aufgeschlitzt. Armstrong war Witwer, hatte bis zur Einweisung ins Hospiz mit seinem jüngsten Sohn und dessen Familie zusammengelebt. Ein netter alter Mann, den alle mochten und dessen grausames Ende sich keiner erklären konnte.

„Möchten Sie einen Kaffee?“, fragte der Commissioner.

Garner nickte.

„Wie Sie sich vorstellen können, stehen wir unter erheblichem Druck“, sagte O'Sullivan. „Das *Rockyview General*

Hospital genießt einen ausgezeichneten Ruf. Es ist eine der größten Kliniken Albertas und versorgt jährlich etwa 220 000 Patienten. Es gilt sogar als das drittbeste Krankenhaus in ganz Kanada. Der Chief Manager von *Alberta Health Services,* Phil Hamilton, hat mich gleich nach dem schrecklichen Mord persönlich kontaktiert und um äußerste Diskretion gebeten. Der Fall hat oberste Priorität."

Die Tür ging auf und Samantha Stern trat ein. Sie sah blass aus, doch vielleicht war es auch nur das Neonlicht in O'Sullivans Büro.

„Sorry", sagte sie. „Die Stampede. Die ganze City ist verstopft."

Bei dem Wort ‚Stampede' leuchtete das Gesicht des Commissioners auf wie eine Glühbirne, wenn man auf den Schalter drückt.

„Waren Sie schon einmal auf der Calgary Stampede, Mr. Garner?"

Garner verneinte. Er hasste diese Touristen-Shows. Die Zeit des Wilden Westens war Gott sei Dank vorbei. Es war die Zeit der Gesetzlosigkeit und des gnadenlosen Faustrechts gewesen und Garner verspürte keine Sehnsucht nach der Vergangenheit.

„Dann kommen Sie heute Abend unbedingt mit auf die *Grandstand Show.* Ich habe Tickets. Livemusik, Tanz, Akrobatik. Ein fulminantes Spektakel. Und natürlich das Bullenreiten. So etwas haben Sie noch nicht erlebt."

Die Augen des Commissioners glänzten, als sei er auf Speed.

„Ich muss leider noch nach Canmore fahren", sagte Garner. „Alle Hotels sind ausgebucht." Zwar hatte er weder vor eine weitere Nacht im Haus des Colonels zu verbringen noch hatte er eine andere Unterkunft in Aussicht, doch das ging niemanden etwas an.

„Bullshit", sagte der Commissioner und lachte dröhnend über seinen eigenen Schenkelklopfer. „Das Bullenreiten lassen wir uns nicht entgehen! Sie übernachten natürlich bei mir. Wenigstens eine Nacht."

Garner stöhnte innerlich. O'Sullivan war einer dieser kumpelhaften Typen, denen die persönliche Schiene über alles ging. Wenn er das Angebot zurückwies, wäre er tödlich beleidigt.

„Danke", sagte Garner.

„Haben Sie die Akte gelesen?", fragte Sam. Ihre Augen waren von einem milchig-hellen Blau wie bei einem Husky. Kalt und seltsam verschwommen.

„Ja", sagte Garner.

„Haben Sie schon eine Theorie?" Ein Hauch von Spott in ihrer Stimme.

Er schwieg einen Augenblick.

„Ich vermute, dass es sich um einen Racheakt handelt", sagte Garner.

O'Sullivan und Stern blickten ihn so erwartungsvoll an wie Kinder einen Magier, der gerade ein Kaninchen aus dem Hut zaubert.

„Das Durchschneiden der Kehle ist eine Form der Hinrichtung. Grausam, blutig, sehr intim. Es ist auch eine Form der Machtausübung. Der Gegner soll ausbluten wie ein Stück erlegtes Wild. Halsschlagadern, Speiseröhre und

Kehlkopf müssen mit einem Messer durchtrennt werden. Würden Sie sich das zutrauen?"

Garner wusste nicht, warum er das fragte und dabei Samantha Stern anblickte, doch er wusste die Antwort: ja, sie würde.

„Nur ein sehr kaltblütiger oder ein extrem rachsüchtiger Mensch ist zu einer solchen Tat fähig", fuhr er fort. „Zumal die Opfer alt und wehrlos waren."

„Also doch ein Psychopath", sagte Sam.

„Ein Rächer muss kein Psychopath sein", sagte Garner. „In gewisser Weise ist Rache eine ganz normale Form der Seelenhygiene. Ein grundlegendes menschliches Bedürfnis, Gerechtigkeit wiederherzustellen. Wenn die Befriedigung dieses Bedürfnisses eine solch extreme Form annimmt, kann sie auch auf ein extremes Unrecht hindeuten."

Die milchig-blauen Husky-Augen verengten sich zu Schlitzen.

„Nach Ihrer Theorie waren die beiden alten Männer also Verbrecher, die ein solch grausames Ende irgendwie verdient hatten?" Ihre Stimme klang scharf.

„Nicht jedes Unrecht ist ein Verbrechen", erwiderte Garner. „Doch das Gesetz von Ursache und Wirkung gilt unumstößlich. Der Weg zum Täter führt immer über das Opfer."

Samantha Stern pfiff verächtlich durch die Zähne.

Garner setzte noch eins drauf. *„Jede zufällige Begegnung ist eine Verabredung, jede Demütigung eine Buße, jeder Zusammenbruch ein geheimnisvoller Sieg, jeder Tod ein Selbstmord.* Arthur Schopenhauer."

Sie sah jetzt aus, als sei sie bereit, auch ihm die Kehle durchzuschneiden. Garner fühlte eine merkwürdige Genugtuung. Die Eiskönigin zeigte endlich Gefühle.

„Was schlagen Sie vor, Mr. Garner?“ Der Commissioner war ganz offensichtlich ein pragmatischer Mensch, der sich mehr fürs Bullenreiten als für Schopenhauer interessierte.

„Wir müssen das Leben der Opfer durchleuchten. Die Verbindungsstelle finden. Ich bin sicher, dass die beiden sich gekannt haben. Vielleicht sollten wir uns zunächst einmal Steiners Wohnung ansehen.“

„Okay“, sagte der Commissioner. „Kontaktieren Sie die Putzfrau. Sie wird einen Schlüssel haben. Den Durchsuchungsbeschluss reichen wir nach.“

Er gab Garner eine Visitenkarte mit seiner Privatadresse. „Wir sehen uns später. Viel Erfolg.“ Er war wirklich ein pragmatischer Mann.

Garner hasste es, auf der Beifahrerseite zu sitzen, doch der Fahrstil Samantha Sterns begeisterte ihn. Orangerote Ampeln, hauchdünner Sicherheitsabstand, durchschnittlich 30 Stundenkilometer zu schnell. Vielleicht hätte sie das Martinshorn anstellen sollen. Während sie im Polizeiwagen durch den dichten Verkehr der City rasten, blickte Garner aus dem Fenster. Die Skyline der Hochhäuser, in der Ferne die weiß glitzernden Gipfel der Rocky Mountains. Der *Bow River* wand sich wie ein breites blaues Band durch die Stadt. Auf dem anderen Ufer des Flusses ragte ein gigantisches Riesenrad in den Himmel. Das musste das Stampede-Gelände sein. Die Kirmes war nur eine der unzähligen Attraktionen, die die Stadt für zehn Tage im Jahr in Atem hielt. Halsbrecherische Planwagenrennen, Bronc-Reiten mit und ohne Sattel, Indianerparaden auf Mustangs in traditioneller Kleidung mit Federhauben, Bullenreiten, Wildwest Shows. Touristen-Kitsch. Beinahe jeder der Passanten auf den Straßen trug Cowboyhut und -stiefel. Garner trug seinen grauen Anzug.

Sie folgten dem Ufer des *Bow River* und bogen dann Richtung Norden ab. Das Viertel hieß *Crescent Heights.* Schäbige Holzhäuser mit ungepflegten Vorgärten, heruntergekommene Wohnblocks. Sam parkte den Polizeiwagen vor dem dreigeschossigen Mietshaus, in dem Gerald Steiner gelebt hatte, und sie stiegen aus. Eine unförmige Frau im Trainingsanzug saß auf den Eingangsstufen und rauchte. Wenigstens trug sie keinen Cowboyhut.

„Melissa Robertson?", fragte Sam und zückte ihren Ausweis.

Die Frau nickte, schnippte die Kippe weg und erhob sich schwerfällig.

„Würden Sie uns bitte die Wohnung von Mr. Steiner aufschließen?"

„Wie geht es Gerry?", fragte sie.

„Er ist tot", sagte Sam.

Die Frau zeigte keine Reaktion.

„Wie gut kannten Sie Gerald Steiner?", fragte Garner.

„Ich habe alle zwei Wochen für ihn geputzt", sagte sie. „Das ist alles."

Sie schloss die Eingangstür auf und watschelte voraus. Sie folgten ihr durch ein Treppenhaus mit schmutzig gelben Wänden bis in den 2. Stock. Melissa Robertson atmete schwer und steckte den Schlüssel ins Schloss. Es war unversehrt. Samantha Stern zog zwei Paar Handschuhe heraus und reichte ihm eins.

„Versauen Sie bloß keine Spuren“, sagte sie. „Die SpuSi wird in zwei Stunden hier sein.“

Garner streifte die Handschuhe über. Keine Frage, Samantha Stern war ein Profi. Sie stieß die Wohnungstür auf, und sie traten in einen muffigen Flur.

„Brauchen Sie mich noch?“, fragte Melissa Robertson.

„Seit wann haben Sie denn für Steiner geputzt?“, fragte Garner.

Melissa Robertson runzelte die Stirn, als hätte er ihr eine unlösbare Mathematikaufgabe gestellt.

„Vielleicht seit einem halben Jahr“, antwortete sie endlich.

„Können Sie uns irgendetwas über Steiner sagen?“, fragte Garner. „Hatte er Familie? Freunde? Hobbies?“

„Keine Ahnung“, erwiderte Melissa Robertson. „Wenn ich kam, saß er immer alleine vor dem Fernseher. Wir haben nicht viel miteinander geredet. Er war nicht sehr gesprächig.“

„Wohnte er schon lange hier?“

„Da müssen Sie Mr. Wang fragen. Mr. Wang ist der Vermieter. Er wohnt im Erdgeschoss. Ein Chinese“, fügte sie hinzu, als habe das eine besondere Bedeutung.

„Mochten Sie Steiner?“, fragte Garner.

„Nicht besonders.“ Melissa Robertson zuckte mit den Schultern. „Er war ein komischer Kauz.“

„Vielen Dank. Wenn wir noch Fragen haben, melden wir uns."

„Ziehen Sie die Tür einfach zu", sagte Melissa.

Die Wohnung war klein und dunkel. Es gab ein Wohnzimmer mit einer Schlafcouch, eine winzige Küche und ein fensterloses Bad. Die Möblierung war spartanisch, ein Schrank, ein Resopaltisch mit zwei billigen Plastikstühlen, eine Kommode, auf der ein alter Fernseher stand. Der Bezug des Schlafsofas war fleckig und zerschlissen, ein Kopfkissen ohne Bezug und eine alte Wolldecke hingen über der Lehne. Auf dem Tisch lag eine Ausgabe der *Calgary Sun* vom 14. Juni, daneben eine Lesebrille und eine angebrochene Schachtel Tabletten. Es sah aus, als hätte Gerald Steiner nur kurz die Wohnung verlassen und würde jeden Moment wiederkommen.

Die Luft roch abgestanden. Garner trat ans Fenster und öffnete es. Auch das Fensterschloss war unversehrt. Falls jemand in Steiners Abwesenheit hier gewesen war, so hatte er keine Spuren hinterlassen. Jedenfalls keine sichtbaren. Die Spurensicherung würde bald feststellen, ob es außer Steiners und Melissa Robertsons Fingerabdrücken noch andere gab. Die beiden Sanitäter des Notdienstes, die Steiner ins Krankenhaus gebracht hatten, hatten mit Sicherheit Handschuhe getragen.

Außer einer zerzausten Zahnbürste und einem Häufchen grauer Rasierstoppeln auf der Ablage, die zwischen dem halb blinden Spiegel und dem Waschbecken hing, gab es im Bad nicht viel zu sehen. Eine zerdrückte Zahnpastatube ohne Deckel, Schmerzmittel, Medikamente gegen Arthrose und Prostatabeschwerden. Der Gedanke an den Colonel sprang Garner an, doch er schob ihn energisch beiseite.

In der Küche abgenutztes Geschirr, zerkratzte Töpfe und eine rostige Bratpfanne, ein paar Konservendosen auf einem Regal. Der Kühlschrank war bis auf eine halb leere Flasche Gin und eine alte Zwiebel im Gemüsefach leer.

Ein schäbiger Wohnraum mit einem Schrank, der voll war mit muffig riechenden Hemden, abgetragenen Hosen und Jacketts. Eine alte Daunenjacke. Kein Anzug. Bettwäsche, zerschlissene Handtücher. So viel stand fest: Was auch immer Gerald Steiner in seinem Leben getan haben mochte, reich war er damit nicht geworden.

Die oberste Schublade der Kommode war vollgestopft mit Rechnungen, Kontoauszügen, alten Brillen, Kleenex-Tüchern, Hustenbonbons und ein paar Fotos. Garner zog sie vorsichtig hervor. Eine der Aufnahmen zeigte eine Gruppe von sechs Männern in blauen Arbeitsanzügen und Helmen auf dem Kopf vor einem riesigen Bagger. Auf einem Schild stand *Fort McMurray Oil Field Service.* Obwohl das Foto alt war und Garner nur Aufnahmen von Steiners Leiche gesehen hatte, war er beinahe sicher, dass der 2. Mann von links Gerald Steiner war. Anscheinend hatte Steiner eine Zeit lang auf den Ölfeldern in Nord-Alberta gearbeitet. Garner steckte das Foto in seine Jacketttasche. Es gab noch zwei ähnliche Bilder und ein paar Landschaftsaufnahmen von Seen vor schneebedeckten Bergen, das war's.

„Ein einsamer alter Mann", sagte Samantha Stern. „Ziemlich traurig."

Sie zog die untere Schublade auf. Graue Unterhosen und Socken quollen hervor. Darunter lag etwas Schwarzglänzendes. Es war eine Beretta 93R.

Samantha Stern

14. Juli 2022
High River

Samantha gab Blizzard die Sporen, und der Hengst preschte mit ihr im gestreckten Galopp über das Grasland. Die Morgenluft war kühl und frisch. Gefleckte Kühe standen auf der Nachbarweide und in der Ferne sah man die Foothills der Rocky Mountains. Weiße Wolken hingen wie an einer Schnur aufgezogen an einem tiefblauen Sommerhimmel. Samanthas Herz wurde weit und leicht. Die Morgenübelkeit war wie weggeblasen.

Blizzard wieherte und stob davon, als wolle er seinem Namen alle Ehre machen. Der Hengst war ein sieben Jahre altes englisches Vollblut und Sams kostbarster Besitz. Sie hatte Blizzard selbst trainiert und verbrachte jede freie Minute auf der Ranch außerhalb von High River, auf der sie ihn untergestellt hatte. Nachdem ihre Mutter vor zwei Jahren gestorben und ihr Vater zu Levin und seiner Familie nach Tel Aviv gezogen war, hatte Sam das Haus ihrer Eltern in Calgary verkauft und sich ein Apartment in High River gemietet. Selbst wenn es bedeutete, dass sie um fünf Uhr aufstehen musste, hatte Sam es sich zur Gewohnheit gemacht, in den Sommermonaten jeden Tag mit einem Ausritt zu beginnen. Während Sam dicht an den Körper des Tieres geschmiegt über die weite Prärielandschaft flog, durchströmte sie ein Gefühl grenzenloser Freiheit. Es schien ihr, als lösten sich die Grenzen zwischen ihrem und dem Körper des Pferdes auf, als verschmölzen sie beide zu einer einzigen geschmeidigen Bewegung jenseits von Raum und Zeit. Alle dunklen Erinnerungen fielen von ihr ab und das einzig Existierende waren der Wind in der Mähne des Pferdes und die dumpfen Geräusche der Hufe auf dem Grasboden. Irgendwann parierte Sam durch und Blizzard fiel in einen lockeren Trab. Atemlos und gelöst wie nach einem Orgasmus lenkte Sam den Hengst zurück zur Koppel. Sie sprang ab, Blizzard schnaubte und legte die Nüstern an ihr Gesicht. Ein Präriefalke schraubte sich in den Himmel. Es war ein perfekter Morgen. Während Sam das Tier absattelte und trocken rieb, dachte sie über den neuen Fall nach.

Die SpuSi hatte Steiners Wohnung sorgfältig untersucht, doch außer von Melissa Robertson und Steiner selbst hatten sich keine anderen Fingerabdrücke feststellen lassen. Es gab keinerlei Einbruchsspuren, und keiner der Nachbarn hatte etwas Verdächtiges bemerkt. Es hatte auch keiner der Nachbarn Kontakt zu Steiner gehabt, obwohl er nach Aussage des Vermieters, Mr. Wang, bereits seit 17 Jahren dort wohnte. Er hatte seine Miete stets pünktlich bezahlt, mehr schien Mr. Wang weder zu wissen noch zu interessieren. Die Gleichgültigkeit der Menschen war erschreckend. Doch vielleicht war Mitleid fehl am Platze. Im Magazin der Beretta fehlte eine Kugel. Die Fingerabdrücke auf der Waffe stammten von Gerald Steiner.

Blizzards frisch gestriegeltes Fell glänzte in der Sonne. Der schwarze Hengst war wirklich eine Pracht. Sam klopfte Blizzard den Hals und ließ ihn dann auf die Koppel. Sie brachte Sattel und Zaumzeug zurück in den Schuppen, tauschte Reithosen und Stiefel gegen Jeans und Sneaker und stieg in ihren Wagen. Die Uhr am Armaturenbrett zeigte 7:55 Uhr. Um 9:00 Uhr war sie mit diesem Psycho-Heini im Police Headquarter verabredet. Normalerweise schaffte Sam die 66 Kilometer von High River nach Calgary in knapp 40 Minuten, doch die 2 A war bereits kurz hinter der Brücke über den *Sheep River* dicht. Sam fluchte. Sie war gestern schon viel zu spät gekommen. Sie blinkte, betätigte die Lichthupe und fuhr in rasantem Tempo über den Standstreifen an dem Stau vorbei. Ein liegengebliebenes Wohnmobil. Sam zeigte dem Fahrer innerlich einen Stinkefinger. Obwohl sie die Stampede liebte, machten diese Touristen sie wahnsinnig. Für heute Abend hatte sie ein Ticket für Bronc ohne Sattel. Jeff hatte es ihr geschenkt. Auch Jeff würde reiten, doch Sam war sich nicht sicher, ob sie ihn sehen wollte. Geschweige denn mit ihm reden. Oder schlafen.

Sam schwenkte wieder auf die Fahrbahn ein und drückte aufs Gaspedal. 8:42 Uhr. In der Ferne ragte die Skyline der City auf. Wenn sie Glück hatte, könnte sie es noch pünktlich schaffen. 11 Tage. Vielleicht war es der Stress. Wenig Schlaf, unregelmäßige Arbeitszeiten, Wochenenddienst. Dieser Psycho, der jetzt in dem neuen Fall rumrührte, machte es auch nicht gerade besser. Dennoch. Ihre Tage waren immer regelmäßig gekommen. Sam nahm den *Mac Leod Trail* Richtung Norden. Linker Hand lag der *Fish Creek Provincial Park,* ein riesiges Naturreservat mit Wanderwegen und Freizeitangeboten, in dem noch immer Kojoten, Rotwild und selbst vereinzelte Bären zu

Hause waren. Der Verkehr in der Stadt war dicht, doch es lief einigermaßen. Sie überquerte den *Bow River*. 8:53 Uhr. Sie hatte es fast geschafft. Das Calgary Police Service Headquarter lag im Nordosten in der Nähe des Airports. Der silberne BMW stand bereits auf dem Parkplatz. Sie war nur sieben Minuten zu spät.

Garner wartete in ihrem Büro. Der Commissioner war zum Glück nicht zu sehen.

„Schön, dass Sie schon hier sind“, sagte er. Seine Mundwinkel verzogen sich zu einem Grinsen.

Sie hasste seine Arroganz. Der Morgen war ihr bereits jetzt verdorben.

„Sind Sie fertig?“, fragte sie.

„Aye, aye, Ma’am“, sagte er.

„Hoffentlich stimmt Ihre Theorie“, sagte Sam. „Der Fall ‚Armstrong‘ war eigentlich abgeschlossen. Neue Ermittlungen reißen nur alte Wunden auf.“

„Josh Armstrong war ein kranker alter Mann. Er wäre sowieso gestorben.“

„Lebt Ihr Vater noch?“, fragte Sam.

„Ja“, sagte Garner.

„Lieben Sie ihn nicht? Wären Sie nicht traurig, wenn er sterben würde? Und dazu auf eine so grausame Weise?“

Garner schwieg.

„Mein Vater ist 75 Jahre alt“, sagte Sam. „Er lebt bei meinem Bruder in Tel Aviv. Ich vermisse ihn jeden Tag.“

„Gehen wir“, sagte Garner.

Der Mann war ein kalter Fisch. Wahrscheinlich litt er an Alexithymie. Oder Autismus. Sollte sich mal von einem

Kollegen therapieren lassen. Als sie Armstrongs Sohn den Tod seines Vaters mitgeteilt hatte, war er in Tränen ausgebrochen, ein gestandener Mann von Mitte vierzig. Sie hatte ihm versprochen, alles zu tun, um den grausamen Mord aufzuklären, und das Gefühl des Versagens nagte noch immer an ihr. Als sie ihn gestern angerufen hatte, um den Termin zu vereinbaren, hatte er nicht gerade begeistert geklungen.

Sam steckte die Dienstwaffe ein und folgte Garner die Treppen hinunter auf den Parkplatz. Sie stiegen in den Polizeiwagen und fuhren schweigend durch die Stadt. Sams Laune verschlechterte sich mit jeder Sekunde, die sie in Garners Nähe verbrachte. Der Mann hatte eine seltsame Aura. Gleichzeitig abstoßend und auf magische Weise herausfordernd. So als berge er ein Geheimnis, das sie ihm entreißen müsste. Notfalls mit Gewalt. Doch eigentlich mochte Sam weder Geheimnisse noch Gewalt.

Armstrongs Sohn war Automechaniker und arbeitete in seiner eigenen Werkstatt Downtown. Das Geschäft schien recht gut zu laufen, die Familie besaß ein Einfamilienhaus in *Aspen Woods*. Er hatte drei Kinder, die beiden jüngsten wohnten noch zu Hause. Josh Armstrong hatte in einer Einliegerwohnung im Souterrain gelebt. Die Schwiegertochter hatte ihn nach seiner Krebserkrankung aufopfernd gepflegt, bis sie ihn zuletzt in ein Hospiz gegeben hatten. Sie hatten ihm einen sanften und friedvollen Tod gewünscht, doch das Schicksal hatte es anders bestimmt. Der Schock saß tief.

Sie fuhren auf den Hof, Sam parkte den Wagen, und sie stiegen aus. Aus der Werkhalle kam ein Mann schnurstracks auf sie zu. Armstrong. Anscheinend hatte er bereits auf sie gewartet.

„Gehen wir in mein Büro“, sagte er. „Ich habe nicht viel Zeit.“ Sein Gesicht zeigte kein Lächeln.

Sie folgten ihm in einen kleinen Raum neben der Werkstatt.

„Wie ich Ihnen bereits am Telefon gesagt habe, arbeiten wir an einem neuen Fall“, begann Sam. „Am 8. Juli wurde ein alter Mann im *Rockyview General Hospital* auf die gleiche Art ermordet wie Ihr Vater. Sein Name war Gerald Steiner. Er wohnte in *Crescent Heights.*“

Armstrong zeigte keine Reaktion.

„Es kann natürlich Zufall sein, aber das Police Headquarter hat Mr. Garner, einen sehr renommierten Profiler aus Saskatchewan, eingeschaltet.“

Armstrongs Blick wechselte kurz zu Garner. Auch Garners Gesicht zeigte kein Lächeln.

„Mr. Garner vermutet, dass es einen Zusammenhang zwischen den beiden Morden gibt, und dass Ihr Vater und Steiner sich womöglich gekannt haben.“

Sam beschloss, Garners Theorie, dass es sich um einen Racheakt handeln könnte, besser nicht zu erwähnen.

„Ich habe den Namen noch nie gehört“, sagte Armstrong. Sein Gesicht nahm einen feindseligen Ausdruck an. „Damals sind alle unsere Verwandten, Freunde und Bekannten von der Polizei befragt worden.“ Seine Stimme klang bitter. „Als ob sie Verbrecher seien. Doch sie hatten alle ein Alibi. Und wer von ihnen hätte einen Grund gehabt, meinen Vater umzubringen?“

Sam merkte, wie sie rot wurde. Sie selbst hatte die Verhöre geführt, und in ihrem Ehrgeiz, den Fall aufzuklären, war sie nicht immer sehr behutsam vorgegangen.

Garner zog das Foto, das sie in Steiners Wohnung gefunden hatten, aus der Jackentasche und legte es auf den Schreibtisch.

„Vielleicht kennen Sie den Mann ja doch", sagte er. „Es ist der zweite von links."

Armstrong setzte eine Lesebrille auf und nahm das Foto in die Hand. Sein Gesicht nahm einen verblüfften Ausdruck an.

„Das ist Dad", sagte er.

Sam musste sich beherrschen, ihm das Foto nicht aus der Hand zu reißen.

„Wer?", fragte sie und beugte sich zu ihm hinüber. Ihre Fingerspitzen kribbelten wie immer, wenn sie das Gefühl hatte, auf eine heiße Spur zu stoßen.

Armstrong deutete auf den Mann neben Steiner. Er war groß und kräftig und trug einen Vollbart. Er hatte nicht die geringste Ähnlichkeit mit dem bis zum Skelett abgemagerten kahlköpfigen Greis im Hospiz.

„Bingo", sagte Garner.

„Das Foto wurde in Fort McMurray aufgenommen", sagte Sam. „Hat Ihr Vater dort gearbeitet?"

Über Armstrongs Gesicht glitt ein Schatten.

„Leider ja", sagte er.

„Warum leider?", fragte Garner.

„Waren Sie schon einmal in Fort McMurray?"

Garner verneinte.

„Fort McMurray ist die Hölle“, sagte Armstrong. „Der Ölsandabbau ist die größte Umweltsauerei, die man sich nur vorstellen kann. Es ist der Smog aus den Extraktionsanlagen und Raffinerien, der meinen Vater krank gemacht hat.“

In seinen Augen stand jetzt blanker Hass, und seine Stimme klang bitter.

„Mein Vater hat fast sein ganzes Leben in Fort McMurray gearbeitet. Seit den 70ern herrscht dort eine regelrechte Goldgräberstimmung. Schnelles Geld, gut bezahlte Jobs. Man nennt es auch Fort McMoney. Scheiß auf die Gesundheit, scheiß auf die Umwelt. Hauptsache der Rubel rollt. Kurz vor seiner Pensionierung wurde bei meinem Vater Lungenkrebs diagnostiziert, und er wurde entlassen. Er hat noch nicht einmal eine Entschädigung erhalten. Wir haben jahrelang gegen *Northern Energy* geklagt. Vergeblich.“

Armstrong schüttelte den Kopf, als könne er das Ganze immer noch nicht fassen.

„Die Kosten für Gutachten und Gerichtsprozesse haben all unsere Ersparnisse aufgefressen. Der Kampf gegen den Krebs hat meinen Vater zermürbt.“

Armstrongs Hasstirade prasselte auf sie ein wie saurer Regen. Offensichtlich hatten sie mit dem Wort Fort McMurray eine Lawine losgetreten.

„Mein Vater war immer kerngesund gewesen, ein Mann wie ein Baum, und er hat nie geraucht. Dann fing er irgendwann an zu husten, hatte blutigen Auswurf und Schmerzen in der Brust. Der Arzt hat ein Bronchialkarzinom im Anfangsstadium diagnostiziert. Im *Rockyview*

Hospital wurde ein Lymphknoten entfernt und es schien ihm zunächst besser zu gehen. Nur 14 Prozent der Lungenkrebspatienten überlebt langfristig und wir alle hofften, dass Dad dazu gehören würde."

Sam schoss der Gedanke an ihre Mutter durch den Kopf. Die Brustkrebsdiagnose, die Chemotherapien, die Hoffnung und die Verzweiflung. Am Ende war sie mit nur 64 Jahren gestorben.

„Die Krebsrate in Fort McMurray liegt weit über dem Landesdurchschnitt, doch diese Scheißanwälte von *Northern Energy* haben jegliche Verantwortung abgeschmettert. Die Ölfirmen da oben machen Milliardengewinne, doch die haben keinerlei Gewissen."

Armstrongs Stimme war jetzt voller Abscheu.

„Solange noch ein Funken Hoffnung auf eine angemessene Entschädigung bestand, hielten die Prozesse meinen Vater am Leben. Er wollte meine Mutter und uns finanziell absichern, und Dad war eine Kämpfernatur. Doch als endgültig feststand, dass *Northern Energy* keinen Cent bezahlen würde, zerbrach etwas in ihm."

Armstrong zuckte hilflos mit den Schultern, und sein Gesicht sah plötzlich alt und traurig aus.

„Von da an begann ein endloser Leidensweg, der sich über viele Jahre hinzog. Er verlor immer mehr an Gewicht, konnte kaum noch sprechen, war nur noch ein Schatten seiner selbst. Der Krebs hatte gestreut, überall Metastasen, er bekam Bestrahlungen und Morphium gegen die Schmerzen. Doch sein Körper war zäh und er hat lange durchgehalten. Bis ihn dieses Schwein ermordet hat."

Armstrong schaute noch einmal auf das Foto. Seine Miene war hassverzerrt, und in seinen Augen standen Tränen.

„Was ist mit dem Mann neben ihm? Gerald Steiner?“, fragte Garner. „Erkennen Sie ihn?“

Armstrong schüttelte den Kopf.

„Nein“, sagte er. „Mein Vater hat den Namen nie erwähnt.“

„Wie es aussieht waren sie Kollegen“, sagte Sam. „Steiner wohnte seit 17 Jahren in einer Mietwohnung in *Crescent Heights*. Reich ist er anscheinend nicht geworden in Fort McMurray.“

„Oder er hat das Geld ausgegeben“, meinte Garner. „Seltsam, dass sie sich nie getroffen haben. Schließlich wohnten sie beide in Calgary.“

„Das Foto muss über 30 Jahre alt sein“, sagte Armstrong. „Mein Vater war lange Zeit krank. Man bleibt nicht mit allen Kollegen in Kontakt.“

Stimmt, dachte Sam und warf einen Seitenblick auf Garner.

„Seltsam auch, dass sie beide an einem 8. ermordet wurden, Steiner genau 2 Monate später. Sagt Ihnen das Datum etwas?“ Garners bohrender Blick.

„Nein“, sagte Armstrong. „Vielleicht ist es ein Zufall.“

„Es gibt keine Zufälle“, sagte Garner.

Er schwieg, und Sam atmete auf. Wenigstens behelligte er Armstrong nicht mit seiner kruden Philosophie.

„Vielleicht hat ja auch Steiner gegen *Northern Energy* geklagt“, sagte sie. „Vielleicht haben sich die beiden ja mächtige Feinde gemacht.“

„Die ihnen kurz vor ihrem Tod die Kehle durchgeschlitzt haben? Nach all den Jahren?“ Garner verzog die Lippen und schwieg.

Sam schwieg ebenfalls beleidigt.

„Hatte ihr Vater Freunde da oben? Jemanden, mit dem er noch länger in Kontakt stand?“, fragte Garner schließlich.

Armstrong zögerte. Er fühlte sich sichtlich unbehaglich.

„Es gab da jemanden“, sagte er leise.

Garners graue Augen hefteten sich auf Armstrongs Gesicht.

„Mein Vater hat sich für seine Familie zu Tode geschuftet“, sagte Armstrong. „Er war ein guter Vater, hat uns alles ermöglicht.“

Seine Stimme klang entschuldigend, und er machte eine Pause.

„Mein Vater arbeitete wochenlang in Fort McMurray, dann kam er für ein paar Tage nach Calgary. Er wollte nicht, dass wir zu ihm ziehen, er sagte, Fort McMurray sei kein Ort für Kinder. Er wollte ein paar Jahre dort arbeiten und Geld verdienen, aber dann wurde es schwierig, zurückzukehren. Wir alle hatten uns an die Dollars gewöhnt, es gab die Hypothek für das Haus, die Autos, die Urlaube, und einen ähnlich gut bezahlten Job hätte Dad in Calgary niemals gefunden. Am Ende hat er mehr als 20 Jahre da verbracht.“

Wieder schwieg er.

„Wen gab es da oben?“, fragte Garner.

Sam dachte, dass sie die Antwort bereits kannte.

„Nach dem Mord an meinem Vater standen wir alle unter Schock", fuhr Armstrong endlich fort. „Als wir einige Wochen später anfingen, seine Wohnung aufzulösen, fand ich einen Stapel Briefe. Es waren Briefe von einer Frau. Die Briefe waren in Fort McMurray abgestempelt."

„Was für Briefe?", fragte Garner. „Haben Sie sie gelesen?"

„Liebesbriefe", sagte er. Seine Stimme war jetzt wieder voller Hass. „Anscheinend hatte er meine Mutter jahrelang betrogen. Nach seiner Erkrankung und Rückkehr nach Calgary hat sie ihm weiter geschrieben."

„Haben Sie die Briefe noch?", fragte Garner.

„Nein", antwortete Armstrong. „Ich habe sie alle verbrannt."

„Warum haben Sie uns das nicht gesagt?", fragte Sam.

„Ich dachte nicht, dass es noch eine Rolle spielt", erwiderte Armstrong. „Warum hätte sie ihn auch umbringen sollen? Anscheinend hat sie ihn geliebt. Und er sie. Mein Vater hat sie sogar finanziell unterstützt. Ich wollte sein Andenken nicht in den Dreck ziehen."

„Wissen Sie, wie die Frau hieß?" Garners Blick war bohrend.

Armstrong zögerte.

„Sie hieß Fiona. Fiona Kelly."

„Adresse?"

„Keine Ahnung", sagte Armstrong. „Als Absender stand auf den Umschlägen stets nur F. Kelly. Doch es scheint, dass sie in einer Bar gearbeitet hat."

Anscheinend hatte er die Briefe ziemlich gründlich studiert.

„Kennen Sie den Namen der Bar?“, fragte Garner.

Armstrong zuckte mit den Achseln. „Leider nein.“

„Seit wann ist Ihre Mutter tot?“, fragte Sam.

„Seit knapp vier Jahren“, antwortete Armstrong.

„Halten Sie es für möglich, dass Ihr Vater Fiona Kelly noch einmal getroffen hat?“

„Nein“, meinte Armstrong. „Schließlich wohnte er wieder bei seiner Familie. In den letzten Jahren war er sehr schwach. Kam nur zu den Chemotherapien und zu Arztbesuchen aus dem Haus.“

„Wir werden sie finden“, sagte Garner. „Ich möchte schwören, dass sie auch Gerald Steiner kannte.“

Eins zu null für Garner, dachte Sam. Ihre Laune war endgültig im Keller. Sie verabschiedeten sich von Armstrong und gingen zurück zu ihrem Wagen.

„Wie weit ist es nach Fort McMurray?“, fragte Garner.

„Mehr als 700 Kilometer“, antwortete Sam.

Garner grinste „Das schaffen wir in sechs Stunden. Haben Sie morgen schon etwas vor?“

Es war eine mehr als optimistische Schätzung. Wider Willen musste Sam ebenfalls grinsen.

„Nein“, sagte sie.

„Machen wir einen kleinen Ausflug“, sagte Garner. „Wir nehmen den BMW.“

„Okay“, sagte Sam.

Fiona Kelly

19. Juni 1978
St. Francis Orphanage Edmonton

Dwight sagte, dass ich ihn gut festhalten solle, und dass sie manchmal Tollwut hätten, und wenn sie einen beißen, man unter furchtbaren Qualen sterben würde mit Krämpfen und Schaum vor dem Mund und so, und dass es kein Mittel dagegen gäbe, und dass ich dann auf ewig in der Hölle schmoren müsse. Wenn es nach den *Sisters of Providence* des St. Francis-Waisenhauses in Edmonton ginge, würde ich das sowieso, aber ich hatte keine Lust auf die Krämpfe und den Schaum und aufs Sterben, und so kniete ich mich auf seinen Rücken und klemmte ihn zwischen meinen Oberschenkeln fest, während Dwight Mute Joey anschnauzte, endlich den Kanister Benzin aufzuschrauben, den er aus der Garage des Pfarrers geklaut hatte. Mute Joey sagte wie immer kein Wort, doch seine unergründlichen dunklen Augen flackerten unruhig wie Kerzen im Wind und machten mir Angst. Dwight hatte mir mal erzählt, Joeys Leute hätten ihm die Zunge durchstochen, als er klein war, das würden die Cree mit Kindern tun, die freche Antworten gäben, doch ich wusste, dass das gelogen war, denn obwohl Joey nie sprach, war ich ihm einmal heimlich gefolgt wie er sich nachts in den Wald davonschlich und hatte gehört, wie er auf Cree mit den Bäumen sprach, obwohl das Sprechen von Indianersprachen streng verboten war, und ich hatte Angst, er würde mich umbringen, wenn er mich entdecken würde und war schnell zurückgerannt und in mein Bett in dem muffigen Schlafsaal gekrochen, der nach Pipi und Schweiß und Unglück stank.

Der Fuchs hatte sich ganz flach auf den Boden gedrückt, mein Kleid war hochgerutscht, und ich spürte sein Fell, das rotbraun glänzte und sich gleichzeitig weich und kratzig anfühlte, an meinen nackten Beinen. Seine Ohren waren aufgerichtet, und seine rechte Pfote war blutig an der Stelle, wo die Falle zugeschnappt war, die Joey aus altem Draht und einer rostigen Eisenkrampe gebaut hatte. Zuerst hatte Dwight ihn mit einem Stock, den er mit dem Taschenmesser zugespitzt hatte, immer wieder in die Seite gepikt und sich halbtot gelacht, wie der gefangene Fuchs die Zähne fletschte und seltsam heisere Laute von sich gab, doch dann wurde Dwight das Spiel langweilig und er hatte die Idee mit dem Benzin. Der Pfarrer war der Einzige, der ein Auto besaß, einen ziemlich neuen Chevvy, den die Jungen im Heim für ihn regelmäßig putzen und auf Hochglanz polieren mussten, und manchmal nahm er dann einen mit auf eine kleine Spritztour, nur was dann spritzte, das wollte Dwight mir lieber nicht verraten, dafür käme der Pfarrer in die Hölle, sagte Dwight, doch das würde ihm sowieso niemand glauben und ich solle besser die Klappe halten. Dwight war 14, zwei Jahre älter als ich, er war lang aufgeschossen und klapperdünn, seine bleiche Gesichtshaut mit Pickeln übersät, seine Nägel bis unter die Nagelhaut abgekaut, doch seine Züge waren hart und seine Augen so kalt wie Fischaugen und er fürchtete weder Tod noch Teufel. Obwohl es Jungen im Heim gab, die stärker und kräftiger als Dwight waren, legte sich niemand mit ihm an. Jeder wusste, dass er ein Klappmesser besaß, und dass er nicht zögern würde, es zu benutzen. Wir waren zur Garage des Pfarrers geschlichen und Dwight hatte das Schloss aufgebrochen, während Mute Joey und ich Schmiere standen. Grinsend kam Dwight mit dem Benzinkanister angerannt und sagte: „Jetzt machen wir ihm Feuer unterm Arsch." Der Fuchs beäugte uns misstrauisch und zerrte wie verrückt an der Falle, und das war als Dwight mir sagte, dass ich ihn gut festhalten solle, und ich mich auf ihn kniete, während Mute Joey den Benzinkanister aufschraubte, Benzin über den buschigen roten Fuchsschwanz goss und vorsichtig den Eisenbügel der Falle hochzog. Ich spürte das leise Beben, das den Körper des Fuchses durchzuckte, und ich spürte die Macht über Leben und Tod wie einen gewaltigen Rausch, der mich mitriss. Dwight zündete ein Streichholz an und sagte: „Ready, steady, go!" Ich sprang im letzten Moment hoch. Das Fell entzündete sich mit einer Art lautem Knistern, und ich bekam eine Gänsehaut und fühlte eine seltsame Erregung. Der Fuchs blieb den Bruchteil einer Sekunde reglos, dann schnellte er davon wie von allen Teufeln gehetzt. Die verletzte Pfote hinterließ eine blutige Spur, der brennende Schwanz leuchtete wie der Schweif eines Kometen, und noch lange nachdem der Fuchs irgendwo im Gebüsch zusammengebrochen war, krümmte Dwight sich vor Lachen, während Mute Joey mit seinen merkwürdigen dunklen Augen keine Miene verzog, sich umdrehte und verschwand.

Dwight ließ sich ins Gras fallen und drehte einen Joint.

Ich setzte mich neben ihn, und er legte den Arm um meine Taille und zog mich zu sich heran. In den neun Jahren, die ich jetzt bei den *Sisters of Providence* lebte, hatte mich nie jemand berührt und ich hatte keine Erinnerung an die Zeit davor. An meinem Körper gab es Narben, über die niemand sprach. Schwester Lucia sagte, dass meine Mutter eine Sünderin sei und ich ein Kind der Schande, und dass wir beide dafür unsere Buße leisten müssten, bis dass der Herr uns vergeben würde. Ich legte den Kopf auf Dwights Schulter und lehnte mich an ihn, und obgleich er sich knochig und hart anfühlte und nach Schweiß und ungewaschenem Jungenkörper roch, schlug mein Herz bis zum Hals. Dwight zündete den Joint an und nahm einen tiefen Zug. Ich hatte keine Ahnung, wo er das Zeug herhatte und ich wollte mir lieber nicht ausmalen, was mit ihm passieren würde, wenn sie ihn erwischen würden, doch es war genau das, was mich an ihm anzog. Er reichte mir den Joint, und ich steckte ihn zwischen meine Lippen und inhalierte, bis ich hustete wie verrückt und Dwight sich wieder vor Lachen bog. Das süßliche Aroma und die Nähe seines Körpers lullten mich ein, und als seine Hand unter mein Kleid glitt und seine Finger in mein Höschen, war ich ihm genauso hilflos ausgeliefert wie der Fuchs in seiner Falle, nur dass es sich besser anfühlte als jemals etwas zuvor. Er drückte mich ins Gras und legte sich auf mich und presste seine Lippen auf meinen Mund und seine Zunge fühlte sich an wie eine feuchte Natter und etwas glitt zwischen meine Schenkel und stieß in mich hinein, dass ich aufschrie vor Schmerz, und er stieß und stieß, und ich sah wieder den Fuchs mit dem brennenden Schwanz, und es schien wie das Leuchten der höllischen Feuer, und ich dachte, dass auch ich eine Sünderin sei und auf ewig verdammt war. Er keuchte und pumpte und brach mit einem heiseren Stöhnen über mir zusammen, dann rollte er von mir herunter und sagte: „Wenn du willst, kannst du meine Freundin sein.“ Ich spürte, wie Blut aus mir herauslief und regte mich nicht, doch Dwight zog das Klappmesser aus der Hosentasche und nahm meinen Arm. Es schnappte auf, und er ritzte ein D in meinen Unterarm, und es tat gar nicht weh, und er lächelte ein schiefes Lächeln und sagte: „Jetzt gehörst du zu mir“, und ich dachte, dass es besser war als allein zu sein, und nickte.

Ich weiß bis heute nicht, ob uns jemand gesehen und verraten hat, doch ein paar Tage später prügelte der Pfarrer Dwight mit seinem Gürtel halb tot, weil er seine Garage aufgebrochen und den Benzinkanister geklaut hatte, und Dwight musste das St. Francis Waisenhaus verlassen und einige sagten, er sei im Gefängnis, weil er mit Drogen gedealt und gestohlen habe, und nicht nur Benzinkanister. Das eingeritzte D an meinem Unterarm verkrustete, doch ich kratzte die Kruste immer wieder auf, und wenn ich an Dwight dachte, spürte ich dieselbe wilde Erregung, die ich gespürt hatte, als der Fuchs wie von Dämonen besessen davonstieb. Ohne Dwight schien das Leben im Waisenhaus plötzlich so schal wie die wässrigen Kartoffelsuppen, die abgetragenen grauen Kleider, die endlosen Litaneien und Gebete, und als ich wie jeden Freitag das Zimmer von Schwester Lucia putzen musste, griff ich in den Vogelkäfig und drehte ihrem Wellensittich den Kopf um. Ich betrachtete ihn eine Weile, wie er leblos zwischen Spelzen von Hirse und zerpickten Apfelstücken in dem Sand lag, der auf dem Boden des Käfigs ausgestreut war, und ich dachte an meine Mutter, und dass sie mich nicht gewollt hatte, und dann dachte ich, dass mein Vater vielleicht noch lebte irgendwo da draußen, und dass er mich lieben und beschützen würde, wenn ich ihn nur fände.

Samantha Stern

14. Juli 2022
Calgary

Es gab drei wichtige Dinge zu tun. Erstens: herausfinden, ob sie schwanger war. Zweitens: herausfinden, ob es für morgen Nacht in Fort McMurray ein bezahlbares Hotel mit zwei Einzelzimmern gab. Drittens: herausfinden, wo Fiona Kelly wohnte.

Bei keinem der drei Dinge brauchte sie Ted Garner. Ganz im Gegenteil: Nummer vier auf ihrer mentalen Liste war, ihn so schnell wie möglich loszuwerden. In Fort McMurray würde sie noch mehr als genug Zeit mit ihm verbringen müssen.

„Haben Sie eigentlich schon etwas von unserer schönen Stadt gesehen?", fragte sie und zwang sich zu einem einladenden Lächeln. „Wenn Sie möchten, setze ich Sie am Calgary Tower ab. Der Turm ist 190 Meter hoch, und von der Aussichtsplattform haben Sie einen fantastischen Blick auf die Rocky Mountains."

Garner grinste.

„Suspendieren Sie mich?", fragte er. „Ich denke, wir sollten lieber herausfinden, wo Fiona Kelly wohnt. Und uns um ein vernünftiges Hotel kümmern."

Fuck you, dachte Sam. Gleich würde er noch vorschlagen, mit ihr zum Frauenarzt zu gehen.

„Wie Sie meinen", sagte sie.

Schweigend fuhren sie zurück zum Police Headquarter.

Sie berichteten einem zufrieden wirkenden O'Sullivan kurz über den Stand der Ermittlungen, dann gingen sie in Sams Büro. Garner verfiel erneut in ein brütendes Schweigen und stellte sich vor die Wand, an die Sam neben die Fotos von Gerald Steiner die Aufnahmen des Mordes an Josh Armstrong geheftet hatte. Auch hier das ausgemergelte Gesicht eines alten, vom Leiden gezeichneten Mannes, die aufgeschlitzte Kehle, das Blut auf der Kleidung und im Gras vor dem Rollstuhl. Die Opfer sahen schwach und hinfällig aus, und doch waren auch sie einmal jung gewesen, voller Hoffnungen und Träume. Es schien unvorstellbar, dass sie jemals in der Blüte des Lebens gestanden hatten, und dass Armstrong sogar jahrelang eine Geliebte hatte, mit der ihn Gefühle und leidenschaftlicher Sex verbanden. Herzen waren abgründige Orte unstillbarer Sehnsucht, doch galt das auch für die vertrockneten Herzen alter Männer?

Sam googelte die Seite von Booking.com und entschied sich für das *Clearwater Residence Hotel*. Es lag in der Innenstadt von Fort McMurray, knapp 20 Kilometer von den Teersandfeldern entfernt, bot Fitness und Sauna und war am obersten Rand ihres Spesenbudgets. Wenigstens wäre der Abend ausgefüllt, vorausgesetzt Garner wollte nicht auch in die Sauna. Doch sie vermutete, dass er lieber einen Whiskey in der Bar trinken und mit jemandem über Schopenhauer philosophieren wollte. Sie zeigte Garner das Hotel, er nickte und sie buchte. Der unkomplizierte Teil ihrer Aufgabenliste war erledigt. Von jetzt an würde es schwieriger werden.

Sie gab *Fiona Kelly Fort McMurray* in die Suchmaschine ein, doch natürlich gab es keinen Treffer. Garner stand noch immer vor den Fotos und glotzte sie an wie ein Ölgötze.

„Sind Sie eigentlich Jüdin?“, fragte er unvermittelt.

„Spielt das irgendeine Rolle?“ Sam fand selbst, dass ihr Ton zu schroff klang.

„Nein“, sagte er. „Der Name Stern klingt jedoch jüdisch.“

„Ja, ich bin Jüdin“, sagte Sam. „Doch vor allem bin ich Kanadierin. Und Sie? Sind Sie Christ?“

Immer noch der schroffe Ton.

„Ausschließlich Kanadier“, sagte Garner und grinste.

Auch Sam musste unwillkürlich grinsen. Doch vielleicht hatte ihr Bruder ja recht gehabt, als er nach Tel Aviv gezogen war. Levin hatte immer behauptet, dass – obwohl Kanada hinter Israel, den USA und Frankreich die viertgrößte jüdische Gemeinde der Welt hatte – es auch hier immer mehr Rechtsradikale und Antisemiten gäbe. Ihr Großvater war einer der etwa 20 000 jüdischen Kanadier gewesen, die sich freiwillig zum Militär gemeldet hatten, um im Zweiten Weltkrieg für Kanada zu kämpfen, während gleichzeitig Zehntausenden jüdischer Holocaust-Flüchtlinge die Einreise verweigert wurde. Dafür fanden viele deutsche Kriegsverbrecher Unterschlupf in Kanada und wurden bis heute nicht verfolgt.

„Ich beneide Sie um Ihren fantastischen Namen“, sagte Garner. „Samantha Stern.“ Er sprach den Namen aus als lutsche er ein Bonbon. „Dagegen sind Garner und Kelly fast so schlimm wie Smith und Miller.“ Er grinste noch immer. „Es könnte schwierig werden, diese Fiona mit ihrem Allerweltsnamen zu finden. Wenn sie überhaupt noch in Fort McMurray lebt." Garner machte eine Pause und starrte wieder auf die Fotos.

„Hatte Armstrong nicht gesagt, sie hätte in einer Bar gearbeitet?"

„Ja", sagte Sam.

Es war genau dieser Teil der Polizeiarbeit, den Sam hasste. Akribische Recherchen. Die oft genug ins Leere führten.

Es gab mindestens 23 Bars in Fort McMurray. Lounge Bars, Bowling Bars, Sports Bars, Strip Bars. Die meisten öffneten abends, manche erst um 22:00 Uhr. Es würde die halbe Nacht dauern, sich am Telefon durchzufragen, und falls Fiona Kelly überhaupt noch in einer von ihnen arbeitete und keine Lust auf die Polizei hatte, würde sie sich verleugnen lassen und abtauchen.

„Morgen Abend machen wir einen Zug durch die Gemeinde", sagte Garner. „Ich hoffe, Sie mögen Whiskey."

Der Gedanke, mit Garner 23 Bars abklappern zu müssen, verursachte Sam erneut Brechreiz. Es gab nur noch zwei Möglichkeiten, dieses Horror-Scenario abzuwenden. Wenn Fiona Kelly legal in Fort McMurray arbeitete, besaß sie eine Sozialversicherungsnummer. Wenn Fiona Kelly gegen irgendein Gesetz verstoßen hatte, wäre sie bei der Polizei aktenkundig. Sam ließ sich mit dem *Service Canada Center* und dem *Police Headquarter Fort McMurray* verbinden. Es dauerte eine Ewigkeit, bis alle Zuständigkeiten geklärt waren und eine endgültige Antwort kam. Keine Treffer.

Während Sam stundenlang am Telefon hing, blickte Garner abwechselnd auf die Wand mit den Fotos und aus dem Fenster. Sam versuchte, ihn zu ignorieren, doch seine schweigende Präsenz war wie dunkle Materie, von der niemand wusste, was sich dahinter verbarg. Sie fühlte sich ungewöhnlich erschöpft, und es fiel ihr schwer, sich zu konzentrieren und einen klaren Gedanken zu fassen. War Fiona Kelly nicht viel zu alt, um in einer Bar zu arbeiten? Armstrong hatte gesagt, sein Vater habe Fiona finanziell unterstützt. War er ihr Sugar Daddy gewesen? Hatte er es wirklich nur aus Liebe getan? Und was war mit Gerald Steiner? Hatte Fiona Kelly ihn auch gekannt? Eins war klar: Sie mussten Fiona finden und es schien, als würde das eine verdammt schwierige Aufgabe werden.

Es war 14:52 Uhr und Punkt 2 ihrer Aufgabenliste war abgearbeitet, auch wenn sie immer noch nicht wussten, wo Fiona Kelly wohnte. Sie hatten das Mittagessen in der Kantine verpasst und Sams Magen knurrte. Dieser Garner schien von Luft und Liebe zu leben. Er schwieg weiterhin und starrte aus dem Fenster, wo es außer der Autobahn Richtung Flughafen nicht viel zu sehen gab. Vielleicht meditierte er ja oder hielt nach BMWs Ausschau.

„Machen wir Schluss für heute", meinte Sam. „Mehr können wir fürs Erste nicht tun. Übernachten Sie wieder beim Commissioner?"

„Nein." Garner stand weiter wie festgewurzelt vor dem Fenster.

„Ich habe leider noch einen Zahnarzttermin", sagte Sam. „Vielleicht schauen Sie sich ja doch noch den Calgary Tower an?"

„Vielleicht." Garner grinste wieder. Seine Süffisanz war

unerträglich. „Ich versuche erst einmal, für morgen noch einen Termin bei der Rechtsabteilung von *Northern Energy* für uns auszumachen."

Sam stieß einen unhörbaren Seufzer aus. Es würde ein anstrengender Tag werden.

„Ich muss los", sagte sie. „Bis morgen um 9:00 Uhr im Büro?"

„7:00 Uhr", sagte Garner. „Wir haben ein volles Programm."

„Okay", sagte Sam. Der Morgenritt auf Blizzard würde ausfallen.

Die Praxis von Dr. Stephen McLoyd war voll. Sie hatte keinen Termin. Im Wartezimmer saßen sieben Patientinnen. Vier von ihnen waren schwanger. Sichtbar schwanger. Wie hoch die Dunkelziffer war, ließ sich nur erahnen. Auf ihrem Smartphone war eine neue Whatsapp-Nachricht. *Miss you, Star-Lady. Tonight?* Das Emoji zeigte ein pulsierendes Herz. Jeff arbeitete auf einer Ranch in der Nähe von Che neka am Ghost Lake knapp 70 Kilometer östlich von hier. Sie hatte ihn vor zwei Wochen im *Broken City,* einem der angesagtesten Nachtclubs von Calgary, kennengelernt. Sie waren beide allein auf der Piste, ihre Blicke hatten sich gekreuzt, er spendierte ihr einen Drink, dann weitere, zum Schluss das Koks, sie landeten in seinem Hotelbett. Das übliche Programm. Das Emoji pulsierte schwächer und verlosch, während Sam offline ging.

Sie war jetzt 32. Nach Gideons Tod war ihr Leben implodiert. Seit mehr als zehn Jahren lebte Sam ein halbes Leben.

Ein zerbrochenes Herz. Es war kein Kitsch aus schmalzigen Country Music Songs. Sam hatte gelernt, damit zu leben. Sie war von ihrem Freiwilligendienst bei der israelischen Armee zurückgekehrt nach Kanada und hatte sich in die Arbeit gestürzt. Polizeiakademie, Jahrgangsbeste, Calgary Police Headquarter. Der Commissioner hatte sie unter seine Fittiche genommen und ihre Karriere vorangetrieben. Chief Superintendent der RCMP Samantha Stern. In ihrem Leben gab es keinen Platz für einen Mann, geschweige denn eine Familie. Ab und an ging sie aus, fast immer alleine. Das Gegacker und Getuschel in Frauencliquen war ihr zuwider. Sie war jung, sah gut aus und hatte eine sportliche Figur. Es dauerte nie länger als zehn Minuten, bis ein Mann sie ansprach. War er attraktiv, ging sie auf sein Spiel ein. One-Night-Stands, niemals mehr. Und Jeff? Der Sex mit ihm war gut gewesen. Seine wilde Zärtlichkeit, seine jungenhafte Verspieltheit. Hoffentlich nicht zu gut. Sie hatte ihm ihre Handynummer gegeben. Seitdem drängte er auf ein Wiedersehen.

„Mrs. Stern, bitte."

Sam stand auf und ging in das Sprechzimmer. Dr. McLoyd stellte die üblichen viel zu intimen Fragen und wies auf den gynäkologischen Stuhl. Wie immer überfiel Sam ein Gefühl des Ausgeliefertseins, während er mit seinen Gummihandschuhen in ihr herumfummelte und eine Sonde in ihre Scheide einführte. Auf dem Monitor erschien ein seltsam verzerrtes Flimmern, das anscheinend ihre Gebärmutter darstellte und das Sam weder mit Sex noch mit Babies in Verbindung bringen konnte. Dr. McLoyd runzelte die Stirn und bewegte die Sonde hin und her als wäre sie ein Zauberstab, der ihm Antwort auf eine heikle Frage geben würde.

Sam spürte, wie ihr Herz klopfte und ihre Handflächen schwitzig wurden.

„Schwer zu sagen. 11 Tage, sagten Sie?"

Sam nickte.

„Wir machen eine Blutabnahme und messen die Beta HCG-Konzentration, dann haben wir Gewissheit. Sechs bis neun Tage nach der Befruchtung lässt sich das Schwangerschaftshormon in der Regel bereits nachweisen."

„Wann bekomme ich das Ergebnis?", fragte Sam.

„In zwei bis drei Tagen", sagte Dr. McLoyd. „Rufen Sie Montag an."

„Okay", sagte Sam. Sie stand auf, zog sich an und ging ins Labor. Eine Assistentin stach eine Nadel in ihre Vene, und Sam beobachtete, wie ihr Blut langsam in die Ampulle lief. Die Bilder der getöteten Männer stiegen in ihr auf, und sie verspürte wieder die Übelkeit. Es war 17:10 Uhr, als sie endlich die Praxis verließ. Sie hatte vergessen, Dr. McLoyd zu fragen, ob er auch Abtreibungen vornahm.

Die Sommerluft war warm, und aus den Bäumen auf dem Parkplatz klangen Vogelstimmen. Sam kämpfte gegen die Tränen an. Damals hatte sie nicht geweint. Nicht im Krankenhaus, und auch nicht bei Gideons Beerdigung, obwohl sie wusste, dass in dem Sarg nur zerstückelte Fetzen von ihm lagen. Die Bilder kamen, ohne dass sie sich dagegen wehren konnte. Ein Sommerabend am Meer, die Dunkelheit brach früh herein, in der Ferne die Lichter der

Hochhäuser. Tel Aviv. Er hatte sie geküsst, und sie wäre ihm bis ans Ende der Welt gefolgt.

Da wo ihr Herz gewesen war, war jetzt ein schwarzes Loch. Manchmal drohte es sie zu verschlingen. Doch es gab Abwehrmechanismen, Verteidigungsstrategien, Gegenangriffe. Arbeit, Sport, Sex. Wenn nichts mehr ging, Alkohol. Ab und an ein Joint, ganz selten eine Line Koks. Sam war eine Kämpferin. Es war kein guter Abend, um alleine zu sein. Sie kramte das Ticket aus ihrer Tasche. 18:00 Uhr, Bronc ohne Sattel. Sam stieg ins Auto und fuhr zum Stampede Gelände. Sie stellte den Wagen auf einem der riesigen Parkplätze ab und ließ sich mit der Menschenmenge treiben. Tausende von Besuchern in Western-Outfits strömten dicht gedrängt über das Kirmesgelände. Die bunten Glühbirnen der Fahrgeschäfte glitzerten verheißungsvoll und aus den Lautsprechern dröhnte Country Music. Losverkäufer brüllten in ihre Mikrofone, Clowns jonglierten Bälle, eine Gruppe Indianer mit Adlerfederhauben ritt vorbei, als sei sie gerade einem Western mit John Wayne entstiegen. Sam kaufte einen Cheeseburger an einer der unzähligen Buden und verschlang ihn wie eine Verhungernde. Sie hatte seit dem Frühstück nichts gegessen. Sie orderte noch einen Pancake, eine Tüte Popcorn und eine Cola und stopfte alles in sich hinein. Überall Trauben von Menschen. Es schien ihr, als sei sie die Einzige, die allein unterwegs war inmitten von verliebten Paaren, fröhlichen Familien, ausgelassenen Freundes- und Touristengruppen. Vielleicht gab es Menschen, deren Herz für immer einsam blieb. Und vielleicht gehörte sie ja dazu.

Das Rodeo-Stadion fasste mehr als 20 000 Zuschauer und es war bei jeder Vorstellung ausverkauft. Sam zeigte ihr Ticket vor und erkämpfte sich einen Stehplatz in einer der vorderen Ränge. Die Calgary Stampede mit ihren enormen Preisgeldern zog die besten Turnierreiter des gesamten Kontinents an. Sam war selbst eine geübte Reiterin, doch die hier gezeigten Leistungen beeindruckten sie jedes Jahr aufs Neue. Der Ansager brüllte etwas, die Schranke vor dem Gatter wurde blitzschnell hochgerissen und der erste Reiter stürmte auf dem wie verrückt buckelnden Bronc in die Arena. Die Broncs waren nicht zugerittene Wildpferde und sie wurden den Teilnehmern zugelost. Je mehr sie buckelten und je besser die Haltung des Reiters, desto höher fiel die Wertung der Punktrichter aus. Obwohl der Cowboy verzweifelt versuchte, sich auf dem Rücken des Tieres zu halten und die wilden Eskapaden nur mit Hilfe eines Stricks zu parieren, wurde er nach wenigen Sekunden abgeworfen und landete unsanft auf dem Boden. Schnell rappelte er sich auf und verließ humpelnd die Arena, während zwei Helfer das Pferd einfingen und hinausdrängten. Der Geruch nach Pferdedung, Schweiß und Bier nahm Sam den Atem. Der Pancake war ein Fehler gewesen. Ritt folgte auf Ritt und die meisten Reiter schafften es, sich die vorgeschriebenen acht Sekunden auf dem Rücken des Tieres zu halten, ohne mit der Hand das Pferd oder sich selbst zu berühren, um dann wie ein Akrobat abzuspringen und sich in Sicherheit zu bringen. Frenetischer Applaus brauste nach jedem Ritt durch das Stadion und die Stimmung kochte. Der Schwall kam unverhofft. Eine bröckelige, bräunliche Flut schoss aus ihrem Mund und ergoss sich über ihr T-Shirt und den Cowboy-Hut des Mannes vor ihr. Hektisch zog sie ein Taschentuch hervor und versuchte, das Schlimmste abzuwischen, während sie sich tausend Mal bei ihm entschuldigte. Er blickte nicht gerade freundlich. Sam musste erneut würgen, und ihr schwindelte. Sie fühlte sich hundeelend. Sie hörte kaum, wie der Ansager *Jeff Adams aus Cheneka, Alberta,* brüllte. Mühsam kämpfte sie sich zum Ausgang durch. Als sie sich noch einmal umdrehte, schien es ihr, als kreuzten sich ihre und Jeffs Blicke für den Bruchteil einer Sekunde, doch vielleicht hatte sie sich auch getäuscht. Sie nahm ihr Handy heraus, scrollte zu Jeffs Nummer und drückte auf *Kontakt löschen.*

Ted Garner

15. Juli 2022
Fort McMurray

Es war 7:20 Uhr und der Alberta Highway 2 einigermaßen leer. In der Nacht war Regen aufgekommen, der in dünnen Strichen gegen die Windschutzscheibe prasselte. Garner drückte aufs Gaspedal und der BMW schoss über den nassen Asphalt. Die Landschaft war flach wie ein Brett, nur ganz in der Ferne verflossen die schneebedeckten Gipfel der Rocky Mountains mit einem wolkenverhangenen Himmel.

Garner unterdrückte ein Gähnen. Er hatte die Nacht auf einem abgelegenen Parkplatz am Rand des *Fish Creek Provincial Park* in seinem Wagen verbracht. Der Anzug war zerknittert, und er fühlte sich zerschlagen und verschwitzt. Doch weder der Colonel noch der Commissioner waren eine Option gewesen und es hatte sich als unmöglich erwiesen, ein Hotelzimmer in Calgary oder der näheren Umgebung zu finden. Diese verfluchte Stampede. Vorgestern Abend hatte ihn Commissioner O'Sullivan mit zum Bullenreiten geschleppt, O'Sullivan in Jeans und Fransenhemd mit einem überdimensionierten Cowboyhut auf dem Kopf, Garner trotzig im grauen Anzug. Sie hatten zwei Stunden lang zugesehen, wie vor Testosteron platzende Jungmänner Kopf und Kragen riskierten, um ein paar Sekunden auf einer bockenden Kuh zu reiten, dann hatten sie an einer überfüllten Kirmesbude einen Burger verdrückt und ein paar Bier gekippt. Der Commissioner hatte gestrahlt wie ein kleiner Junge an Halloween, nach dem zweiten Bier waren sie bei ‚Bernie' und ‚Ted' angelangt, danach die üblichen Zoten. Das aufdringliche Geplärre der Country-Musik hatte Garner Kopfschmerzen verursacht. Eine Nacht beim Commissioner reichte. Der BMW hatte Liegesitze, und im Kofferraum lag eine alte Wolldecke. Leider hatte er keine Dusche. Gefrühstückt hatte Garner auch nicht. Samantha Stern saß neben ihm, starrte aus dem Fenster und schwieg. Sie war ausnahmsweise pünktlich um 7:00 Uhr am Police Headquarter gewesen. Sie wirkte kränklich und müde, doch atmete sie etwas aus, das jegliche Nachfrage verbot. Etwas, das an die Zugänglichkeit eines Kaktus' oder eines Seeigels erinnerte. Das leise Klackern der Scheibenwischer war das einzige Geräusch. Immerhin kamen sie gut voran.

In Red Deer machten sie eine Kaffeepause und Samantha verschwand auf der Toilette. Als sie endlich zurückkam, sah sie noch blasser aus, doch der Zugänglichkeitsgrad schien eher geringer. Sie leerten in großen Schlucken ihre Kaffeebecher und gingen zurück zum Wagen. Garner schaltete das Radio ein. Hinter Edmonton fuhr er auf die 63 Richtung Norden. Der Verkehr nahm ab, nur auf der rechten Spur krochen schwere Trucks und Holztransporter. Garner hielt sich ausnahmslos links, obwohl der Highway aufgrund der vielen Verkehrstoten bereits *Highway of Death* genannt wurde. Die weite Ebene der offenen Prärielandschaft ging allmählich in einen dichten Nadelwald aus Schwarzfichten, Kiefern und Tamaracklärchen über. Eine beinahe unberührte Wildnis. Die wenigen Ortschaften, die sie durchfuhren, waren verschlafene Nester mit Namen wie *Wandering River* oder *Mariana Lake.* Einsame Seen mit schilfbestandenen Ufern, auf denen Eiderenten und Kanadagänse schwammen. Schweigend fuhren sie Stunde um Stunde, und es schien, als sei der Highway das einzige Bindeglied zur Zivilisation, doch je mehr sie sich Fort McMurray näherten, desto deutlicher waren die Eingriffe des Menschen zu sehen. Kilometerweite Abholzungen und verkohlte Baumstümpfe, Folgen des verheerenden Brandes im Jahr 2016, der die Stadt fast zerstört hatte. Kranke Bäume mit verdorrtem Geäst, riesige Schwefelhalden, Bohrkräne und mit Kohlenwasserstoffen, Quecksilber und Arsen verseuchte Klärteiche, in der Ferne der dichte Smog der Extraktionsanlagen und Raffinerien. Es sah aus wie die Apokalypse. Obwohl er die Fenster geschlossen hatte, schien es Garner plötzlich, als sei die Luft im Wagen zu stickig zum Atmen. Die Realität stellte die Bilder, die er sich gestern Abend im Internet angeschaut hatte, noch weit in den Schatten. Nicht umsonst nannte die Presse die Gegend *Disaster Zone,* und Umweltverbände protestierten seit Jahrzehnten gegen die Teersandgewinnung, bei der täglich mehr als 2,6 Millionen Barrel Rohöl gefördert wurden. Samantha Stern starrte wie gebannt aus dem Fenster, doch sie sagte kein einziges Wort.

Eine breite Betonbrücke führte über den *La Biche River,* der grau und träge dahinfloss und mit dem bleiernen Himmel verschmolz. *Welcome to Fort McMurray. We have the Energy,* prangte in neonroten Lettern auf dem Ortseingangsschild. Es regnete noch immer, und unwillkürlich fragte Garner sich, was dieser Regen wohl enthielt. Er folgte den Anweisungen des Navigationsgerätes und sie passierten Tankstellen, Supermärkte und endlose Trailerhome-Siedlungen, die mit Bretterzäunen von der Hauptstraße abgetrennt waren. Die Immobilienpreise in Fort McMurray überstiegen inzwischen die von Toronto und Vancouver, und auch wenn mehr als 1600 Häuser pro Jahr gebaut und von den Ölfirmen Containerhäuser aufgestellt wurden, konnte das Wohnungsangebot mit dem Wachstum kaum Schritt halten. An jeder Ecke prangte das Logo einer Ölfirma, ein riesiger Schilderwald errichtet von *Petro-Canada, Cidra Oilsands, Devon, Northern Energy, Esso, Nexen.* Es war eine Stadt, die von Ölbaronen regiert wurde, deren Herrschaftsinsignien unübersehbar waren. Ein Fitnesscenter mit der Aufschrift *Total*, ein Sport- und Veranstaltungszentrum namens *Shell Place*, ein Schwimmbad mit *Syncrude*-Logo, eine Eislaufhalle mit dem Emblem von *Canadian Natural.* Garner fühlte sich, als sei er in einem dystopischen Science-Fiction Film gelandet. Oder in einem kolossalen Albtraum.

Endlich erreichten sie ein mehrstöckiges Gebäude mit einer grauen Betonfassade, auf dem *Clearwater Residence Hotel* stand. Garner schaute auf die Uhr. 13:08 Uhr. 6 Stunden, acht Minuten. Inklusive Pause. Wie immer hatte er seinen Zeitplan locker eingehalten. Das einzig Erfreuliche an diesem beschissenen Tag in dieser beschissenen Gegend. Garner parkte und sie stiegen aus. Die Luft roch schweflig, doch vielleicht bildete er sich das auch nur ein.

Er wollte Samanthas Gepäck nehmen, aber sie schnappte ihm ihren Koffer vor der Nase weg und rollte ihn zielstrebig Richtung Eingang. Garner folgte, während er den nassen Regen auf seinem Haar spürte. An der Rezeption saß ein glatt rasierter junger Mann im Dreiteiler, der sie freundlich anlächelte.

„Ich habe Zimmer auf den Namen Stern reserviert", sagte Sam.

Der junge Mann schaute auf den Bildschirm seines PCs und nickte. „Mr. und Mrs. Stern. Zimmer 112. Willkommen im *Clearwater Residence.*"

„Ich hatte zwei Einzelzimmer reserviert." Sams Stimme klang eisig.

Der junge Mann lächelte noch immer. Das Dauergrinsen war bestimmt ein Grundbaustein seiner Ausbildung gewesen.

„Sorry, Ma'am, aber wir haben eine Buchung für ein Doppelzimmer."

Er warf einen Blick auf Garner, so als erwarte er von ihm Schützenhilfe.

„Einzelzimmer", zischte Sam.

„Es tut mir leid, Mrs. Stern, da muss ein Irrtum vorliegen, aber wir haben leider keine Einzelzimmer mehr frei. Gerade ist die *Exxon Convention*, da ist alles komplett ausgebucht in der City."

Wieder blickte der Mann ihn hilfesuchend an und unwillkürlich musste Garner grinsen.

„Für eine Nacht wird es gehen, Darling", sagte er. „Ich schnarche auch nicht, versprochen."

Sam schoss ihm einen giftigen Blick zu.

„Es gibt auch ein Sofa“, sagte der junge Mann. Sein Lächeln hatte jetzt etwas Ironisches, das sicher nicht Bestandteil seiner Ausbildung war.

Sam zögerte einen Moment. „Na gut“, sagte sie. „Eine Nacht.“ Ihre eisblauen Augen bohrten sich in Garners. „Sofa“, fügte sie hinzu.

Sie checkten ein, der junge Mann gab ihnen die Schlüsselkarte, und sie nahmen den Aufzug in die 3. Etage. Das Zimmer wirkte so kalt und steril wie aus einem Möbelkatalog. Der Blick ging auf die Hauptstraße, doch die Fenster waren schallisoliert und die Klimaanlage brummte. Es gab ein Kingsize-Bett und ein Sofa, das zu kurz und zu hart aussah.

„Bestimmt sind Sie müde von der langen Fahrt“, sagte Garner. „Ruhen Sie sich etwas aus, der Termin bei *Northern Energy* ist erst um 15:00 Uhr. Eine Audienz von maximal 20 Minuten. Die Herrschaften von der Rechtsabteilung scheinen sehr beschäftigt zu sein. Ich kann auch alleine gehen, wenn Sie etwas schlafen wollen. Die Nacht wird anstrengend genug werden.“

Sam schaute ihn an, als wolle sie ihn fressen.

„Ich bin nicht müde“, sagte sie.

„Dann haben Sie vielleicht Lust auf einen Stadtbummel? Ich lade Sie zum Lunch ein und anschließend machen wir einen Waldspaziergang, um uns ein wenig die Beine zu vertreten. Die Gegend sieht ja reizend aus hier.“

Zum ersten Mal an diesem Tag grinste Sam, und Garner fühlte eine seltsame Befriedigung.

„Okay“, sagte sie. „Ich mache mich nur ein wenig frisch.“

Während Sam eine Bluse und eine Kosmetiktasche aus ihrem Koffer zog und im Bad verschwand, dachte Garner, dass sie wahrscheinlich umsonst nach Fort McMurray gefahren waren. Dieser aalglatte Jurist, mit dem er gestern kurz telefoniert hatte, würde sie im Nullkommanichts abwimmeln. Riesenkonzerne wie *Northern Energy*, die jedes Jahr Milliarden Gewinne machten, leisteten sich hochkarätige Spitzenanwälte, die ein junges Huhn wie Samantha Stern zum Frühstück aßen. Er wünschte, sie würde im Hotel bleiben und ihm das Feld überlassen. Wenn sie nicht äußerst behutsam vorgingen, würden sie auf Granit beißen. Garner öffnete den Samsonite und nahm ein weißes Hemd heraus. Schnell streifte er das Verschwitzte ab, die Badezimmertür im Blick. Sie blieb geschlossen. Er glitt in das frische Hemd und knöpfte es rasch zu. Duschen würde er später. Er trat ans Fenster und blickte hinaus. Eine bleierne Tristesse hing über der Stadt und das Grau des Himmels verschmolz mit den dunstigen Schwaden der Ölraffinerien in der Ferne. Fiona Kelly in diesem wüsten Eldorado einsamer Glücksritter, die kamen und gingen, nach all den Jahren aufzuspüren, war so einfach wie eine Nadel im Heuhaufen zu finden. Vielleicht war Fiona bereits tot, vielleicht war auch sie längst weggezogen. Selbst wenn sie einmal in einer Bar in Fort McMurray gearbeitet hatte, würde sich niemand an sie erinnern. Und falls doch, stießen polizeiliche Nachfragen im Nachtclubmilieu selten auf Gegenliebe. Dennoch mussten sie es versuchen. Bisher war es die einzige Spur, die sie hatten. Er würde sich einen Whiskey genehmigen und die Nacht auf dem viel zu kurzen Sofa verbringen. Immerhin besser als der BMW. Hoffentlich schnarchte er nicht.

Die Tür zum Bad öffnete sich. Sam sah deutlich besser aus. Um genau zu sein, sah sie umwerfend aus. Ob es ihr wirklich besser ging oder ob ihr Aussehen den magischen Kräften ihres Kosmetikbeutels geschuldet war, konnte er nicht beurteilen. Er verbot sich einen Kommentar und sie nahmen den Lift ins Erdgeschoss. Der junge Mann an der Rezeption lächelte wieder sein Automatenlächeln.

„Alles in Ordnung, Sir?“, fragte er.

„Haben Sie eine Wanderkarte für Mrs. Stern?“, fragte Garner. „Und ich bräuchte ein Verzeichnis der besten Strip-Bars.“

Das Lächeln gefror und Garner verkniff sich ein Grinsen. Offensichtlich war doch noch Nachhilfeunterricht in der Ausbildung vonnöten.

„Vergessen Sie's“, sagte Garner. Sie gingen zum Auto und stiegen ein. Der Regen hatte nachgelassen und war in ein trostloses Nieseln übergegangen. Während sie Richtung Main Street fuhren, hörte Garner seinen Magen knurren. Auf der *Franklin Avenue* erspähte er mehrere billige Sex-Shops, einen McDonalds, ein Steakhouse, das anscheinend geschlossen war, und eine schäbige Pizzeria, die eingezwängt zwischen einem Safeway, einer Spielhalle und einem Liquor Store lag. Zwei obdachlose Männer mit Plastiktüten lungerten vor dem Alkoholladen herum. Obwohl die Stadt seit Beginn der Ölsandförderung in den 70ern einen ungeheuren Boom erlebt und sich die Einwohnerzahl innerhalb der letzten zehn Jahre auf circa 100 000 verdoppelt hatte, blieb Fort McMurray eine hässliche Provinzstadt, die sich wie ein Krebsgeschwür inmitten der kanadischen Wildnis ausbreitete. Ein riesiger Männerüberschuss ließ genau wie in den Goldgräber-Cities des 19. Jahrhunderts Prostitution, Kriminalität und Gewalt weit stärker gedeihen als Kultur und Lifestyle. Schnelle Dollars, käuflicher Sex, Alkohol und Drogen. Fort McMoney, Fort McCrack.

Sie entschieden sich für die Pizzeria, und eine junge Kellnerin in einem engen T-Shirt mit der Aufschrift *I Love Oilsands* nahm ihre Bestellung auf. Während er eine pappige Pizza in sich hineinschaufelte, grübelte Garner darüber nach, warum es so viele Menschen hierher zog. Glaubten sie wirklich, dass sie in Fort McMurray ihr Glück finden würden? Steiner und Armstrong hatten das offensichtlich getan. Beide Männer hatten als Lkw-Fahrer im offenen Tagebau bei *Northern Energy* gearbeitet, Steiner allerdings nur knapp vier Jahre, das hatte sein gestriger Anruf bei der Personalabteilung ergeben. Zumindest Armstrong hatte mit seiner Gesundheit bezahlt, und am Ende waren sie brutal ermordet worden. Gab es einen Zusammenhang? Lag der Schlüssel zu den Morden in Fort McMurray?

„Wir sollten uns später noch ein wenig die Umgebung anschauen, meinen Sie nicht?", fragte Garner.

„Unbedingt, *Darling*", sagte Sam und lächelte schief. „Bestimmt kann uns *Northern Energy* noch ein paar Sehenswürdigkeiten empfehlen."

Garner grinste. Er mochte ihre sarkastische Art. Er winkte die Kellnerin heran und zahlte.

„Warum lieben Sie Ölsand?“, fragte er. Sie schaute einen Moment verständnislos, dann lächelte sie.

„Weil mein Freund hier doppelt so viel verdient wie anderswo“, sagte sie.

„Macht Geld glücklich?“, fragte Garner.

„Mich schon“, sagte die Kellnerin. „Sie etwa nicht?“ Sie lachte.

Garner fixierte sie mit seinem merkwürdigen Blick. *„Das Glück ist keine leichte Sache: Es ist sehr schwer, es in uns selbst, und unmöglich, es anderswo zu finden“*, sagte er. „Arthur Schopenhauer.“

Die Kellnerin sah aus, als wolle sie ihm einen Vogel zeigen, dann zuckte sie mit den Achseln und verschwand, während Sam keine Miene verzog. Obwohl er sie erst seit wenigen Tagen kannte, dachte Garner, dass sie das Glück bisher genauso wenig in sich selbst gefunden hatte wie er. Doch vielleicht war das Glück ja auch nur die Abwesenheit von Unglück.

„Sollen wir?“, fragte Sam.

Garner nickte, sie verließen das Lokal und stiegen in den BMW. Bis zu ihrem Termin bei *Northern Energy* hatten sie noch eine knappe halbe Stunde. Schweigend durchfuhren sie die City. Das Firmengelände lag nur wenige Kilometer außerhalb der Stadt am Ufer des *Clearwater River*, dessen trübe graue Farbe seinem Namen Hohn zu sprechen schien. Ein langgestreckter, mehrstöckiger Gebäudekomplex aus Glas und Beton ragte inmitten eines kümmerlichen Rest-Wäldchens aus Birken, Pappeln und verkrüppelten Kiefern heraus. Auf dem Parkplatz standen teure SUVs, Pick-up Trucks und mehrere Harley Davidsons, Hondas und Ducatis. Männer mit zu viel Testosteron und Geld in den Taschen. Garner preschte in eine freie Parklücke und sie betraten eine klimatisierte Empfangshalle, in der üppige Grünpflanzen in großen Kübeln eine beinahe tropische Pracht entfalteten. Hinter einem Tresen aus dunklem Palisanderholz lächelte ihnen eine junge Frau so strahlend entgegen, als käme gerade Santa Claus persönlich hereingeschneit.

„Samantha Stern, Chief Superintendent *RCMP* Calgary." Sam pflanzte sich vor dem Strahleengel auf wie eine Gewitterwolke. „Wir haben einen Termin."

„Bei wem bitte?" Das Lächeln verblasste ein wenig.

„Dr. Hawkins, Rechtsabteilung", sagte Garner.

„5. Etage, 2. Tür links." Die Empfangsdame hob die sorgfältig manikürte Hand und deutete auf zwei gläserne Aufzüge schräg gegenüber. „Ich melde Sie an."

Ohne zu warten oder sich zu bedanken ging Sam Richtung Lift und drückte auf den Knopf. Garner folgte.

„Würde es Ihnen etwas ausmachen, wenn Sie mir die Gesprächsführung überließen?", fragte er, während sie nach oben glitten.

„Ja", sagte Sam. „Würde es. Die Ermittlungen führe ich. Sie sind nur der Profiler."

Die Frau war wirklich stachelig. Garner spürte Ärger in sich aufsteigen. Samantha Stern überschätzte sich. Juristen waren professionelle Wortverdreher und eine unbedachte Frage konnte alles vermasseln.

„Ich bin Psychologe", meinte Garner.

„Umso schlimmer“, sagte Sam.

Sie rauschte aus dem Aufzug und stürmte den Flur entlang. Garner hastete zähneknirschend hinterher. Sam klopfte kurz an die Tür, an der ein Schild mit der Aufschrift *Corporate Lawyer Dr. Anthony Hawkins* hing, und betrat kurzerhand das Büro, Garner im Schlepptau. Hawkins hatte sich bereits von seinem Schreibtischstuhl erhoben und wies auf zwei mit schwarzem Leder bezogene Sessel, die um einen Glastisch standen.

„Chief Superintendent Stern, Calgary Police. Wir ermitteln im Mordfall Josh Armstrong“, legte Sam los. „Jemand hat ihm vor zwei Monaten die Kehle durchgeschnitten. Ihre Firma lag jahrelang im Rechtsstreit mit ihm.“

Was für ein unsensibler Gesprächsbeginn, dachte Garner.

„Bitte nehmen Sie doch Platz“, sagte Dr. Hawkins und lächelte ein Haifischlächeln. Ein Haifisch, der sich auf sein Frühstücksfischchen freute. Er war Ende vierzig, trug einen teuren grauen Anzug, der genauso aussah wie Garners, und war offensichtlich Vollprofi.

„Mr. Garner, nehme ich an?“ Intelligente Augen, harter Blick. „Wir haben ja bereits telefoniert.“

Garner zwang sich ebenfalls zu einem Lächeln.

„Danke, dass Sie die Zeit für uns freischaufeln konnten, Dr. Hawkins“, sagte er. Er bemühte sich, ein wenig Wärme in seine Stimme zu legen. Sam schoss ihm einen giftigen Blick zu, doch Garner ignorierte sie.

„Vielleicht könnten Sie uns kurz erklären, worum es bei der gerichtlichen Auseinandersetzung zwischen der Familie

Armstrong und *Northern Energy* ging?", fuhr Garner ungerührt fort.

„Wir sind selbstverständlich gerne behilflich", sagte Hawkins und setzte eine wichtige Miene auf. „Auch wenn ich nicht ganz verstehe, was der Mord mit *Northern Energy* zu tun haben könnte."

„Mr. Garner hat Ihnen eine einfache Frage gestellt. Würden Sie bitte eine einfache Antwort geben." Wieder Sams schnippische Stimme. Garner spürte eine plötzliche Lust, diesen angriffslustigen Stachelkaktus zu erwürgen.

„Ich glaube nicht, dass wir juristisch zu einer Antwort verpflichtet sind", sagte Hawkins.

„Haben Sie etwas zu verbergen?", fragte Sam.

Etwas blitzte in den kalten grauen Augen des Anwalts. Eine Kriegserklärung. Die Chemie zwischen Stern und Hawkins war offensichtlich so giftig wie die Luft in Fort McMurray.

„Ich bin überzeugt davon, dass das Verbrechen nicht in Zusammenhang mit *Northern Energy* steht." Garner lächelte ein Betonlächeln. „Wir versuchen nur gerade, uns ein Bild vom Opfer zu machen. Der Weg zum Mörder führt immer über das Opfer. Armstrong hat lange für Ihre Firma gearbeitet. Sie haben damals *Northern Energy* vertreten und kannten den Mann. Was für ein Mensch war Josh Armstrong?"

Hawkins zuckte mit den Achseln.

„Ich kann mich nicht wirklich an diesen Mann erinnern", sagte er. „Der Prozess wurde bereits vor vielen Jahren eingestellt."

Garner lächelte weiter. Seine Gesichtsmuskeln würden gleich krampfen.

„Worum ging es, Mr. Hawkins?"

Der Anwalt zog eine Mappe aus einem Aktenschrank und setzte eine Lesebrille auf. Er blätterte im Zeitlupentempo in den Unterlagen und runzelte die Stirn. Er genoss es sichtlich, sie auf die Folter zu spannen. Garner hätte ihn am liebsten geschüttelt, doch er riss sich zusammen. Anwälte waren Kampfhunde, die sich mit psychologischer Kriegsführung bestens auskannten.

„Nun, dieser Josh Armstrong hatte sich in eine absurde Forderung gegen unsere Firma verstiegen. Er wollte *Northern Energy* für seine Krebserkrankung verantwortlich machen und verlangte eine exorbitante finanzielle Entschädigung."

Ein süffisantes Lächeln umspielte seine Lippen.

„Sowohl der *Provincial* als auch der *Superior Court* haben die Klage abgewiesen. Es gab kein einziges medizinisches Gutachten, das einen Zusammenhang hätte beweisen können."

„Natürlich nicht", sagte Garner und lächelte weiter. Sein Kiefer begann bereits zu schmerzen. Schließlich konnte jeder Lungenkrebs bekommen, auch wenn er nicht jahrzehntelang die giftigen Abgase der Raffinerien und schwefeligen Dünste der Abraumhalden einatmete.

„Es gibt wissenschaftliche Studien, die eine besorgniserregende Zunahme der Krebs- und Autoimmunerkrankungen in der Region bestätigen", sagte Sam. „Die Rate liegt mehr als 20 Prozent über dem Durchschnitt. In den letzten

Jahren wurden zahlreiche weitere Klagen gegen *Northern Energy* und andere Ölfirmen erhoben, sowohl von Privatpersonen als auch von den First Nations, deren Lebensraum von Konzernen wie Ihrem für immer zerstört wird."

Samantha Stern hatte sich offensichtlich gut vorbereitet. Das glatte Gesicht des Anwalts zeigte keine Regung und seine Stimme blieb kalt.

„*Northern Energy* hält sich streng an alle Umweltauflagen. Das gilt für die gesamte Ölindustrie in der Region."

„Niemand bezweifelt das", sagte Garner. Wieder der giftige Blick dieser Stern.

„Josh Armstrong war völlig verrückt." Offensichtlich konnte sich Hawkins besser an ihn erinnern, als er zugegeben hatte. „Er behauptete, es gäbe gekaufte Gutachten, die *Northern Energy* eine viel zu positive Schadstoffbilanz bescheinigen würden. Eine absurde Behauptung, die jeder Grundlage entbehrt und für die er keinerlei Beweise hatte. Ich habe eine Unterlassungsklage gegen ihn erhoben und der Richter hat dem stattgegeben. Armstrong hat Gift und Galle gespuckt."

„Wann genau wurde das Verfahren endgültig eingestellt?"

„Vor acht Jahren", sagte Hawkins. „Die Familie versuchte es mit allen Mitteln, immer neue medizinische Gutachten, angebliche Zeugen für gesundheitsschädigende Arbeitsbedingungen ohne ausreichende Schutzkleidung, Studien diverser Umweltverbände. Am Ende sind sie grandios gescheitert."

Er lächelte wieder, doch es war mehr ein Blecken der Zähne.

„Wahrscheinlich dachten sie, sie könnten eine millionenschwere Entschädigung wie in den USA herausschlagen, doch da haben sie sich gründlich getäuscht. Das Ganze hat sie fast in den finanziellen Ruin getrieben."

Die Schadenfreude in seiner Stimme war nicht zu überhören.

„Sagt Ihnen der Name Gerald Steiner etwas?", fragte Sam.

„Nein", entgegnete Hawkins. „Nie gehört."

„Auch Steiner hat für Ihre Firma gearbeitet", hakte Sam nach. „Die beiden waren Kollegen. Und er ist seltsamerweise vor einigen Tagen auf die gleiche Art ermordet worden wie Josh Armstrong."

Hawkins zuckte mit den Achseln. „Es gibt viele seltsame Zufälle", sagte er. „Tragisch, wirklich tragisch, die Geschichte mit Armstrong. Erst der Krebs, dann der Mord. Tut mir leid für den alten Knaben, doch ich glaube, ich kann Ihnen wirklich nicht weiterhelfen." Er erhob sich und schaute auf die Uhr. „Ich müsste dann auch zu meinem Termin."

„Hatten Sie nach dem Prozess noch einmal Kontakt zu Josh Armstrong?", fragte Garner.

„Warum sollte ich?" Hawkins Blick wurde lauernd.

„Beantworten Sie bitte die Frage." Kommandoton Samantha Stern.

„Kontakt? Nein", sagte er.

Etwas in seiner Stimme ließ Garner aufhorchen. „Sind Sie sicher?", fragte er.

Hawkins zögerte einen Moment. Ein Schatten huschte über sein Gesicht. „Zumindest nicht direkt. Und ich habe keinerlei Beweise. Doch zutrauen würde ich es ihm. Die Krankheit hatte ihn bösartig gemacht, so bösartig und aggressiv wie der Krebs. Während der Verhandlung wurde er ausfallend, hat mich bedroht und beschimpft. Der Richter hat ihn mehrfach ermahnt, doch Armstrong hatte Mühe, sich zu beherrschen. Ein Choleriker."

Hawkins Gedächtnis schien plötzlich erstaunlich gut zu funktionieren.

„Am Tag nach der Verhandlung am *Superior Court* in Edmonton fand ich unsere Katze. Jemand hatte sie vergiftet und an die Kellertür genagelt. Eine Pfote war halb abgerissen und ihr Fell war verklebt von all dem Blut. Ich weiß nicht, wie lange sie schon da hing, bis wir sie endlich fanden."

Auf seinem Gesicht malten sich jetzt Abscheu und Ekel.

„Haben Sie die Polizei informiert?"

„Ja", sagte Hawkins. Er warf einen abfälligen Blick auf Sam. „Ich habe Anzeige gegen Unbekannt erstattet. Die Polizei hat alles brav protokolliert und das war's dann. Dabei waren meine Frau und meine Tochter halb wahnsinnig vor Angst. Die Kleine hat sich die Augen ausgeheult wegen Kitty. Ich habe mir sogar eine Pistole zugelegt. Zum Selbstschutz."

„Warum denken Sie, dass es Armstrong war?"

„Jemand hatte ein großes A an die Hauswand geschmiert. Mit Katzenblut."

„Klingt nach einem Psychopathen", sagte Sam.

„Oder einem Katzenhasser", sagte Garner. „Gab es noch weitere Vorfälle?"

„Nein.“ Hawkins lächelte ein freudloses Lächeln. „Nur eine tote Katze.“

„Besitzen Sie die Pistole noch?“

„Ja“, antwortete Hawkins. Sein Blick hatte jetzt etwas Verschlagenes. „Ich habe eine gültige Waffenlizenz.“

„Welche Marke?“

„Spielt das eine Rolle?“, fragte Hawkins.

„Ja“, sagte Sam.

„Eine Beretta 93 R.“

Fiona Kelly

16. Oktober 1984
Edmonton

Irene sagte, ich solle die Tische abwischen und die Ketchup-Flaschen auffüllen und dann den Jungs in der Küche beim Saubermachen helfen, und dass ich dabei nicht einschlafen solle, und dass sie und Hank mir die 4,75 Dollar die Stunde nicht hinterherwerfen würden, und dass es da draußen genug andere Mädchen gäbe, die sich um den Job reißen würden, wenn er mir nicht mehr gefiele. Ich füllte den Putzeimer mit warmem Wasser und Seife, tunkte den Schwamm hinein und beseitigte eingetrocknete Reste von Bratensoße, Toastkrümel und klebrige Bier- und Cola-Flecken von den Resopal-Oberflächen der 24 Tische in *Irene's Burger*, bis sie glänzten, dann holte ich den Ketchup-Eimer aus der Vorratskammer, nahm einen Schöpflöffel und ließ die rote Soße vorsichtig in die Flaschen tropfen. Ich hatte es nicht besonders eilig, in die Küche zu gehen, in der Saif, Lou und Dinesh wie jede Nacht nach Schichtende lärmend und Zoten reißend Pfannen und Töpfe schrubbten, den Herd polierten und mich mit gierigen Augen verschlangen, während ich meterhohe Stapel dreckiger Teller und Besteck in die dampfende Spülmaschine räumte und den Abfall sortierte.

Ich war 18 und seit dem Sommer volljährig, und im *Irene's* trug ich kurze Röcke und öffnete die oberen Blusenknöpfe, sodass mein Portemonnaie bei Schichtende prall gefüllt mit Trinkgeld war, denn vom Mindestlohn kannst du nicht leben, auch nicht, wenn du dir ein schäbiges Zimmer mit Mona teilst und jeden Cent dreimal umdrehst. Wenn mich die *Sisters of Providence* so hätten sehen können, hätten sie mich verflucht und gesagt, dass der Apfel nicht weit vom Stamm fällt und ich eine Sünderin wie Eva und meine Mutter sei, die bald mit ihr im Höllenfeuer schmoren würde, aber die *Sisters of Providence* konnten mich mal kreuzweise, und ich beugte mich vor, während ich das Bier hinstellte, lächelte und sagte: „Wohl bekomm's, Mister." Meine Brüste waren groß, meine Beine lang, doch obwohl mir die Männer hinterherpfiffen, ließ ich mich mit keinem ein, denn ich hatte Angst vor der Sünde und vor einem Bastard, sodass ich fast wie *Maria Immaculata* war, als ich in dieser Nacht vor die Tür trat, eine Zigarette rauchte und auf die Sterne schaute. Der Wind raschelte in den Bäumen und wirbelte lose Blätter umher, und während ich fröstelnd in der kalten Herbstluft stand und die Rauchkringel vor meinem Mund beobachtete, die langsam in den Himmel aufstiegen, schnürte sich etwas in mir zusammen, und ich dachte, dass mein Leben bereits vorbei war, denn wie kannst du die Einsamkeit aushalten und die Sehnsucht nach etwas, das du nie gekannt hast und das dir dennoch das Herz zerreißt. Ich warf die Kippe auf den Boden und trat sie aus, und ich wollte gerade zurück in die Küche gehen, als ein rotes Sportcoupé vorpreschte und wie verrückt hupte, und ich dachte, *geht's noch, wir haben geschlossen, du Idiot,* und das Fenster ging herunter und ein Mann sagte: „Steig ein." Ein Teil von mir wollte zurück ins *Irene's* gehen, doch ein anderer Teil trat zu ihm, und ich erkannte ihn sofort, und mein Herz setzte aus, und ich kletterte auf den Beifahrersitz, und wir fuhren in die Nacht hinaus, und ich sah Irene nie wieder.

Dwight sagte, dass er seit zwei Wochen aus dem Knast sei, und dass er viel an mich gedacht hätte, und dass uns das Schicksal miteinander verbunden hätte, und dass er mich gesucht hätte, und dass er für mich sorgen würde, und ob ich mit ihm hoch nach Fort McMurray gehen wolle, und ich sagte: „ja" und fühlte mich so glücklich wie noch nie in meinem Leben. Dwight sagte, dass das Geld in Fort McMurray auf der Straße liegen würde, und dass er dort jemanden kennen würde, der gut bezahlte Jobs für uns hätte, und wir holten meine paar Sachen aus Monas Bude und los ging's. Ich war noch nie aus Edmonton herausgekommen, und obwohl die Nachtluft kalt war, ließ ich das Fenster herunter und spürte den Wind in meinen Haaren, während wir durch die Dunkelheit Richtung Norden rasten, und ich wünschte, wir würden immer so weiter fahren und niemals anhalten. Als wir nach ein paar Stunden in Fort McMurray ankamen, leuchteten die Lichter der Stadt wie tausend Augen, die mich willkommen hießen und mit ihrem Glanz blendeten, sodass ich die Hässlichkeit und den Schmutz dahinter nicht sah.

Dino Salvatore besaß einen Club, und wir wohnten in einem Zimmer, durch dessen dünne Wände das Stöhnen und Keuchen der Männer drang, und Dwight sagte, dass Dino sein bester Freund sei, und dass Dino mich mochte, und dass sie alles miteinander teilen würden wie Brüder und bald schlief ich nicht nur mit Dwight, sondern auch mit Dino, und Dino sagte, dass ich eine Granate im Bett sei, und dass ich stinkreich werden könne, wenn ich nicht nur an der Stange tanzen würde, sondern die Cowboys hier oben ein wenig verwöhnen würde, und ich redete mir ein, ich sei wie *Maria Magdalena,* und dass Jesus sie am meisten geliebt hatte. Es war Dino, mit dem ich mir die erste Line Koks reinzog, und dann brachte er Pillen, die mich zum Fliegen brachten, und ich flog davon und war so frei wie ein Vogel.

Dwight war Dinos rechte Hand im Club und er erledigte allerhand Geschäfte für ihn, von denen er sagte, dass sie mich nichts angingen, und dass ich besser nicht danach fragen solle. Manchmal waren Dino und Dwight auch für ein paar Tage verschwunden, und beim letzten Mal tauchte nur Dwight wieder auf, und als ich nach Dino fragte, rastete Dwight aus und sagte, dass Dino nicht wiederkommen würde, und dass ich besser die Klappe halten solle, und bald tanzten alle im Club nach Dwights Pfeife und er war der Große Zampano und ich sein Püppchen und das Leben bunt von all den Spritzen süßer Träume.

Doch in den kalten Winternächten leuchteten die fernen Lichter der Raffinerien wie Höllenfeuer, und ich dachte an die *Sisters of Providence* und an meine Mutter, und dass sie eine Sünderin gewesen war, die mich nicht gewollt hatte und jetzt mit toten Fingern nach mir griff und mich formte nach ihrem Ebenbild, damit ich auf ewig verdammt sein würde wie sie selbst, und während die Hände der Männer wie hungrige Ratten über meinen Körper huschten, erfror mein Herz und ich kroch zitternd unter die Decke und fiel in ein dunkles schwarzes Loch.

Samantha Stern

15. Juli 2022
Fort McMurray

Ihr Schädel dröhnte und sie war hundemüde. Wenigstens hatte sie die Pizza bei sich halten können. Diese Stadt machte sie krank. Oder war es die unheilvolle Präsenz Ted Garners? Bei dem Gespräch mit Hawkins hatte sie sich wie eine Anfängerin benommen. In ihrem Ehrgeiz, dem aalglatten Anwalt etwas zu entlocken, das sie endlich auf eine Spur setzen würde, hatte sie sich von ihrer Abneigung und ihrer Ungeduld leiten lassen. Unprofessionell. Während Garner mit seinem Pokerface und Dauergrinsen eindeutig erfolgreicher gewesen war.

„Machen wir noch einen Abstecher in die Apokalypse?“, fragte Garner.

Sam nickte. Eher würde sie sterben als vor diesem arroganten Psycho zuzugeben, dass sie nicht fit war. Dass sie sich heute Morgen fast die Seele aus dem Leib gekotzt hatte. Dass sie wahrscheinlich schwanger war.

„Schauen wir uns doch mal die Arbeitsbedingungen von Armstrong und Steiner vor Ort an. Vielleicht sollte ich mir auch einen Job in Fort McMurray suchen. Endlich richtig Kohle machen. *I love Oilsands.*“ Garner grinste.

„Dann könnten Sie sich sogar einen Porsche kaufen“, sagte Sam. „Und noch mehr die Umwelt versauen.“

„Lieber einen Maserati.“ Garner grinste noch breiter.

Der Mann war wirklich ein Arschloch.

Er drückte auf die Fernbedienung, und das Türschloss des BMW sprang auf. Sie stiegen ein, und Garner fuhr zurück auf die 63 Richtung Norden. Rechts und links gähnten die riesigen Gruben des offenen Tagebaus. Die Region Wood Buffalo im Nordosten Albertas besaß das drittgrößte Ölvorkommen der Welt, nach Saudi-Arabien und Venezuela, geschätzte 169 Milliarden Barrel. Die Ölsande verteilten sich auf einer Fläche so groß wie England und die lokale Regierung hatte das Land fast vollständig an die Industrie verpachtet.

„Mögen sie Katzen?", fragte Garner.

„Nein", sagte Sam. „Trotzdem würde ich sie nicht vergiften."

„Pathologische Tierquälerei ist meist Ausdruck einer dissozialen Persönlichkeitsstörung, verursacht durch körperlichen oder sexuellen Missbrauch", sagte Garner. „Sie dient der Selbstwerterhöhung und ist ein gezieltes Abreagieren von Aggressionen. Eigene Traumata werden dabei reinszeniert und frühere seelische und psychosoziale Verwundungen gezielt wiederbelebt."

„Sagten Sie nicht, dass wir alle Psychopathen seien?", fragte Sam. „Menschen mit einer leidenden Seele. Manche schlitzen alten Männern Kehlen auf, manche nageln Katzen an Türen."

Sam dachte selber, dass sie biestig klang, doch irgendwie reizte dieser neunmalkluge Garner sie bis aufs Blut. Wenigstens hielt er jetzt den Mund. Sam starrte aus dem Fenster.

Linker Hand floss der *Athabasca River,* gesäumt von den Schwefelhalden und Absetzbecken der gigantischen Aufbereitungsanlage *Mildred Lake* der Firma *Syncrude.* Während sie Kilometer um Kilometer durch die zerstörte Landschaft fuhren, spürte Sam einen Kloß im Hals. Auch wenn sie bereits einiges über die desaströsen Umweltschäden in der Region gehört hatte, hatte sie sich keine Vorstellungen vom tatsächlichen Ausmaß der Zerstörung gemacht. Armstrongs Sohn hatte recht gehabt, es war eine der größten ökologischen Katastrophen der Welt. Doch wer sich mit den Ölgiganten und ihren hochkarätigen Anwälten anlegte, zog anscheinend den Kürzeren. Ging das sogar bis zum Mord? War die Schadstoffbilanz tatsächlich geschönt worden? Vielleicht hatte *Northern Energy* Armstrong nicht nur per Unterlassungsklage endgültig mundtot gemacht.

Ein Straßenschild mit der Aufschrift *Northern Oilfields Next Exit* tauchte auf und Garner bog auf eine geteerte Straße ein, die mitten durch das Abbaugebiet führte. Riesige Bagger wühlten sich in tiefen Gruben durch eine trostlose Mondlandschaft, Lastwagen transportierten den Ölsand in gigantische Industrieanlagen, in denen die Mineralien mit Wasser und Chemikalien erhitzt und das Schweröl extrahiert wurden. Hier also hatten Armstrong und Steiner gearbeitet, hier war höchstwahrscheinlich das Foto aus Steiners Wohnung aufgenommen worden. Während sie in langsamem Tempo die Straße entlangfuhren, deutete Garner auf einen der riesigen Lkws, die schwer beladen mit Teersand dicht neben ihnen über das Gelände rollten, eine graue Staubwolke hinter sich herziehend. Die Räder waren doppelt so hoch wie ein Mensch, und an der Führerhausseite war eine mehr als zwanzigstufige hohe Leiter befestigt. Garner bremste und sie schauten fasziniert auf den Mann am Steuer, der aussah wie eine Ameise, die versucht, ein unförmiges Monster durch einen Höllenschlund zu lenken.

„Jesus Christ“, entfuhr es Garner. „Können Sie sich vorstellen, diesen Scheißjob hier zwanzig Jahre lang zu machen, zwölf Stunden am Tag, mehrere Wochen am Stück? Im Sommer die Hitze und der Staub, im Winter die Dunkelheit und Kälte.“ Er schwieg einen Moment, während er dem LKW, der allmählich in der gigantischen Staubwolke verschwand, hinterher sah. „Sie wohnen in einer trostlosen Männerunterkunft am Stadtrand, und wenn Sie einmal im Monat zu Ihrer Familie nach Calgary fahren, ist sie Ihnen fremd geworden. Irgendwann treffen Sie eine Frau in einer Bar, verlieben sich, führen ein Doppelleben. Was für ein Mensch ist das?“

Garner blickte über das zerstörte Land, als müsse Armstrong gleich aus einer der Gruben auftauchen und ihm Rede und Antwort stehen.

„Ein harter Arbeiter“, fuhr er fort. „Ein genügsamer Einzelgänger, der sich unter Männern behaupten kann. Ein liebevoller Vater, der gut für seine Familie sorgt. Ein Ehebrecher, der jahrelang seine Frau betrügt. Ein Krebskranker, der sich fast bis zum Ruin mit einem Riesenkonzern anlegt. Ein Psychopath und rachsüchtiger Tierquäler?“

„Ein Mann mit vielen Gesichtern“, sagte Sam.

„Wir müssen unbedingt diese Fiona Kelly finden“, sagte Garner, während sie wie von einem bösen Zauber gebannt auf die apokalyptische Szenerie schauten.

„Halten Sie es für möglich, dass Armstrong und Steiner etwas gegen Hawkins oder *Northern Energy* in der Hand hatten? Dass sie deshalb ermordet wurden?", fragte Sam.

„Möglich ist alles", sagte Garner, „aber ich halte es nicht für wahrscheinlich. Sie waren nur einfache Arbeiter. Womit hätten sie den Konzern unter Druck setzen können? Außerdem ist *Northern Energy* eine ganz normale Firma und nicht die Mafia."

„Da bin ich mir nicht so sicher", sagte Sam.

„Niemand wird gezwungen, auf den Ölfeldern zu arbeiten", meinte Garner. „Dass Fort McMurray kein Luftkurort ist, weiß jeder. Wer wie Armstrong 20 Jahre lang das große Geld kassieren will, darf sich nachher nicht beschweren."

Sam wäre ihm am liebsten an die Gurgel gegangen, doch für heute hatte sie sich schon genug zu Gefühlsausbrüchen hinreißen lassen. Dieser Garner war nicht nur ein Arschloch, er war ein Riesenarschloch. Oder spielte er nur den Advocatus Diaboli? Sie fuhren in düsterem Schweigen weiter durch das Abbaugebiet. Sam hatte mehr und mehr das Gefühl, in einen monströsen Albtraum geraten zu sein. Sie warf einen Seitenblick auf Garner. Sein Gesichtsausdruck war so stoisch wie immer, doch sein Kiefer malmte, so als kaue er an etwas Unverdaulichem. Am linken Straßenrand tauchte jetzt einer der riesigen Klärteiche auf.

„Möchten Sie einen Spaziergang machen?", fragte Garner. „Wir könnten das Seeufer entlang schlendern und ein wenig frische Luft tanken." Der Sarkasmus in seiner Stimme war nicht zu überhören.

Er bremste und sie stiegen aus dem Wagen. Der Himmel war von einem schwefligen Gelb und in der Ferne entwichen dichte Abgaswolken den Schornsteinen der Raffinerien. Die Luft roch nach Benzin. Sam spürte Brechreiz. Der Klärteich war von einem hohen Maschendrahtzaun umgeben. Aus der Wasserfläche ragten in regelmäßigen Abständen Vogelscheuchen aus Metall heraus, die im Wind ein unangenehm sirrendes Geräusch verursachten. Anscheinend sollten sie verhindern, dass Wildvögel hier landeten und qualvoll verendeten.

„Vielleicht sollten wir umkehren", sagte Sam. „Bevor auch unsere Lungen vergiftet sind."

Während sie über die trübe Brühe des Klärbeckens schaute, spürte sie wieder eine Welle von Übelkeit. Garner stand wie ein Ölgötze vor dem Zaun und starrte schweigend durch das Maschendrahtgitter auf das Wasser. Das hohe Sirren der metallenen Vogelscheuchen drang schmerzhaft in Sams Ohren und ihr Kopf würde gleich zerplatzen. Sam verfluchte sich selbst, dass sie mitgekommen war. Was wollten sie hier? Dieser Garner machte sie wahnsinnig. Sie brütete dumpf vor sich hin und wartete, dass er seine Zen-Meditation endlich beenden und sie zurück zum Hotel fahren würden. Das Geräusch eines Motors ließ sie auffahren. Aus der entgegengesetzten Richtung tauchte in etwa 100 Meter Entfernung ein Pick-up Truck auf. Das Fahrzeug bremste und hielt am Straßenrand. Eine junge Frau in Jeans und Holzfällerhemd stieg aus. Sie nahm einen Rucksack von der Ladefläche und näherte sich zielstrebig dem Zaun. Sam kniff die Augen zusammen. Auch

Garner hatte die Frau erspäht und blickte angestrengt in ihre Richtung. Die Frau zog etwas aus dem Rucksack. Irgendein Werkzeug, vielleicht einen Bolzenschneider. Ungerührt machte sie sich an dem Maschendraht zu schaffen. Entweder hatte sie sie nicht bemerkt oder es war ihr egal. Sie schnitt ein Loch in den Zaun, schlüpfte hindurch und ging geradewegs auf die verseuchte Wasserfläche zu. Als sie unmittelbar am Ufer stand, schien sie genau wie Garner zur Salzsäule zu erstarren und blickte reglos in die Ferne. Dann kramte sie in ihrer Jackentasche und zog ein Päckchen hervor. Sie waren zu weit entfernt, um etwas Genaues erkennen zu können, doch es sah aus, als streue sie Tabak umher, und Sam meinte, leise Fetzen von Gesang zwischen dem blechernen Sirren der Vogelscheuchen zu vernehmen.

„Wer ist das?“, fragte sie im Flüsterton. „Und was macht sie da?“

Die Frau streifte jetzt Handschuhe über und nahm einen Plastikkanister aus dem Rucksack. Sie tauchte ihn in das Wasser, wartete bis er gefüllt war und schraubte ihn zu.

„Vielleicht fragen wir sie das selbst“, raunte Garner. „Kommen Sie!“

Sie stiegen eilig in den BMW, und Garner raste die kurze Strecke am Ufer entlang, bis er mit quietschenden Reifen neben dem Pick-up hielt. Die Frau, die schon fast ihren Wagen erreicht hatte, hielt inne. Ihr Blick aus schräg stehenden schwarzen Augen war feindselig. Sie trug das lange Haar zu Zöpfen geflochten und war eindeutig indigener Abstammung.

Garner sprang aus dem Wagen. „Hallo", rief er. Sam stieg ebenfalls aus und die Frau nahm sie ungerührt in Augenschein.

„Superintendent Stern", sagte Sam, „und das ist mein Kollege Ted Garner."

„Hi", sagte die Frau. Sie wirkte ganz cool, und der Hinweis auf die Polizei schien ihr keinerlei Angst zu machen. „Ich bin Reanna Moose von der Fort McMurray First Nation. Mitglied des Stammesrates." Ihre Stimme klang stolz und selbstbewusst.

Garner zeigte auf den Kanister. „Darf ich fragen, wofür Sie das Wasser brauchen?"

Die Frau sah ihn durchdringend an und schwieg.

„Keine Sorge", sagte Sam. „Wir haben nichts mit der Ölsand-Industrie zu schaffen. Wir ermitteln in zwei Mordfällen in Calgary und schauen uns hier nur aus Neugierde um."

„Aus Neugierde?", fragte Reanna Moose. Die Bitterkeit in ihrer Stimme war nicht zu überhören. „Warum ermitteln Sie nicht in den Hunderten von Mordfällen, die hier oben passieren?" Sie knallte den Kanister mit einem Ruck auf die Ladefläche des Pick-up Trucks. „Dieses Wasser ist hochgradig kontaminiert, auch wenn die Petro-Industrie das wahre Ausmaß der Umweltschäden auf unserem Land verschweigt. Um einen Liter Bitumen aus dem Sand zu waschen, werden fünf Liter Wasser benötigt, Wasser, das danach zu einer mit Schwermetallen und krebserregenden Kohlenwasserstoffen verseuchten Giftbrühe wird. Doch eine Laboranalyse wird nachweisen, dass dieselben Schadstoffe wie in dieser Wasserprobe auch in unserem Leitungswasser sind."

„Stimmt es, dass die Krebsrate in der Region mehr als 20 Prozent über dem Landesdurchschnitt liegt?", fragte Sam.

„Ja", sagte Reanna. Ihr Blick wurde ein wenig freundlicher. „Nach Schätzungen des *Pembina Umwelt-Instituts* sickern täglich elf Millionen Liter des giftigen Abwassers ins Grundwasser und die umliegenden Flüsse. Unter Menschen aller Altersgruppen in den umliegenden Reservaten grassieren Krebs- und Autoimmunerkrankungen. Und es betrifft nicht nur die Menschen. Weil sie kontaminiertes Wasser trinken, sind auch sämtliche Wildtiere wandelnde Krebsgeschwüre."

„Kein guter Ort für Jäger", sagte Garner.

Reanna lächelte traurig. „Nein", sagte sie. „Nicht nur, dass der Wildbestand durch die Abholzung der Wälder dramatisch zurückgegangen ist, das Fleisch von Elchen, Rehen und Hasen ist genau wie das der Fische von Tumoren zerfressen und ungenießbar." Sie wies auf die trübe Fläche des Klärteiches mit den sirrenden Vogelscheuchen. „Vögel, die hier landen, sterben innerhalb weniger Minuten."

In ihren Augen stand jetzt ein dunkler Glanz.

„Dieses Land ist uns heilig. Wir leben seit mehr als 15 000 Jahren hier. Es sind nicht nur unsere alten Jagdgründe, sondern auch die Gräber unserer Ahnen, die entweiht werden. Die Ölindustrie zerstört unser Land, unsere traditionelle Lebensweise, unser kulturelles Erbe und unsere Gesundheit. Es ist industrieller Genozid. Aber wir lassen uns nicht unterkriegen. Wir werden den Kampf niemals aufgeben und wir bekommen mehr und mehr Unterstützer. Sogar von Weißen“, fügte sie hinzu.

„Sitzen wir nicht in einem Boot?“, fragte Sam. „Nach allem, was ich gelesen habe, ist die CO2 Bilanz des Ölsandabbaus verheerend, und der Klimawandel geht uns schließlich alle an.“

Reanna nickte. „Wir arbeiten bereits seit einigen Jahren nicht nur mit anderen First Nations wie den Mikisew Cree, Athabasca Chipewyan, Beaver Lake Cree und Métis zusammen, sondern auch mit verschiedenen Umweltorganisationen, Sozialverbänden und Gewerkschaften. Schließlich bezahlen auch viele Ölarbeiter mit ihrer Gesundheit.“

„Sagt Ihnen vielleicht der Name Josh Armstrong etwas?“, fragte Garner. „Armstrong ist eines der beiden Mordopfer, deren Fälle wir untersuchen. Er hat lange auf den Ölfeldern gearbeitet und nach seiner Lungenkrebserkrankung gegen *Northern Energy* geklagt, um eine Entschädigung zu erhalten. Vergeblich“, fügte er hinzu.

„Wir haben so viele Fälle und Klagen gesammelt und dokumentiert, dass ich mich nicht an jeden erinnern kann“, sagte Reanna. „Doch wenn Sie Zeit haben, können Sie gerne mit ins Reservat kommen. Dann schaue ich im Computer nach. Unser Stammesbüro ist nur 20 Kilometer von hier entfernt.“

„Gerne. Vielen Dank“, sagte Sam. Plötzlich fühlte sie das leise Kribbeln, das sie immer überfiel, wenn sie auf eine Spur stieß. Garner schien zu zögern, doch Reanna war bereits in ihren Pick-up gestiegen und ließ den Motor an.

„Kommen Sie“, sagte Sam und kletterte auf den Beifahrersitz. Sie folgten Reanna Moose die Straße zurück durch das Abbaugebiet, bis sie die Bundesstraße 61 wieder erreicht hatten. Nach etwa 15 Kilometern Richtung Norden bog Reanna auf eine ungeteerte Straße ab. Ein Schild mit der Aufschrift *Welcome to Fort McMurray Chipewyan and Cree First Nation* zeigte an, dass sie sich auf Reservatsland befanden. Die Gravel Road führte durch ein scheinbar unberührtes Waldgebiet, das beinahe vergessen ließ, dass sich das Teersandgelände in unmittelbarer Nähe befand. Sam blickte neugierig aus dem Fenster, doch außer Birken, Lärchen und Fichten gab es nicht viel zu sehen.

„Waren Sie schon einmal in einem Reservat?“, fragte Sam.

„Ja“, sagte Garner. „In Nord-Quebec. Ich habe in einem Mordfall ermittelt.“

„Und wie war es da so?“, fragte Sam.

Garner schwieg einen Moment.

„Seltsam“, antwortete er schließlich. Etwas in seiner Stimme sagte Sam, dass es besser war, nicht weiter nachzufragen. Die Piste war voller Schlaglöcher und Garner fluchte. Wahrscheinlich sorgte er sich mehr um den BMW als um den Mörder, dachte Sam. Geschweige denn die Umweltsauerei hier oben. Arschloch blieb Arschloch.

Nach einer guten halben Stunde tauchte eine kleine Siedlung auf. Ein paar einfache Holzhäuser, eine Schule, ein Supermarkt, eine Tankstelle, ein einstöckiges Bürogebäude mit der Aufschrift *Tribal Office*. Sam wusste nicht, was sie erwartet hatte, doch eigentlich sah es aus wie ein ganz normales Dorf. Sie parkten den BMW vor dem Stammesbüro und folgten Reanna Moose zum Eingang. Im Foyer standen ein Kaffeeautomat und ein verschlissenes Sofa, und von einem Flur gingen mehrere Bürotüren ab, von denen die meisten offen standen. Ein indigener Mann Ende dreißig mit einer Baseballmütze kam auf sie zu und begrüßte sie freundlich.

„Eddie Okemasis", stellte er sich vor, während Reanna ihm kurz ihr Anliegen schilderte. Dann wechselten die beiden ein paar Sätze in der Cree-Sprache. Es klang angenehm melodisch, doch das einzige Wort, das Sam verstand, war das Wort Kanister. Die dunklen Augen schienen sie zu durchdringen, doch Okemasis sagte nichts weiter und verschwand in seinem Büro.

„Eddie ist unser Chief", sagte Reanna.

„Oh", entfuhr es Sam. Einen Indianerhäuptling hatte sie sich irgendwie anders vorgestellt, doch wahrscheinlich hatte sie zu viele Westernfilme geschaut.

Während Reanna ihren Computer einschaltete, blickte Sam sich neugierig um. Funktionale Büromöbel, hellgrün gestrichene Wände, ein Fenster mit zwei kümmerlichen Grünpflanzen auf der schmalen Bank. Es sah aus wie ihr eigenes Büro, nur dass der Blick auf eine riesige Zeder, in der Vögel oder Eichhörnchen laut keckerten, ging. Wenn sie nicht gerade aus dem Teersandabbaugebiet gekommen wären, hätte Sam es idyllisch genannt. An der Wand hing ein Foto. Es zeigte einen indigenen Mann neben einem jungen blonden Mädchen, das ihr Haar zu Zöpfen geflochten hatte.

„Das ist ja Greta Thunberg", bemerkte Sam erstaunt.

„Ja", antwortete Reanna, die durch verschiedene Dateien scrollte. „Die Aufnahme ist von 2019. Damals hat sich Greta Thunberg mit Chief Allan Adam der Athabasca Chipewyan First Nation getroffen." Sie lächelte. „Vertreter der First Nations waren ja auch in Europa bei den Weltklimagipfeln in Madrid und Glasgow. Es ist genau wie Sie sagen, beim Kampf gegen den Klimawandel sitzen wir alle in einem Boot."

„Haben Sie etwas gefunden?", fragte Garner. Er wirkte ungeduldig und gereizt, so als könne er es nicht erwarten, zurück in die Stadt zu fahren.

„Josh Armstrong, sagten Sie, nicht wahr?", fragte Reanna. „Wissen Sie, wann die Klage gegen *Northern Energy* eingestellt wurde?"

„Vor etwa acht Jahren", sagte Garner.

„Sorry", sagte Reanna, „aber der Name taucht in unserer Datenbank nicht auf. Wahrscheinlich ist das zu lange her. Wir arbeiten erst seit ein paar Jahren mit verschiedenen nicht-indigenen Organisationen zusammen, und wenn er nur als Privatperson geklagt hat, bekommen wir oft keine Informationen."

„Sagt Ihnen der Name Gerald Steiner etwas?", fragte Garner.

„Nein", sagte Reanna. „Ist das der zweite Mordfall, an dem Sie arbeiten?"

„Ja", sagte Sam. „Auch Steiner hat auf den Ölfeldern gearbeitet. Beiden Männern wurden vor Kurzem die Kehlen durchgeschnitten."

Reanna erwiderte nichts. Sie durchsuchte noch einmal

die Dateien auf ihrem Computer, doch es gab keinen Treffer.

„Jetzt habe ich Sie ganz umsonst hier herausgelockt", sagte sie. „Darf ich Ihnen wenigstens noch einen *Indian Tea* anbieten? Ich wohne gleich nebenan."

„Vielen Dank", sagte Garner, „doch wir müssen los." Er wandte sich zum Gehen, bevor Sam überhaupt etwas sagen konnte. Sie fühlte eine vage Enttäuschung. Sie mochte Reanna, die etwa in ihrem Alter war, und hätte gerne mehr über sie erfahren, doch natürlich hatte Garner recht. Es war Zeit, zurück nach Fort McMurray zu fahren. Fiona Kelly schien ihre einzige Spur zu sein, und sie hatten noch eine lange Nacht vor sich, wenn sie sie finden wollten.

„Bye", sagte sie, „und vielen Dank." Zögernd folgte sie Garner zur Tür. Im Flur stand eine ältere indigene Frau, die ein kleines Mädchen an der Hand hielt. Die Frau sagte etwas auf Cree und das Mädchen, das vielleicht drei oder vier Jahre alt war, lachte glockenhell auf. Ihr schwarzes Haar war zu zwei Zöpfen geflochten, und die Ähnlichkeit mit Reanna Moose war unverkennbar.

„Namida", rief Reanna, und stürzte auf die beiden zu. Ihr Gesicht verwandelte sich in ein einziges Strahlen. Sie ging zu der Kleinen und nahm sie hoch. Das Mädchen legte die Arme um Reannas Hals und schmiegte sich an sie.

„Das ist meine Tochter", sagte Reanna voller Stolz zu Garner und Sam. „Der Name ‚Namida' ist Chippewa und bedeutet ‚Sternentänzerin'."

Sam lächelte. „Was für ein schöner Name", sagte sie,

während Namida sie unverwandt anzustarren schien. Sie hatte die schräg stehenden dunklen Augen ihrer Mutter geerbt, doch ihr Blick war seltsam leer, und ihre Pupillen riesig.

„Namida ist blind“, sagte Reanna. Ihre Stimme klang weich mit einer Kante aus Stahl. „Sie ist vor zwei Jahren an Augenkrebs erkrankt. Alles was ich tue, tue ich für sie.“

Sam schluckte. Plötzlich spürte sie wieder den Brechreiz. Sie wusste nicht, was sie sagen sollte und schwieg. „Alles Gute“, sagte sie schließlich, doch sie fand selbst, dass es lahm und verlogen klang. Sie hastete den Flur entlang und verließ fluchtartig das Gebäude. Garner wartete bereits am Auto. Schweigend fuhren sie zurück nach Fort McMurray.

Ted Garner

16. Juli 2022
Fort McMurray

In der Nacht verwandelte sich Fort McMurray in eine künstliche Glitzerwelt, die mit der hässlichen Provinzstadt trister Wohnblöcke und ausgestorbener Trailerparks so wenig Ähnlichkeit zu haben schien wie eine Raupe mit einem Kleopatra-Schmetterling. Es war Freitagabend, und eine endlose Kolonne von Pick-up Trucks, schweren Motorrädern und teuren SUVs cruiste die Mainstreet entlang. Ölarbeiter mit zu viel Dollars in den Taschen auf der Suche nach dem großen Glück. Oder wenigstens einem kleinen Kick. Die bunte Leuchtreklame des *Boomtown Casinos* flackerte verführerisch und der Parkplatz davor war rappelvoll. Garner folgte den Anweisungen des Navigationsgerätes, bis er am Ende der *Franklin Avenue* ein pinkes Schild mit dem Schriftzug *Sunset Strip Bar* erspähte. Er parkte in einer Seitenstraße, sie stiegen aus und gingen zurück zum Eingang. Ein Türsteher musterte sie kurz und winkte sie durch. Sie betraten einen mit roten Clubsesseln und Cocktailtischen möblierten Raum und ergatterten einen der letzten freien Plätze.

Er hatte wie immer recht gehabt. Der Versuch, Fiona Kelly aufzuspüren, war vergebliche Liebesmühe. Es war 0:53 Uhr, es war die 19. Bar, er war todmüde und Samantha Stern sturzbesoffen, auch wenn sie krampfhaft versuchte, sich das nicht anmerken zu lassen. Er ging zum Tresen und bestellte zwei Whiskey, für sich den ersten des Abends, für Sam mindestens den fünften. Zusätzlich hatte Sam noch ein paar Bier gekippt, ihr Blick war glasig und ihr Gang unsicher, doch mittlerweile war ihm alles egal. Es war ein Scheißfall, und obwohl er mit dem Auto unterwegs war und es gegen all seine Prinzipien verstieß, brauchte er jetzt einen Drink und eine Verschnaufpause. Eine junge Kellnerin in einem hochgeschlitzten Kleid, das bei jedem Schritt den Blick auf lange schlanke Beine freigab, kam zu ihrem Tisch und stellte lächelnd die Gläser ab. Als sie sich vorbeugte, ertappte er sich dabei, wie er in ihren Ausschnitt schielte. Schnell hob er das Glas und prostete Sam zu. „*Cheers*", sagte er und nahm einen kräftigen Zug. In der *Sunset Strip Bar* war der Teufel los. Rings um eine mit grün und pink blinkenden Glühbirnen gespenstisch ausgeleuchteten Bühne saßen fast ausschließlich hypervirile Cowboy-Typen zwischen 20 und 50 in Jeans und kurzärmeligen T-Shirts mit tätowierten Armen und stierem Blick, die wie magnetisiert auf eine Stripperin starrten, die kopfüber von der Decke baumelte. Ihre Fußgelenke waren in dünnen Schlaufen aus transparentem Stoff, der auch um ihre Oberschenkel und Arme drapiert war, an einen Balken gefesselt. Sie hielt die Arme weit gespreizt, sodass sie aussah wie Jesus am Kreuz. Ihr langes blondes Haar streifte den Boden, und die blassrosa Brustwarzen baumelten fast in Reichweite vor den gierigen Augen der Männer. Sie trug nur einen String-Tanga, und ihr nackter Körper in seinem extremen Ausgeliefertsein wirkte gleichzeitig aufreizend und blasphemisch. Ein feister Typ mit Baseballkappe sprang auf die Bühne und steckte einen 100-Dollar-Schein zwischen ihre Hinterbacken. Der Körper der Frau begann leicht zu schaukeln, die Cowboys grölten, und weitere Geldscheine flogen auf die Bühne. Wider Willen hatte Garner eine leichte Erektion. Er wandte den Blick ab und leerte den Whiskey. Er spürte den öligen Geschmack im Mund und das Brennen in Kehle und Magen.

„Sind Sie verheiratet?“, fragte Sam. Ihr Lippenstift war verschmiert und sie griente.

„Ja“, sagte Garner. „Seit 17 Jahren.“ Er wusste selbst nicht, warum er das hinzufügte. Sein Privatleben ging niemanden etwas an.

„Und sind Sie glücklich?“ Sam schaute ihm in die Augen. Ihr Blick wirkte plötzlich so klar, als blicke sie in die tiefsten Tiefen seiner Seele.

„Ja“, log Garner. Der Gedanke an Sophie LeRoux streifte ihn wie die leise Berührung eines Nachtfalters, doch er wischte ihn wie immer energisch beiseite. Seit seinem letzten Fall, der ihn nach Montreal geführt hatte, spukte ihm die Frau seines dortigen Kollegen im Kopf herum. Die seltsame Nähe, die er zu ihr empfand, hatte eine nie gespürte Sehnsucht in ihm wachgerufen. Doch Sophie LeRoux war verheiratet, genau wie er, auch wenn ihr Mann ein Arschloch war und eine Frau wie sie nicht verdient hatte. Ehen waren Verträge, und Garner war kein Mensch, der Verträge leichtfertig aufkündigte. Sophie hatte ihm eine Postkarte zu Weihnachten geschickt, aber er hatte nicht geantwortet. Es war besser so. Garner wollte sein Leben nicht verändern. Er war zufrieden und das musste reichen. Garner glaubte nicht an das Glück.

„Und Sie?", fragte er. Dass sie keinen Ring trug, hatte er längst bemerkt.

Sam lächelte, doch es war ein trauriges Lächeln. „Single", sagte sie.

„Gibt es niemanden in Ihrem Leben?", fragte Garner. Sie sah verdammt gut aus, und die Kerle in den Bars der Stadt verschlangen sie bereits den ganzen Abend lang mit ihren hungrigen Augen.

„Es gab da mal jemanden", sagte Sam. „Lange her." Sie leerte ihr Glas in einem einzigen Zug. „Glauben Sie an die große Liebe?", fragte sie.

„Nein", sagte Garner. „Liebe ist eine Illusion. Wir projizieren nur unsere eigenen Vorstellungen und Wünsche auf einen anderen Menschen. Am Ende werden wir zwangsläufig enttäuscht."

„Meinen Sie?" Sam blickte ihm wieder in die Augen, und es war schwer, diesem Blick standzuhalten.

„Als ich 19 war, habe ich mich für *Mitnadvei Chutz LaAretz* gemeldet", fuhr sie fort. Ihre Zunge war schwer und sie lispelte ein wenig. „Wir nennen es auch *Machal,* es ist der freiwillige Wehrdienst in den israelischen Verteidigungsstreitkräften, der allen jüdischen Männern und Frauen offensteht, die nicht die Staatsbürgerschaft des Staates Israel besitzen. Mein Vater und mein Bruder waren schon immer sehr patriotisch, ihre Herzen schlugen mehr für Israel als für Kanada. Mein Bruder Levin hatte 18 Monate in Israel gedient, und da ich nicht wusste, was ich mit meinem Leben anfangen sollte, schien es mir eine gute Idee, ihm nachzueifern."

Sam machte eine kleine Pause, und Garner dachte, dass er besser nicht gefragt hätte. Er hasste die larmoyanten Lebensbeichten Betrunkener.

„Einer meiner Ausbilder hieß Gideon. Er war neun Jahre älter als ich und bereits *Rav-Seren,* ein hoher Dienstgrad in der israelischen Armee. Vielleicht klingt es ja kitschig, doch als ich ihn das erste Mal sah, wusste ich, dass er der Richtige war. Keine Ahnung warum."

In Sams kalten blauen Augen lag ein seltsamer Glanz. Garner schwieg.

„Der Armeedienst war knallhart, und manchmal gerieten wir in gefährliche Situationen, doch es gefiel mir, und als wir das erste Mal miteinander schliefen, dachte ich, dass ich mein Leben in Israel verbringen würde."

In Sams Augen standen jetzt Tränen. Garner schaute auf sein Glas. Es war leer.

„Und warum sind Sie zurückgekommen?", fragte er schließlich.

„Es gab einen Terroranschlag. Ein Hotel am Strand von Tel Aviv. Unser erstes gemeinsames Wochenende. Gideon starb. Er war noch keine 30. Ich stand nur wenige Schritte hinter ihm, als die Bombe explodierte."

„Möchten Sie noch einen Whiskey?", fragte Garner.

Sam nickte. Garner erhob sich und drängte sich durch die Menge. Er hoffte inständig, dass die Geschichte damit zu Ende war. Er hatte weder Lust von Gideons Beerdigung noch von Sams gebrochenem Herzen zu hören. Garner war ein schlechter Seelentröster. Er war der schlechteste Seelentröster der Welt. Während er an der Theke die Bestellung aufgab, warf er einen Blick auf die Bühne. Die an den Füßen aufgehängte Frau hangelte sich mit der Geschicklichkeit einer Zirkusakrobatin unter lasziven Verrenkungen an den Stoffbahnen nach oben, löste die Fußfesseln und ließ sich langsam herabgleiten. Schnell sammelte sie die Geldscheine auf, steckte sie in das Gummi des String-Tangas und verschwand Arsch wackelnd unter dem johlenden Applaus der Männer. Der Barkeeper goss zwei Gläser ein und zwinkerte ihm verschwörerisch zu. Garner zeigte keine Reaktion.

„Ich suche Fiona Kelly. Kennst du sie vielleicht?“, fragte er. Er hatte diese Frage heute Nacht bereits 18 Mal gestellt. Die Antwort konnte er sich denken.

„Fiona?“, fragte der Barkeeper. Er sah aus wie Mitte zwanzig und hatte ein unschuldig wirkendes Milchgesicht, das nicht zu diesem Etablissement passen wollte, doch Garner wusste, wie sehr Gesichter täuschen konnten.

„Klar“, sagte der Barkeeper. „Bist du ein Freund?“

„Ja“, log Garner.

Der Barkeeper grinste. „Fiona hat viele Freunde“, sagte er. „Leider ist sie nicht da.“

„Wann kommt sie zurück?“, fragte Garner.

„Keine Ahnung“, sagte das Milchgesicht.

„Weißt du, wo ich sie finden kann?“ Garner fand selbst, dass seine Stimme zu dringlich klang.

Der Barkeeper grinste noch breiter. Wahrscheinlich hielt er ihn für einen notgeilen Freier.

„In Calgary. Sie wollte zur Stampede.“

Garner stöhnte innerlich.

„Hast du eine Adresse?", fragte er.

„Nein", sagte das Milchgesicht. Er wandte sich ab und tunkte zwei schmutzige Gläser in das Spülbecken.

„Ich muss Fiona sprechen", sagte Garner. „Es ist wichtig."

Das Milchgesicht verzog verächtlich den Mund. „Ich glaube nicht, dass sie wiederkommt", sagte er. „Fiona hat vor Kurzem eine Erbschaft gemacht. Die braucht keine Sugar Daddys mehr. Geht in Rente." Wieder das schmierige Grinsen.

„Wen hat sie denn beerbt?", fragte Garner.

„Du stellst verdammt viele Fragen", sagte der Barkeeper. Seine Augen verengten sich zu Schlitzen. „Bist du ein Bulle?"

Fuck, dachte Garner. Er hatte es vermasselt.

„Scheiß auf Fiona", sagte er. „Vergiss es."

Er warf ein paar Dollarscheine auf den Tresen, nahm die Whiskey-Gläser und bahnte sich einen Weg durch die Menge. Das Milchgesicht würde nichts weiter ausspucken. Er könnte es später noch mal bei der Kellnerin versuchen. Die aufgeheizte schwüle Stimmung im Raum und das laute Gegröle betrunkener Männer untermalt mit schmalziger Country-Musik verursachten ihm Kopfschmerzen. Auf seinem Stuhl hockte ein muskelbepackter junger Kerl mit einem Augenbrauen-Piercing. Er hatte den Arm um Sams Schultern gelegt und presste seinen Oberschenkel an ihren. Sam schien es nicht zu stören.

„Sorry, das ist mein Platz", sagte Garner und stellte die Gläser ab.

„Weggegangen, Platz vergangen“, sagte der andere und grinste breit. „Verpiss dich, Alter.“

Später hätte Garner nicht zu sagen gewusst, was ihn in diesem Moment dazu getrieben hatte, dem anderen einen Faustschlag ins Gesicht zu verpassen. Er hasste körperliche Auseinandersetzungen und er verlor nur selten die Kontrolle. Der Mann verzog vor Schmerz das Gesicht und aus seiner Nase tropfte Blut. Er sprang auf und stürzte sich auf Garner mit der blinden Wut eines angriffslustigen Stiers. Boxhiebe prasselten auf ihn ein, Garner taumelte gegen den Tisch, die Whiskey-Gläser fielen klirrend zu Boden und zersplitterten. Ein Schlag traf Garner in den Magen, er krümmte sich und wäre beinahe auf den glitschigen Fliesen ausgerutscht, als ihn eine Schraubzwinge packte und seine Arme nach hinten drehte. Ein Hüne in schwarzer Uniform. Security. Neben ihm stand ein gut gekleideter Mann von Mitte fünfzig mit einem hageren Gesicht und einem brutalen Zug um den Mund. Irgendetwas an dem Mann hielt auch den Stier in Schach, der plötzlich innehielt und ihn mit blutgeäderten Augen anglotzte.

„Time to go, Gentlemen“, sagte der Mann und lächelte. Es sah aus, als blecke ein Wolf die Lefzen. „Setz ihn an die Luft, Joey.“

„Okay, Dwight“, antwortete der Gorilla und bugsierte Garner Richtung Ausgang.

„Warte“, sagte Garner zu dem Security-Mann. „Meine Freundin.“ Irgendwie schien das besser zu klingen als ‚meine Kollegin‘. Sam saß noch immer auf ihrem Stuhl und starrte wie weggetreten vor sich hin. Sturzbesoffen.

„Fuck you", sagte der Typ. „Du solltest besser auf die Lady aufpassen."

Er ließ Garner los, ging zurück zu Sam und zog sie auf die Beine. Sie hing an seinem Arm wie ein nasser Sack. Er schleppte sie zu ihm und Garner hakte sie unter. Der Stier hatte sich anscheinend schon verdünnisiert.

„Zisch ab", sagte der Gorilla. „Und lass' dich hier nie mehr blicken, klaro?"

„Klaro", sagte Garner. Er war zu groggy, um zu protestieren. Sein linkes Auge war zugeschwollen, sein Kopf dröhnte und er hatte Mühe, sich auf den Beinen zu halten. Alles, was er wollte, war ins Bett sacken und diese ganze beschissene Nacht vergessen. Irgendwie schaffte er es, Sam zurück zu seinem Wagen zu manövrieren. Er setzte sie auf den Beifahrersitz und schnallte sie an. Sie ließ es geschehen wie ein Dummy. Garner stieg ein und ließ den Motor an. Zum Glück waren es nur wenige Kilometer bis zum Hotel. Er fuhr die jetzt fast ausgestorbene *Franklin Avenue* entlang und versuchte, sich auf die roten Ampeln zu konzentrieren, ohne einzunicken. Ein würgendes Geräusch neben ihm ließ ihn auffahren. *„Holy shit"*, entfuhr es Garner. Der Gestank von Erbrochenem breitete sich im Wageninneren aus, und Sam begann, hektisch mit einem Taschentuch an ihrer Jacke und dem Ledersitz herum zu wischen. Garner hatte Mühe, sich zu beherrschen. Der Sitz war ruiniert. Er ließ das Fenster herunter und atmete die kühle Nachtluft ein. Er hasste Samantha Stern. Er hasste Fort McMurray. Und er hasste diesen dämlichen Fall, in dem sie noch keinen Zentimeter vorangekommen waren. Endlich erreichten sie das *Clearwater Residence.* Garner zog Sam aus dem Wagen. Auf dem Sitz und der Mittelkonsole klebte eine bröckelige, gelbbraune Soße, doch er fühlte sich zu schwach, sie zu beseitigen. Er würde sich morgen um die Schweinerei kümmern. Er bugsierte Sam zum Eingang, und sie klammerte sich an ihn wie eine Ertrinkende. Der junge Mann an der Rezeption war zum Glück nicht zu sehen. Garner verfrachtete Sam in den Lift und hoffte inständig, dass sie sich nicht noch einmal übergeben würde. Sie war leichenblass und sagte kein Wort. Er zog den Magnetstreifen durch den Schlitz, die Zimmertür öffnete sich und das Licht ging an wie von Zauberhand. Das Kingsize-Bett erschien Garner wie eine rettende Insel inmitten eines feindlichen Universums. Er setzte Sam auf der Kante ab, zog ihr Stiefel und Jacke aus und streifte die Jeans herunter. Dann knöpfte er die Bluse auf und zog behutsam ihre Arme heraus wie bei einem Kleinkind. Als sie nur noch in Slip und BH vor ihm saß, beschlich ihn ein seltsames Gefühl, doch er bettete sie schnell auf die Matratze und bedeckte sie mit dem Plumeau. Sie schien sofort einzuschlafen. Er brachte die befleckten und übelriechenden Kleidungsstücke ins Badezimmer, putzte die Zähne und ging zu seinem Sofa. Es sah noch immer zu kurz und zu hart aus. Scheiß drauf. Er legte sich kurzerhand auf die andere Seite des Doppelbetts und löschte das Licht. Sein letzter Gedanke vor dem Einschlafen war, dass Pat ihm die Augen auskratzen würde, wenn sie ihn jetzt hier sehen könnte.

Ted Garner

16. Juli 2022
Fort McMurray

Ein klatschendes Geräusch und ein brennender Schmerz in der linken Wange ließen Garner hochfahren. Einen Moment lang wusste er nicht, wo er sich befand. Neben ihm im Bett saß Samantha Stern. Sie trug einen schwarzen BH, ansonsten war sie bis zur Taille nackt, der Rest steckte unter der Decke. Ihr Haar war zerzaust, ihr Gesicht zerknautscht, die milchig blauen Husky-Augen zu Schlitzen verengt. Gleich würde sie ihm an die Gurgel gehen. Oder die Kehle aufschlitzen.

„Wir hatten einen Deal", zischte sie. „Der Deal hieß Sofa. Haben Sie mich etwa angefasst?"

„Allerdings", konterte Garner. „Nolens volens."

Er war jetzt hellwach und er war stinksauer. Noch nie hatte ihn eine Frau ins Gesicht geschlagen.

„Sie waren voll wie eine Haubitze und haben Ihr eigenes Bett nicht gefunden. Außerdem haben Sie meinen Wagen vollgekotzt. Wenn Sie meinen, dass ich das sexy finde, haben Sie sich getäuscht."

„Und sonst war nichts?", fragte Sam. Ihre Miene war eine Mischung aus Argwohn und Abscheu. „Was machen Sie dann in meinem Bett?"

„Schlafen", sagte Garner. „Das Sofa ist ziemlich kurz. Sie dürfen sich gerne bei mir entschuldigen."

Sam schnaubte verächtlich durch die Nase.

„Wir hatten einen Deal", wiederholte sie. „Und ich glaube Ihnen kein Wort."

Die Frau war stur. Stur und arrogant. Garner hatte die Schnauze gestrichen voll. Er warf die Bettdecke zurück, stand auf und ging ins Bad. Sams Jeans und Bluse lagen auf dem Boden, und es roch nach Erbrochenem. Er warf einen Blick in den Spiegel. Seine Lippe war aufgeplatzt, und an seinem linken Auge blühte ein Veilchen. Er drehte das heiße Wasser der Dusche auf und seifte sich gründlich ein. An seinem Solar Plexus befand sich ein Bluterguss. Seine Oberarme waren mit blauen Flecken übersät. Das letzte Mal, dass er sich geprügelt hatte, war als Halbwüchsiger im Militärinternat gewesen. Er hätte seine Pistole mitnehmen sollen. Diese Cowboys machten ihn wahnsinnig. Aber hatte er nicht sogar selber angefangen? Was war bloß mit ihm los?

Während er das Wasser über seinen Körper rieseln ließ, dachte Garner, dass ihn dieser Fall gründlich ankotzte. Er war seit fünf Tagen in Alberta, doch die einzige dünne Spur, die sie gefunden hatten, war offensichtlich kalt. Wenn er dem Barkeeper glauben konnte, würde Fiona Kelly nicht mehr nach Fort McMurray zurückkehren, und sie in Calgary zu finden, war so gut wie unmöglich. Sie hatten keine Ahnung wie sie aussah, geschweige denn ein Foto von ihr. Gestern Nacht hatte Garner es vermasselt. Nicht nur, dass er jetzt Lokalverbot hatte, niemand würde ihm mehr Auskunft über Fiona Kelly geben und für eine polizeiliche Vorladung des Personals oder Überwachung des Clubs gab es keinerlei Handhabe. Doch vielleicht war

Fiona gar nicht wichtig, eine Prostituierte oder Geliebte, mit der Josh Armstrong sich in Fort McMurray eine Zeit lang die Einsamkeit versüßt hatte. Und *Northern Energy*? Hatten Armstrong und Steiner doch etwas gegen die Firma in der Hand gehabt? Ging es um Erpressung? Und hatte Armstrong wirklich Hawkins Katze aus Rache vergiftet und an die Tür genagelt? Was war mit der Beretta? War es Zufall, dass der windige Anwalt dasselbe Modell wie Steiner besaß?

Garner stieg aus der Dusche und trocknete sich ab. Er hatte vergessen, seine Kleidung mit ins Bad zu nehmen. Er wickelte ein Handtuch um seine Hüften, ging zurück ins Zimmer und kramte in seinem Koffer nach frischer Unterwäsche, während er Sams Blicke wie Nadelstiche auf seiner blassen Haut zu spüren meinte.

„Sind Sie fertig?", fragte Sam.

Garner antwortete nicht. Die Aussicht, einen weiteren Tag mit Samantha Stern zu verbringen, verursachte ihm Pickel. Vielleicht sollte er den Fall hinschmeißen. Samantha sprang betont schwungvoll aus dem Bett und quetschte sich an ihm vorbei. Ihre nackten Beine waren endlos und mündeten in den schwarzen String, den er gestern schon gesehen hatte, als er ihr die Jeans abgestreift hatte. Sie verschwand im Bad und Garner zog sich hastig an. Er knallte die Zimmertür hinter sich zu und nahm den Lift ins Erdgeschoss. Er hatte eine Scheißlaune. Der junge Mann an der Rezeption glotzte ihn an.

„Alles in Ordnung, Sir?", fragte er und starrte auf das Veilchen.

„Kleine Meinungsverschiedenheit mit der Missis“, sagte Garner.

Der Empfangsheini lächelte schief und wies ihm den Weg in den Frühstücksraum. Es war bereits halb elf und die meisten Tische standen voll mit abgegessenen Tellern und schmutzigem Geschirr. Garner fand einen freien Platz und eine Kellnerin servierte Kaffee und *Ham and Eggs.* Garners Laune besserte sich ein wenig. Es war Samstagvormittag, und es war sinnlos, noch länger in diesem vermaledeiten Fort McMurray zu bleiben. Sie würden nach Calgary zurückfahren. Was er bräuchte, war ein ruhiges Hotelzimmer und ausreichend Schlaf. Wenn er wieder klar denken könnte, würde er weitersehen. Er würde den Fall lösen. Nicht umsonst war er einer der erfolgreichsten Profiler Kanadas.

„Haben Sie sich wieder beruhigt?“

Samantha Stern hatte das ganz offensichtlich getan. In ihrer Stimme schwang Spott, und sie setzte sich mit einer Selbstverständlichkeit an seinen Tisch, als sei nichts Besonderes geschehen. Die Frau hatte echt Nerven. Mit Hilfe des Schminktäschchens, eines Kamms und einer weißen Hemdbluse hatte sie sich wieder in ein höchst ansehnliches Wesen verwandelt, so viel musste Garner ihr zugestehen. Er schaltete auf stur und schwieg. Seine Laune fiel wieder auf Kellerniveau, während Sam ein vegetarisches Frühstück mit Orangensaft orderte und missbilligend seinen Schinken beäugte. Gleich würde sie ihm noch einen Vortrag über Massentierhaltung verpassen.

„Haben wir eigentlich gestern Nacht etwas über Fiona Kelly herausgekriegt?“, fragte Sam.

„*Wir?*“, fragte Garner. „Erinnern Sie sich nicht?“

Er hatte etwas herausgekriegt, während *sie* offensichtlich einen Filmriss hatte.

„Vage“, antwortete Sam und machte ein Pokerface. „Es ging mir leider gestern nicht so gut.“

„Wahrscheinlich war der Whiskey schlecht“, sagte Garner. „Oder das Bier.“

„Wahrscheinlich beides“, sagte Sam und grinste schief. „Was ist mit Ihrem Auge passiert?“ Auch sie starrte auf das Veilchen, so als wäre er ein Freak.

„Einer Ihrer Verehrer witterte in mir einen Rivalen“, sagte Garner.

„Haben Sie sich etwa um mich geprügelt?“

Zum ersten Mal erhellte sich Sams Gesicht. Anscheinend mochte sie die Cowboy-Art, Dinge zu regeln.

„So ungefähr“, sagte Garner. „Leider hat man uns dann an die Luft gesetzt und Lokalverbot erteilt.“

„Und Fiona Kelly?“

Garner schwieg und nippte an seinem Kaffee.

„Spannen Sie mich nicht auf die Folter, Ted.“

Das ‚Ted‘ klang versöhnlich. Ein Friedensangebot?

„Es scheint, dass wir sie verpasst haben. Fiona Kelly ist zur Stampede gefahren. Natürlich, wohin auch sonst?“, fügte er hinzu. „Das Highlight des Jahres in Alberta. Hätte ich mir gleich denken können.“ Er merkte selbst, dass seine Stimme vor Ironie triefte.

„Wann kommt sie zurück?“, fragte Sam.

„Gar nicht“, sagte Garner. „Sie hat vor Kurzem eine Erbschaft gemacht. Hat es anscheinend nicht mehr nötig, in

Bars zu arbeiten. Wahrscheinlich ist sie schon auf dem Weg in die Karibik."

„Dann sind wir umsonst nach Fort McMurray gefahren?", fragte Sam.

„War doch ein schöner Ausflug", sagte Garner. „Verpestete Luft, giftige Abraumhalden, billige Strip-Bars, eine Schlägerei, ein vollgekotzter Wagen, eine Ohrfeige vor dem Frühstück."

„Dramatisieren Sie doch nicht alles so." Sam schnaubte durch die Nase. „Das ist nicht gerade professionell."

„Finden Sie es etwa professionell, sich im Dienst sinnlos zu betrinken?"

Das war ein verbaler Schlag ins Gesicht, doch Garner war nicht versöhnlich gestimmt.

„Halten Sie mir bloß keine Moralpredigten! Erst wollten Sie unbedingt, dass wir uns ein Hotelzimmer teilen, dann haben Sie mich durch unzählige Bars geschleppt, mit Whiskey abgefüllt und auch gleich noch das Bett mit mir geteilt!"

Der Schlag hatte gesessen. Sams Stimme klang laut und aggressiv. Ein älteres Paar am Nebentisch schaute missbilligend zu ihnen hinüber.

„Sie überschätzen Ihre Attraktivität", sagte Garner. Er fühlte eine kalte Wut. „Außerdem verdrehen Sie ganz meisterhaft die Tatsachen. Sie sind hochgradig manipulativ."

„Danke für die Diagnose, Doc." Sam grinste süffisant. „Wollen Sie mich vielleicht auch noch therapieren? Erstellen Sie lieber ein vernünftiges Täterprofil."

„Wahrscheinlich sind Sie schon austherapiert", sagte

Garner und erhob sich von seinem Stuhl. Es reichte. „Ich fahre in einer halben Stunde zurück nach Calgary. Wenn Sie mitwollen, sollten Sie sich beeilen." Seine Stimme klang mehr als frostig.

Er ging zurück in ihr Zimmer und packte seine Sachen zusammen. Es war kurz nach elf. Wenn er auf die Tube drücken würde, könnte er gegen fünf Uhr in Calgary sein. Früh genug, um sich auf die Jagd nach einem Hotelzimmer zu begeben und ein Steak in einem guten Restaurant zu verdrücken. Notfalls würde er wieder im Wagen übernachten. Hauptsache alleine. Er würde sich noch einmal die Akten vornehmen und in Ruhe studieren. Er war sich sicher, dass er etwas übersehen hatte. Sein Handy klingelte. Wahrscheinlich Pat, die wissen wollte, wie es lief. Obwohl nichts passiert war, hatte Garner ein schlechtes Gewissen. Hoffentlich kreuzte Samantha Stern nicht ausgerechnet jetzt auf. Auf dem Display erschien der Name des Anrufers. Der Colonel. Garner beschlich ein ungutes Gefühl. Sein Vater rief ihn höchstens zu Weihnachten oder zu seinem Geburtstag an. Heute war weder das eine noch das andere.

„Dad", sagte er.

Schweigen.

„Was ist los?"

„Rick ist weg."

Die Stimme des Colonels klang seltsam kraftlos. Garner atmete auf. Das Vieh würde schon wieder auftauchen.

„Seit wann denn?", fragte er.

„Seit gestern Nacht", sagte der Colonel. „Ich habe draußen gesessen und einen Whiskey getrunken, Rick ist wie immer umhergestromert, doch dann kam er nicht zurück. Obwohl ich über eine Stunde nach ihm gepfiffen und gerufen habe. Du weißt, wie gut er abgerichtet ist."

„Ja", sagte Garner. Seltsam. Der Hund gehorchte aufs Wort. „Hast du etwas gehört? Wölfe? Kojoten?"

„Die hörst du jede Nacht hier draußen", sagte der Colonel. „Doch Rick ist zu schlau, um sich mit einem Rudel Wölfe anzulegen."

Garner dachte daran, wie der Colonel mitten in der Nacht mit dem Gewehr im Arm auf der Veranda gestanden hatte.

„Vielleicht ein Bär? Du hast mir doch erzählt, dass sich einer in der Nähe des Hauses herumtreibt."

Hoffentlich war es kein Grizzly. Grizzlies waren gefährlich. Immer wieder kam es zu tödlichen Begegnungen mit Menschen und Hunden, gerade in den Nationalparks der kanadischen Rocky Mountains, wo sich die Tiere an Menschen gewöhnt hatten und die Scheu vor ihnen verloren. Der Colonel war ein guter Schütze, ein erfahrener Großwildjäger. Dennoch, der Gedanke, dass sein Vater ganz allein da draußen war, gefiel ihm nicht. Der Colonel wurde alt. Garner dachte an die Herztabletten, die er im Bad gesehen hatte. Er unterdrückte ein Stöhnen, doch er hatte keine Wahl.

„Bleib am besten im Haus", sagte Garner. „Ich komme vorbei. Dann suchen wir zusammen das Gelände ab."

Wieder Schweigen.

„Vor sieben bin ich nicht da", sagte Garner. „Ich bin oben in Fort McMurray."

„Du musst nicht kommen“, sagte der Colonel.

„Ich hoffe, du hast Steaks und Bier im Kühlschrank“, sagte Garner.

„Meinst du, er ist tot?“, fragte der Colonel. Er sprach so leise, dass Garner Mühe hatte ihn zu verstehen.

„Nein“, sagte Garner. „Mach dir keine Sorgen. Wir werden Rick schon finden. Vielleicht taucht er ja auch von selbst wieder auf.“

Zum ersten Mal fühlte er sich nicht wie ein kleiner Junge, während er mit seinem Vater sprach. Verkehrten sich irgendwann die Rollen?

„Bis später. Und bleib im Haus.“

Der Colonel brummte etwas und legte auf. Garner nahm seinen Koffer, fuhr mit dem Lift zur Rezeption und checkte aus. Samantha Stern kam gerade aus dem Frühstücksraum und schoss auf ihn zu.

„Wollen Sie mich etwa hier sitzen lassen?“ Ihre Stimme überschlug sich fast.

Der Empfangsheini zog die Schultern ein, als müsse er in Deckung gehen.

„Wenn du dich beeilst, nehme ich dich mit, *Darling*“, sagte Garner ungerührt.

„Sie sind wirklich ein Arschloch“, zischte Sam.

„Danke für die Blumen“, sagte Garner. „Ich fahre tanken, dann hole ich Sie ab. Sie haben genau zehn Minuten.“

Er ging zum Wagen und ließ den Motor an. Auf der Mittelkonsole klebten die angetrockneten Reste von Erbrochenem und im Fond hing ein säuerlicher Geruch. Er ließ das Fenster herunter und fuhr ein paar Blocks bis zur nächsten Tankstelle. Er tankte voll, reinigte notdürftig die Konsole und kaufte ein Geruchsspray, mit dem er den fleckigen Kranz auf dem Beifahrersitz einsprühte. Auf der Rückfahrt zum Hotel miefte es nach einer pikanten Mischung aus Kotze und Fichtennadeln. Seine Laune hatte sich nicht gerade gebessert.

Samantha Stern stand abfahrbereit mit ihrem Köfferchen vor dem Eingang, so als warte sie auf ihr Taxi. Die Aussicht, hier oben zu stranden oder den Greyhound-Bus nehmen zu müssen, hatte sie ausnahmsweise zur Pünktlichkeit angetrieben, doch ihre Miene war finster. Garner blieb stur im Auto sitzen, sie verstaute den Koffer, legte kommentarlos ein Taschentuch auf den feuchten Fleck und stieg ein. Schweigend fuhren sie zurück auf die 63. Der Himmel war noch immer grau, und der Smog der Raffinerien lag wie eine bleierne Decke über der Stadt. Der *La Biche River* floss träge dahin. Auf der rechten Spur eine endlose Kolonne von Sattelschleppern und Schwertransportern. Links und rechts des Highways wieder die kilometerlangen Schneisen, verkohlten Baumstümpfe, verdreckte Tümpel und Abraumhalden. Garner spürte einen Stich in der Brust. Kanada war riesig, das zweitgrößte Land der Erde, und noch immer machte die kanadische Wildnis rund ein Fünftel der weltweiten Wildnis-Gebiete aus. Doch war Kanada groß genug, um den Raubbau, der im gesamten Norden betrieben wurde, auszuhalten? Der rücksichtslose Kahlschlag der Urwälder durch die Holzindustrie in British Columbia hatte dem Land bereits den Beinamen ‚Brasilien des Nordens‘ eingebracht, und das

Ausmaß der Zerstörung durch den Teersandabbau in Alberta stellte alles in den Schatten, was Garner je gesehen hatte. Der Klimawandel machte sich auch in Kanada längst bemerkbar, nie gekannte Hitze- und Dürreperioden, verheerende Waldbrände, Überschwemmungen, das Schmelzen des polaren Eises und Tauen der Permafrostböden, der Verlust des Lebensraums und das Aussterben zahlreicher Wildtierarten. Wo war die Grenze für die Gier und Grausamkeit der Menschen? Gab es überhaupt eine? Während er Kilometer um Kilometer durch die dystopische Landschaft raste, kam Garner ein Satz von Schopenhauer in den Sinn. *Der Mensch ist im Grunde ein wildes, entsetzliches Thier.* Vielleicht hätte er bei seinem Philosophie-Studium bleiben sollen. Dann wäre er heute ein College-Lehrer und würde schlaue Bücher schreiben anstatt in die Abgründe der Menschen zu blicken. Er hatte Psychologie studiert, um sich selbst und die Menschen zu verstehen, doch er verstand weder sich noch die anderen. Er warf einen verstohlenen Blick auf den Beifahrersitz. Samantha Stern war eingeschlafen. Wenn sie schlief, sah sie jung und unschuldig aus, und doch hatte auch sie bereits in den Abgrund geschaut. Garner dachte an die Geschichte, die sie ihm gestern über sich erzählt hatte, und wie er sie hatte sitzen lassen und zur Bar gegangen war, um ihr einen weiteren Drink zu holen, obwohl sie bereits mehr als genug intus hatte. Vielleicht hatte sie ja recht, und er war wirklich ein Arschloch.

Allmählich ließen sie die Raffinerien und Abraumhalden hinter sich, der Verkehr ebbte ab, und der Wald wurde grün und dicht. Die Wolkendecke riss auf, die Sonne schien durch die Wipfel der riesigen Zedern, Kiefern und Lärchen, ab und an schimmerte ein See, auf dem Eiderenten und Seetaucher schaukelten, blaugrün zwischen Riedgras und Schilfkolben. Es schien Garner, als erwache er aus einem monströsen Albtraum und könne endlich wieder frei atmen. Kurz vor Edmonton wachte Samantha Stern auf, aber sie schwieg weiter ihr bockiges Schweigen. *Fuck you,* dachte Garner. Er war hundemüde. Die Aussicht, noch bis ins *Bow Valley* zu fahren und nach dem verfluchten Köter zu suchen, machte ihn fertig. Er biss die Zähne zusammen und drückte aufs Gaspedal. Um 17:23 Uhr setzte er Samantha Stern auf dem Parkplatz des Calgary Police Headquarters ab. Sie schnappte ihren Koffer und stieg in ihr Auto ohne sich von ihm zu verabschieden. Es gab Tage, die musste man über sich ergehen lassen wie eine Schlechtwetterfront. Dieser gehörte dazu.

Es war kurz vor sieben, als er endlich das abgelegene Ranchhaus seines Vaters am Ende der Schotterpiste, die durch die Wildnis führte, auftauchen sah. Der Colonel saß in dem Schaukelstuhl auf der Veranda und blickte hinaus auf den See. Als er das Auto hörte, stand er auf und sah Garner entgegen wie ein Feldherr der nahenden Schlacht. Sein Gesicht war so unbewegt wie immer. Garner parkte und stieg aus. Es fühlte sich an wie ein Déjà-vu. Nur der Köter kläffte nicht.

„Hi Dad", sagte Garner. „Warum bist du nicht im Haus?"

„Rick ist nicht aufgetaucht", antwortete der Colonel.

Er fragte weder, wie die Fahrt gewesen war noch machte er Anstalten, Garner ins Haus zu bitten. Er hatte nicht einmal sein geschwollenes Auge bemerkt. Der Köter schien das Einzige zu sein, was ihn interessierte.

„Vielleicht ist er ausgebüxt", meinte Garner.

„Red' keinen Mist", sagte der Colonel.

Wie immer, wenn er sich aufregte, klang seine Stimme aggressiv. Garner hatte Mühe, sich zu beherrschen, doch es hatte keinen Sinn, mit seinem Vater zu streiten. Auf der Veranda standen ein voller Fressnapf und eine Schale mit Wasser.

„Wenn du uns was kochst, gehe ich das Gelände ab", sagte Garner. Sein Magen hing auf den Knien und wenn er nicht bald etwas zu essen bekäme, würde er den Fressnapf leeren.

„Ich habe schon überall gesucht", sagte der Colonel. „Keine Spur. Auch keine Bärenspuren."

„Vier Augen sehen mehr als zwei", sagte Garner. „Warst du schon unten am See?" Vielleicht war der Köter ja abgesoffen, vielleicht hatte er sich verletzt und lag irgendwo im Ufergebüsch. Hoffentlich stürzte sich das Vieh nicht auf ihn, wenn er es finden sollte.

Der Colonel brummte etwas und verschwand im Haus. Die Laune seines Vaters war mindestens genauso mies wie seine. Es würde ein spaßiger Abend werden. Scheiß auf den Köter. Er hätte sich ein Hotel in Calgary suchen sollen. Oder wieder die BMW-Suite mieten.

Der graue Anzug war verschwitzt und seine neuen Lederschuhe drückten. Garner ging zum Seeufer und folgte einem Trampelpfad, der durch das dichte Ufergestrüpp führte. Mücken umsirrten seinen Kopf und er hörte das Geschnatter der Wildvögel, die aufgeschreckt hochflogen, um sich wenige Meter weiter wieder niederzulassen. Etwas raschelte. Ein Eichhörnchen lief keckernd einen Baumstamm hoch und verschwand im Geäst. Er rief mehrmals nach dem Hund, doch außer dem leisen Plätschern des Wassers und dem Raunen des Windes in den Binsen blieb alles still. Der Pfad war sumpfig und seine Schuhe wurden nass. Garner fluchte. Von dem Köter fehlte jede Spur. Er folgte dem Pfad bis zu einer Biegung. Das Seeufer war von mannshohen Schilfkolben bestanden, die leise hin und herwogten. Auf einer kleinen Landzunge stand ein alter Schuppen. Ein Bootshaus oder eine Anglerhütte. Das Holz war verwittert, der Anstrich abgeblättert. Das Gras davor war niedergetreten. Jemand war vor Kurzem hier gewesen. Der Colonel? Garner pirschte sich vorsichtig näher. An der Tür hing ein rostiges Vorhängeschloss. Es war aufgebrochen. Garner zog die Pistole aus der Jacketttasche und entsicherte sie. Niemand war zu sehen. Er zog langsam die Tür auf und spähte in das Dunkel. Ein Schwarm schwarzer Fliegen stob brummend auf und Garner zuckte zusammen. Ein scharfer Geruch nach Blut und Kot stieg ihm in die Nase. Etwas baumelte von der Decke herab. Ein abgehäuteter Tierkadaver. Der Bauch war aufgeschlitzt, und auf dem Boden lag eine glitschige Masse, in der sich weiße Maden wanden. Er hatte Rick gefunden. Garner schlug die Tür zu und erbrach sich ins Gebüsch.

Josh Armstrong

13. September1992
Fort McMurray

Als Gerry vorschlug, meinen 49. Geburtstag mit ein paar der Jungs in der *Sunset Strip Bar* zu feiern, sagte ich zuerst nein, doch nach ein paar Bier ließ ich mich breitschlagen. Ich arbeitete seit neun Jahren in Fort McMurray, ich teilte mir ein Zimmer mit drei anderen in einer der schäbigen Männerunterkünfte, die *Northern Energy* am Stadtrand für seine Arbeiter gebaut hatte, und außer einem Feierabendbier gönnte ich mir nicht viel. Jenny und ich waren seit über 20 Jahren verheiratet, wir hatten vier Kinder, und es gab jede Menge Rechnungen zu bezahlen. Wenn ich einmal im Monat für ein paar Tage nach Calgary zu meiner Familie fuhr, gingen Jenny und ich manchmal ins Kino oder in ein Burger-Restaurant, doch meistens schauten wir zusammen fern und schliefen auf dem Sofa ein. Ich bin kein Typ, der viel über das Leben nachgrübelt, doch als ich an diesem Abend auf die Raffinerien und die zerstörte Landschaft schaute und an mein Leben dachte, das so unwiderruflich verrann, schnürte sich etwas in mir zusammen. Obwohl viele der Jungs hier oben regelmäßig in Clubs und Bordelle gingen, hatte ich Jenny noch nie betrogen. Ich redete mir ein, dass ich sie liebte, doch ich hatte keine Ahnung was Liebe ist.

Es war Freitagabend und die *Sunset Strip Bar* gerammelt voll. Liam, Andy, Steph, Gerry und ich quetschten uns durch die Menge und ergatterten einen Tisch am Rand der Bühne, auf der sich zwei Stripperinnen an einer Stange rekelten. Ich bestellte eine Runde *Royal Canadian,* wir stießen miteinander an, und als der Whiskey ölig meine Kehle hinunterglitt, Liam seine üblichen Zoten riss und wir lachend auf die Titten und Ärsche der Go-go-Girls schauten, fühlte ich mich so gut wie seit einer Ewigkeit nicht mehr. Gerry spendierte eine zweite Runde, Andy eine dritte, mein Kopf begann zu schwimmen und meine Gedanken wurden flauschig. Ich bemerkte sie erst, als sie vor mir stand und sagte: *„Happy Birthday, Cowboy."* Sie trug ein paillettenbesetztes Kleid mit einem tiefen Ausschnitt, der den Blick auf üppige Brüste freigab, und ihr Blick aus seegrünen Augen traf mich mitten ins Herz. Die Jungs grienten und Liam sagte: „Unser Geschenk für dich." „Ich bin Fiona", sagte sie und setzte sich auf meinen Schoß. „Lädst du mich ein?" Liam grinste noch breiter und fragte: „Gefällt sie dir?" Sie war höchstens Mitte zwanzig, hatte dunkle Locken und einen rot geschminkten Schmollmund, und als sie die Arme um meinen Hals legte und sich an mich schmiegte, glaubte ich für einen Moment zu träumen. Mir wurde heiß, und ich wusste nicht, was ich sagen sollte, doch jemand brachte eine Flasche Champagner, die Gläser schäumten über, Fiona lachte, sagte: *„Cheers, Cowboy"*, trank ihr Glas in einem Schluck aus und küsste mich auf den Mund. Das Verrückte war, dass es sich anfühlte, als ob ich sie schon immer gekannt hätte und es das Normalste der Welt sei. Ich bin keiner, der große Worte macht. Sie nahm mich mit nach oben in ihr Zimmer und zog sich aus. Wir schliefen miteinander, und die Dinge, die sie mit mir tat, ließen mich verrückt nach ihr werden, und ich blieb die ganze Nacht, obwohl ich draufzahlen musste. Du wirst sagen, dass ich ein alter Esel war, dass sie nur einen Sugar Daddy suchte, dass sie eine Nutte war, doch als ich Fiona traf, fühlte es sich an, als wäre ich tot gewesen und finge plötzlich wieder an zu leben.

Ich wurde Stammgast in der *Sunset Strip Bar* und ich arbeitete Überstunden und Wochenendschichten bis zum Umfallen, alles nur für Fiona. Ich erzählte Jenny, dass es Engpässe in der Firma gäbe und ich einspringen müsse, und sie glaubte mir jedes Wort und fragte nicht nach. Einmal sagte Fiona mir, dass ich der einzige Mensch sei, dem sie vertraue, und ich hielt sie fest in meinen Armen und sagte, dass ich sie liebe und immer für sie da sein würde, und dass sie aufhören solle im *Sunset* zu arbeiten, doch sie lächelte traurig und sagte, dass Dwight sie niemals gehen lassen würde. Ich hatte Dwight erst ein paar Mal gesehen, ein ziemlich übler Bursche, ihm gehörte der Club, und Fiona warnte mich, mich mit ihm anzulegen. Man munkelte, er habe einige Jahre im Knast gesessen, und obwohl er noch keine 30 war, flößte er jedem einen Heidenrespekt ein.

Fiona hatte Einstichstellen am Unterarm, aber sie sagte, sie habe Diabetes, und ich glaubte ihr. Ich glaubte ihr auch, als sie sagte, sie habe einen neuen Job als Kellnerin angenommen, und auch, als sie mich wieder und wieder um Geld für Medikamente bat. Ich begleitete sie, als sie in die Entzugsklinik eingeliefert wurde und holte sie nach zwei Monaten wieder ab, ich rief den Notarzt, als sie versuchte, sich die Pulsadern aufzuschneiden, ich verzieh ihr ihre Untreue, ihre Wutanfälle, ihre Launen und ihre Lügen. Denn das ist die Wahrheit: wenn du jemanden liebst, tust du alles, um ihn nicht zu verlieren, und du hängst schlimmer an ihm als ein Junkie an der Nadel. Und für die Liebe gibt's keine Therapie.

Ted Garner

17. Juli 2022
Bow Valley

Das schrille Klingeln des Handyweckers ließ Garner aus dem Schlaf fahren. Es war 5:00 Uhr morgens. Er stand auf, zog sich an und schlich auf Zehenspitzen die Treppe hinunter in den Keller. Zwischen Werkzeugkisten, Angelausrüstung und allerlei Gerümpel standen Gartengeräte. Er fand einen Spaten, ein Klappmesser und ein paar Arbeitshandschuhe und stieg vorsichtig die Holzstiegen zurück nach oben. Als er die Tür öffnete, kletterte gerade die Sonne über die schneebedeckten Gipfel der Rocky Mountains. Die Luft war frisch und klar. Über dem See waberten Nebelschwaden. Das Geschnatter der Krickenten und der klagende Ruf eines Seetauchers waren die einzigen Geräusche. Garner schloss leise die Haustür. Auf der Veranda standen noch immer der Fressnapf und die Schale mit Wasser. Gestern Abend hatte er gelogen. Er hatte dem Colonel gesagt, er habe Rick nicht gefunden. Er hatte es nicht übers Herz gebracht, ihm zu sagen, was wirklich mit dem Hund geschehen war. Obwohl er todmüde war, hatte er unruhig geschlafen, die entsicherte Walther Q5 neben sich, doch bis auf das Heulen der Kojoten und das Trapsen eines Waschbären auf dem Dach war alles ruhig geblieben. Er schulterte den Spaten und ging hinunter zum Seeufer. Die Waffe steckte griffbereit im Holster. Eine Spottdrossel zwitscherte unentwegt. Er folgte dem Uferpfad, den er gestern Abend genommen hatte, bis er hinter der Biegung den Schuppen erspähte. Alles schien unverändert. Niemand war zu sehen. Keine frischen Bärenspuren, keine Fußabdrücke im nassen Gras. Garner ging vorsichtig näher und zog die Tür auf. Fliegen stoben auf und umsummten ihn in dunklen Schwärmen. Die blutigen Eingeweide auf dem Boden waren eingetrocknet und halb zersetzt. Er hielt ein Taschentuch vor Mund und Nase, nahm das Messer und schnitt das Seil durch, an dem der abgehäutete Kadaver des Hundes hing. Er streifte die Handschuhe über und zog den schweren Körper ins Freie. Ein wenig oberhalb des Ufers ging das Schilfröhricht in einen Bruchwald aus Birken, Fichten und Kiefern über. Garner nahm den Spaten und hob in dem mit Wurzelwerk durchsetzten Waldboden eine Grube aus. Die Arbeit war anstrengend und Garner fluchte. Als das Loch tief genug war, ging er zurück, befestigte ein Seil um den Tierkörper und rackerte sich ab, bis er ihn zum Rand der Grube geschleift hatte. Er versetzte ihm einen Stoß und schaufelte alles wieder zu. Hoffentlich war das Grab tief genug, um Bären und Wölfe fernzuhalten. Garner schwitzte und ihm war speiübel. Der graue Anzug musste dringend in die Reinigung. Während er zurück zum Haus ging, zermarterte er sich vergeblich das Hirn, wer wohl hinter der Tat stecken könnte. Das Haus seines Vaters lag einsam, der nächste Nachbar wohnte Meilen entfernt. Es schien die Tat eines Verrückten zu sein, eines krankhaften Psychopathen.

„Wo kommst du her?“ Die schnarrende Stimme des Colonels. Verflucht, dachte Garner. Der Colonel stand auf der

Veranda und blickte ihm entgegen wie ein Kommandeur, der einen Subalternen zusammenfalten will.

„Ich habe einen Morgenspaziergang gemacht“, sagte Garner. Plötzlich fühlte er sich wie als kleiner Junge, wenn er eine Dummheit begangen hatte und auf frischer Tat erwischt wurde.

„Und dafür brauchst du einen Spaten.“

Es war keine Frage, es war eine Feststellung.

„Rick ist tot“, sagte Garner. Es hatte keinen Sinn zu lügen.

Das Gesicht des Colonels zeigte keine Regung.

„Jemand hat ihn erschossen“, fuhr Garner fort. „Vielleicht ein Jäger. Er lag dort hinten im Bruchwald.“ Garner deutete in die Richtung aus der er gekommen war.

„Ich habe ihn vergraben, bevor ihn die Wölfe fressen.“

Der Colonel schwieg.

„Hast du Ärger mit jemandem hier?“, fragte Garner.

„Nein“, sagte der Colonel. „Wieso fragst du?“

„Was ist mit deinem Nachbarn?“

„Ich kenne ihn kaum“, sagte der Colonel. „Wohnt ziemlich weit weg.“

„Vielleicht war es Vorsatz“, meinte Garner.

„Wenn es Absicht war, werde ich den Scheißkerl abknallen“, sagte der Colonel. Sein Gesichtsausdruck ließ keinen Zweifel daran, dass er es ernst meinte.

„Lass uns erst mal frühstücken“, schlug Garner vor. „Ich brate uns ein paar Eier mit Speck.“

„Nichts da“, sagte der Colonel. „Das mach ich.“

Seine Stimme klang aggressiv und Garner dachte, dass

Wut nur ein Sekundärgefühl für verdrängte Trauer war. Es war Sonntagmorgen und eigentlich hatte er vorgehabt, nach Calgary zu fahren und sich endlich ein vernünftiges Hotelzimmer zu suchen, doch daran war heute nicht zu denken. Er war scheißmüde, ihm war schlecht und er musste sich um seinen Vater kümmern. Der Gedanke, dass sich ein Psychopath in der Gegend herumtrieb, der es vielleicht nicht nur auf Hunde abgesehen hatte, verursachte ihm Bauchschmerzen. Sollte er die örtliche Polizei einschalten?

Er ging ins Bad und wusch sich die Hände. Sein Blick fiel auf die Herztabletten, die noch immer auf der Ablage lagen. Er nahm den Beipackzettel heraus und faltete ihn auseinander. Die Liste der aufgeführten Symptome und Nebenwirkungen war erschreckend. Die Schachtel war halb leer.

Sie frühstückten in einem drückenden Schweigen. Garner biss lustlos in seinen Toast und schlürfte den viel zu dünnen Kaffee. Wenn er den Colonel überhaupt überreden könnte, Anzeige bei der Polizei zu erstatten, würden sie den Hundekadaver sehen wollen, um das Kaliber der Schusswaffe festzustellen. Nur dass es kein Kaliber gab. Vielleicht hätte er seinem Vater doch die Wahrheit sagen sollen. Der Colonel stocherte in den gebratenen Eiern herum und schob die Hälfte an den Rand.

„Wann fährst du?", fragte er.

„Wenn es okay ist, bleibe ich noch", sagte Garner.

Der Colonel brummte etwas Unverständliches. Warum konnte sein Vater ihm nicht sagen, dass er sich freute? Freute er sich überhaupt?

„Und die Arbeit?", fragte er.

„Kann warten."

„Ich habe Montag einen Termin", sagte der Colonel.

„Was für einen Termin?", fragte Garner.

Wollte der Colonel ihn loswerden? Doch der Gedanke, seinen Vater alleine hier zu lassen, gefiel ihm nicht. Er würde wenigstens noch eine Nacht bleiben, um sicher zu sein, dass sich kein Verrückter in der Gegend herumtrieb.

„Einen Arzttermin", sagte der Colonel. „Im *Canmore General Hospital.*"

„Bist du krank?", fragte Garner.

Der Colonel antwortete nicht und begann den Tisch abzuräumen. Sein Vater brachte ihn allmählich zur Weißglut. Hatte der Colonel auch jemand anderen zur Weißglut gebracht? Hatte jemand seine Wut auf ihn an dem armen Köter ausgelassen?

„Ich fahre dich", sagte Garner. „Wann musst du da sein?"

„Um zehn", sagte der Colonel. „Ich kann auch selber fahren."

„Ich muss sowieso in die Stadt", sagte Garner. „Mit dem Wagen stimmt etwas nicht."

Die zweite Lüge an diesem Morgen.

„Warum kaufst du kein amerikanisches Auto?", tadelte sein Vater. Wieder fühlte Garner sich wie als kleiner Junge. Hörte das niemals auf?

Es war erst zehn nach acht. Vor ihm lag ein endloser Sonntag. Wie verbrachte sein Vater seine Sonntage? Ein Kirchgänger war er Gott sei Dank nicht. Garner ging wortlos ins Bad, duschte und zog ein frisches Hemd an.

Von unten erklangen Stimmen und laute Geräusche. Der Fernseher lief. Schaute sein Vater Nachrichtensendungen? Daily Soaps? Kriegsfilme? Garner legte sich aufs Bett, nahm die Mappe mit den Unterlagen heraus und begann noch einmal, alles gründlich zu lesen. Es fiel ihm schwer, sich zu konzentrieren. Die einzige Verbindung zwischen den beiden Fällen schien zu sein, dass sowohl Steiner als auch Armstrong bei *Northern Energy* in Fort McMurray gearbeitet hatten. Doch vielleicht hatte das überhaupt keine Bedeutung. Was, wenn es nur ein Zufall war, der ihn blind für den eigentlichen Zusammenhang machte? Beide Morde waren an einem 8. geschehen, der an Armstrong am 8. Mai, der an Steiner am 8. Juli. Auch ein Zufall? Garner glaubte nicht an Zufälle. Vielleicht hatte das Datum eine besondere Bedeutung für den Mörder. Doch welche? War es ein Ritual? Eine Reinszenierung? Könnte es sogar eine Serie sein? Würde es weitere Morde geben? Wieder an einem 8.? Und was war mit dem 8. Juni? War es möglich, dass auch an diesem Tag in Calgary ein Mord geschehen war? Vielleicht auf eine andere Weise, vielleicht nicht an einem alten Mann? Vielleicht hatte Samantha Stern deshalb einen möglichen Zusammenhang übersehen. Vielleicht könnte er morgen im Calgary Police Department nachforschen. Doch es waren zu viele Vielleicht, und es war mehr als unwahrscheinlich, dass Samantha Stern etwas übersehen hatte. Er sollte dem Gedanken erst einmal allein nachgehen. Falls jemand am 8. Juni in Calgary ermordet worden war, würde es einen Artikel im *Calgary Herald* geben. Es war eine hauchdünne Spur, aber er hatte keine andere. Garner klappte den Laptop auf. Kein Internet. Natürlich nicht. Mist, dachte er.

Er hatte die Schnauze gestrichen voll. Es war sinnlos. Er würde morgen nach Calgary fahren und dem Commissioner ein schriftliches Täterprofil auf den Schreibtisch legen. Danach würde er Urlaub nehmen. Er öffnete eine Word-Datei und legte eine Tabelle an.

Opfereigenschaften: spezifisch (männlich, alt, krank, hilflos).

Opferauswahl: gezielt oder zufällig? Die Tatsache, dass Steiner und Armstrong Kollegen gewesen waren, deutete auf eine gezielte Auswahl hin. Gab es eine Verbindung zu *Northern Energy*?

Täter-Opfer-Beziehung: Bekannte? Fremde? Wenn es ein Racheakt war, mussten Täter und Opfer sich gekannt haben. Doch Samantha Stern hatte das Umfeld Armstrongs gründlich durchleuchtet, und Steiner war ein vereinsamter alter Mann ohne soziale Kontakte gewesen. Vielleicht war es auch ein Auftragsmord, bei dem unliebsame Mitwisser oder Erpresser aus dem Weg geräumt werden sollten. Oder es war ganz einfach die Tat eines verrückten Psychopathen.

Vorgehensweise: geplant oder spontan? Das Datum verwies klar auf eine genaue Planung. Aber warum ausgerechnet der Achte?

Tätertypologie: wahrscheinlich machtorientiert. Schwaches Selbstbewusstsein, Erleben von Dominanz. Kaltblütig, grausam. Möglicherweise auch hedonistisch. Die Freude am Quälen. Lust- und thrillorientiert. Männlich, weiblich? Schwer zu sagen.

Garner wusste selbst, dass das nicht reichte. Es gab zu viele offene Fragen. Er würde die Antworten Samantha Stern überlassen. Während er sich abmühte, seine spärlichen Notizen zu einem halbwegs professionell klingenden Text zusammenzufügen, legte sich die Müdigkeit auf ihn wie ein bleierner Teppich. Er beendete den Bericht, schaltete den Laptop aus und legte sich aufs Bett. Erinnerungen an seine Kindheit überströmten ihn, und die Bilder der getöteten Männer vermischten sich in seinem Kopf mit denen des gehäuteten und ausgeweideten Hundekadavers. Wozu waren Menschen fähig? Welchen kranken Trieben, Begierden und Sehnsüchten folgten sie? Garner schloss die Augen und überließ sich seinen düsteren Gedanken. Irgendwann versank er in einen unruhigen Schlaf.

Ted Garner

18. Oktober 1989
Wellington Ontario

In der *Robert Land Academy* gab es drei Typen von Jungen: Anführer, Gefolgsleute und Opfer. Ted gehörte zu keiner von ihnen. Er driftete durch die ersten Wochen im Militärinternat wie ein Schlafwandler, hielt sich abseits und schwieg die meiste Zeit. Obwohl er erst neun Jahre alt war, wusste er bereits, dass er anders war, ein Besucher von einem anderen Stern, der mit einer Mischung aus Neugier und Verachtung die enge Welt dieser seltsamen Zwangsgemeinschaft in Augenschein nahm. Während der Unterrichtsstunden schaute er aus dem Fenster, beobachtete das Spiel der Wolken und hing seinen eigenen Gedanken nach. Wenn ihn ein Lehrer unverhofft drannahm, wusste er meist nicht, wo sie gerade waren, doch er steckte die Rügen und Strafen genauso teilnahmslos weg wie das Gelächter der Klasse, das an ihm abprallte wie Wasser an einem Lotusblatt. Seine Noten waren mäßig, seine Leistungen im Sport ganz passabel, auch wenn er Mannschaftsspiele wie Baseball, Rugby oder Eishockey hasste. Er war schnell und zäh, und er kämpfte mit einem verbissenen Ehrgeiz, so als müsse er sich selbst etwas beweisen, während ihm Sieg oder Niederlage des Teams egal waren. Doch wenn er nachts in dem kalten Schlafsaal unter der kratzigen Wolldecke lag, lauschte er stundenlang auf das Atmen, Seufzen und Rascheln der Anderen, und es schien ihm, als verwandle sich der Raum in ein lebendiges Tier, das ihn zu verschlingen drohte, sobald er die Augen schloss.

Kenny Morrison gehörte zu den Anführern. Er war groß gewachsen und massig, vier Jahre älter als Ted und Captain des Eishockeyteams. Es begann im Spätherbst, als Ted sich gerade an den geisttötenden Rhythmus aus langweiligem Unterricht und militärischem Drill gewöhnt hatte. Auf dem Weg in die Duschkabinen verstellte Kenny ihm plötzlich den Weg, flankiert von dem dämlich grinsenden Finn O'Flaherty und Arnold Nielsen, der auf dem linken Auge schielte.

„Hey, Wichser", sagte Kenny, und trat dicht an ihn heran. „Du stinkst." Er rümpfte die Nase und schnüffelte wie ein Tier, das Witterung aufnimmt. „Du stinkst nach Pisse. Pisst du nachts ins Bett?"

Finn O'Flaherty und Nielsen lachten dreckig. Ted schaute Kenny in die Augen und schwieg. Sein Herz klopfte bis zum Hals, doch er zeigte keine Regung.

„Was guckst du so blöd?", fragte Kenny. „Ich hab' dich was gefragt."

Ted schwieg weiter. Kenny gab ihm einen Stoß vor die Brust, und Ted hatte Mühe, sein Gleichgewicht zu halten. Das eine Auge Arnold Nielsens bohrte sich in Teds, während das Schielende irgendwo an ihm vorbei glotzte.

„Der Freak will 'ne Abreibung", sagte Kenny zu Finn und Arnold gewandt.

Wie auf Kommando packten die beiden Ted und zerrten ihn Richtung Duschkabinen. Ted trat nach ihnen und versuchte verzweifelt, sich loszureißen, doch er wusste, dass er keine Chance hatte. Vielleicht hätte er um Hilfe schreien sollen, aber sein Mund war wie zugenäht. Kenny drehte das kalte Wasser auf, und während die beiden anderen ihn festhielten, zog er ihm die Hose herunter.

„Ich glaube, der Pipimann braucht Seife", sagte Kenny, spritzte sich die schlierige Flüssigkeit aus dem Wandspender in die Hände und machte sich an ihm zu schaffen. Ted erstarrte. Die Zeit schien still zu stehen, und er hörte nur das Rauschen der Dusche. Reglos stand er da, während Kenny Morrison ihn befummelte und die anderen schmierig grinsten. Auch nachdem sie ihn endlich losgelassen hatten und verschwunden waren, stand Ted weiter wie erstarrt unter dem kalten Wasserstrahl. In dieser Nacht pinkelte er zum ersten Mal ins Bett. Er drehte heimlich die Matratze um und hoffte inständig, dass niemand die Schweinerei bemerken würde. Als ihn der Colonel am Wochenende in der *Robert Land Academy* abholte, wäre er ihm am liebsten in die Arme gefallen, doch der kalte Stolz in den Augen seines Vaters und die eigene Scham hielten ihn zurück. Er beantwortete die Fragen des Colonels einsilbig und stocherte lustlos auf seinem Teller herum, obwohl ihm der Colonel zum Dinner Steaks briet und danach Schokoladeneis auftischte.

Im Badezimmer des Colonels lag ein Päckchen *Wilkinson Sword* auf der Ablage vor dem Spiegel. Am Sonntag gingen sie ins Kino und in den Park, doch der Tag verflog erbarmungslos, und bevor sie zurück zum Internat fuhren, nahm Ted vorsichtig eine der hauchdünnen, mit transparentem Schutzpapier umwickelten Rasierklingen heraus und steckte sie in die Jackentasche. Als ihn der Colonel am Sonntagabend am Eingang des Militärinternats absetzte, spürte Ted einen Kloß im Hals. Er durchquerte den düsteren Korridor, der zum Schlafsaal führte, so vorsichtig wie ein feindliches Minenfeld, zog sich hastig aus und schlüpfte unter die Decke. Kurze Zeit später wurde das Licht gelöscht, und das Flüstern, Rascheln und Atmen der Jungen breitete sich erneut im Raum aus und drückte ihm die Luft ab. Angestrengt lauschte er in die Dunkelheit, doch er konnte nicht einschlafen. Schließlich stand er auf und schlich zu seinem Spind. Er nahm die Rasierklinge aus der Jackentasche und legte sie unter das Kopfkissen. In dieser Nacht schlief er ausnahmsweise tief und fest. Er erwachte von einem warmen Gefühl zwischen den Beinen. Ehe er verstand, was geschehen war, war es zu spät. Er zog das Pyjamaoberteil über den Kopf und versuchte, den nassen Fleck auf seiner Matratze trocken zu reiben, als eine Taschenlampe aufleuchtete und ihm ins Gesicht schien. Ted blinzelte in das grelle Licht und erkannte Kenny Morrison, der ihn blöde angrinste.

„Hey, kleiner Pisser“, flüsterte er. „Ich glaub’, du brauchst wieder ’ne Dusche.“ Er packte Ted am Arm und versuchte, ihn aus dem Bett zu zerren. „Und keinen Mucks, das bleibt schön unter uns.“

Ted erstarrte für den Bruchteil einer Sekunde, dann riss er sich los, griff blitzschnell unter das Kopfkissen, packte die Rasierklinge und zog sie quer über Kennys Gesicht. Kenny schrie auf und die Taschenlampe schlug krachend zu Boden. Stimmen wurden laut, Kenny heulte und fluchte,

Lichtkegel huschten durch den Raum, Schritte erklangen. Ted hockte regungslos auf der nassen Matratze und starrte auf Kenny, die Rasierklinge noch immer in der Hand. Blut rann über Kennys Gesicht, und sein rechtes Augenlid hing merkwürdig schlaff herunter. Fasziniert beobachtete Ted, wie das Blut Kennys Hals hinunterlief und den dünnen Stoff seines Schlafanzugs rot färbte. Ein dichter Ring hatte sich um Teds Bett gebildet. Er war umzingelt, und im Halbdunkel erkannte er Arnold Nielsen, der wutschnaubend auf ihn zu stürzte. Teds Puls hämmerte, doch gleichzeitig erfasste ihn ein wildes Gefühl entfesselten Hasses. Er hob erneut die Klinge, bereit, Kenny die Kehle aufzuschlitzen. Kenny hatte aufgehört zu fluchen und starrte Ted entgeistert mit seiner blutigen Fratze an. Plötzlich ging das Deckenlicht an, und die schnarrende Stimme von Sergeant McMillan ertönte.

Er war wider Erwarten nicht vom Militärinternat geflogen. Dabei hatte er sich nichts sehnlicher gewünscht. Der Colonel hatte interveniert, und er blieb bis zu seinem Abschluss mit 17 Jahren in Wellington. Niemand hatte ihn je wieder behelligt, doch es war, als hätte sich ein luftleerer Raum um ihn gebildet, und er wurde von allen gemieden wie ein Aussätziger.

Der Colonel hatte ihn niemals nach dem Grund für den Angriff auf Kenny Morrison gefragt, und Ted hätte ihn auch niemals genannt.

Samantha Stern

18. Juli 2022
Calgary

Es war Montagmorgen und Samantha Stern fühlte sich so energiegeladen wie seit Langem nicht. Doch es war die Energie eines Sturmgewitters, die Ladung eines Pulverfasses kurz vor der Explosion. Nach ihrer Rückkehr aus Fort McMurray war sie sofort ins Bett gegangen und hatte geschlafen wie eine Tote. Am Sonntag hatte sie Blizzard gesattelt und war stundenlang über die offene Prärie geritten. Während sie durch das idyllische *Highwood River Valley* galoppierte, versuchte sie vergeblich, die apokalyptischen Bilder der zerstörten Landschaft um Fort McMurray aus ihrem Kopf zu verdrängen. Es schien unvorstellbar, dass eine ganze Region für immer verseucht war, ohne dass die Petro-Industrie für die immensen Umweltschäden zur Verantwortung gezogen wurde. Der Gedanke an Reanna Moose und ihre blinde Tochter schnürte Sam noch immer die Kehle zu. Während die Konzerne Milliarden-Gewinne machten, bezahlten die Menschen dort oben mit ihrer Gesundheit, ohne auch nur die geringste Entschädigung zu bekommen. Und die kleine Namida war nur einer von Hunderten von Fällen. Sam spürte eine ohnmächtige Wut. Hatte Josh Armstrong dieselbe Wut gespürt? Auch er war an Krebs erkrankt und hatte vergeblich um eine Kompensation gekämpft. Wenn es tatsächlich gefälschte Gutachten über die Schadstoffbilanzen gab und *Northern Energy* irgendetwas mit den Morden an Armstrong und Steiner zu tun haben sollte, würde sie es herausfinden.

Es war 9:17 Uhr, als sie im Calgary Police Headquarter ankam. Die City war noch immer verstopft und sie hatte länger gebraucht als geplant. Doch ihr war weder übel noch war sie verkatert, und das Beste war, dass dieser Psycho bisher nicht im Büro aufgetaucht war. Vielleicht hatte er ja inzwischen begriffen, dass sie kein Interesse an einer Zusammenarbeit hatte. Sie würde den Fall auch ohne Ted Garner lösen. Hoffentlich blieb er da, wo der Pfeffer wächst. Die Erinnerung an ihren gemeinsamen Trip nach Fort McMurray war ihr mehr als peinlich. Sie hatte sich bis auf die Knochen blamiert, und wenn Garner dem Commissioner stecken würde, dass sie sich im Dienst hatte volllaufen lassen, wäre sie bei O'Sullivan unten durch. Sam schüttelte die dunklen Locken, als müsse sie etwas abwerfen. So etwas würde nie wieder passieren, das hatte sie sich geschworen. Dafür arbeitete ihr Hirn endlich wieder auf vollen Touren. Vielleicht war der Ausflug in die Apokalypse ja doch nicht umsonst gewesen. Hatte der Psycho nicht gesagt, Fiona Kelly habe eine Erbschaft gemacht und sei in Calgary? Sam schaltete den Computer an und googelte die Liste aller in der City ansässigen Notare. Es gab insgesamt 14, und sie hing den ganzen Vormittag am Telefon. Es war kurz vor der Mittagspause, als sie endlich einen Treffer landete. Ja, eine Erblasserin namens Loreen Kelly hatte ein Testament bei ihnen hinterlegt. Die Testamentseröffnung war bereits vor über einem Jahr gewesen, doch es hatte einige Zeit in Anspruch genommen, den Erbnehmer ausfindig zu machen. Nein, weitere Auskünfte könne man nicht geben, schon gar nicht telefonisch. Ja, Dr. Martin war im Hause und nein, er hatte heute keine Termine frei. Eine polizeiliche Vorladung? Nun, vielleicht könnte Dr. Martin es doch einrichten, wenn sie gleich vorbeikäme, aber nur ganz kurz, und worum es eigentlich ginge, ein Mordfall? Ja, selbstverständlich wäre man der Polizei gerne behilflich, blablabla. Sam legte auf und verließ das Büro. Sie stieg in ihr Auto und fuhr zu dem Notariat, das nur eine knappe halbe Stunde entfernt lag.

Dr. Martin war Ende dreißig und sah aus wie alle Juristen: dreiteiliger Anzug, Krawatte, smarte Brille, verkniffener Blick. Er studierte ausführlich den Polizeiausweis, während Samantha ihm kurz den Fall schilderte. Sein Gesichtsausdruck war misstrauisch, doch vielleicht war auch das eine Berufskrankheit.

„Ich verstehe nicht ganz, was meine verstorbene Mandantin mit Ihren Morden zu tun haben soll", sagte er.

„Nichts", sagte Sam und lächelte ihr Haifischlächeln. „Es geht um ihre Tochter. Fiona Kelly. Die Erbnehmerin", fügte sie hinzu.

War das der richtige Begriff? Und war Fiona Kelly tatsächlich die Begünstigte? Der Notar runzelte die Stirn.

„Und wie kann Fiona Kelly Ihnen weiterhelfen?"

Bingo. Sie hatte ins Schwarze getroffen. Jetzt nur nichts vermasseln. Es reichte, dass Garner es gestern vermasselt hatte. Sam setzte ihre amtliche Miene auf.

„Sie verstehen sicher, dass ich keine Details in einer laufenden Ermittlung geben darf. Doch es geht um eine wichtige Zeugenaussage. Wissen Sie, wo ich Miss Kelly finden kann?"

Das Stirnrunzeln vertiefte sich.

„Ich weiß nicht, ob ich befugt bin …"

„Wie es scheint, war Miss Kelly mit einem der Opfer eng befreundet", unterbrach Sam. „Mit Sicherheit ist ihr sehr an der Aufklärung des Falles gelegen. Ich bitte Sie lediglich um ihre Adresse."

Dr. Martin zuckte resigniert mit den Schultern und blätterte in seinen Unterlagen.

„Die einzige Anschrift, die mir vorliegt, ist ein Club in Fort McMurray. *Sunset Strip Bar, 8124 Franklin Avenue.*"

Sam stöhnte innerlich. Ihre morgendliche Sternstunde schien im Sinkflug zu sein.

Der Notar erhob sich. „War's das?", fragte er.

„Vielen Dank, Dr. Martin", sagte Sam und knipste ihr Männerlächeln an. „Sie haben mir sehr geholfen."

„Gerne", sagte Dr. Martin. „Keine Ursache." Er schien ein wenig aufzutauen. Ihr Lächeln verfehlte selten seine Wirkung.

„Wobei", meinte Sam und machte ein nachdenkliches Gesicht. „Wissen Sie, ob es noch weitere Verwandte in Calgary gibt? Vielleicht ist Miss Kelly ja zur Stampede gefahren. Das lässt sich doch niemand, der aus Calgary stammt, entgehen! Dann könnte ich mir die weite Fahrt nach Fort McMurray sparen."

Bei dem Wort Stampede erhellte sich das Gesicht von Dr. Martin sichtbar. Sam versuchte, ihn sich mit Cowboyhut und Fransenhemd vorzustellen, doch der Versuch scheiterte. Vielleicht wurden manche Männer ja im Dreiteiler geboren.

„Zumindest gab es keine weiteren Erbberechtigten. Fiona Kelly ist die einzige Tochter. Sie ist in einem Waisenhaus in Edmonton aufgewachsen, der Kontakt zur Mutter war abgerissen. Deshalb war es auch so schwierig, sie ausfindig zu machen." Er blickte kurz in seine Unterlagen. „Das Haus ihrer Mutter ist in *Crescent Heights*", sagte er. „*1419 Maple Street.* Wenn sie in Calgary ist, wohnt sie vielleicht dort. Schließlich gehört es ihr ja jetzt."

Sam hätte ihn gerne geküsst, doch sie setzte ihr Pokerface auf und verabschiedete sich höflich. Sie ging zurück zu ihrem Wagen, gab die Adresse in das Navigationsgerät ein und folgte der *Center Street* Richtung Norden. Irgendwie kam ihr die Gegend bekannt vor. Hatte nicht auch Gerald Steiner in *Crescent Heights* gewohnt?

1419 Maple Street war eine ruhige Seitenstraße, in der sich einfache, meist eingeschossige Einfamilienhäuser aus Holz dicht an dicht aufreihten, säuberlich voneinander abgegrenzt durch hohe Bretterzäune, die die Blicke der Nachbarn abwehren sollten und Sam an Pferdeboxen erinnerten. Nummer 1419 war ein grau gestrichenes Haus mit einer kleinen Veranda und einem ungepflegten Vorgarten, in dem ein Schild mit der Aufschrift *For Sale* und der Rufnummer einer Immobilienfirma stand. Die Vorhänge waren zugezogen, die Einfahrt leer. Mist, dachte Sam. Sie parkte den Wagen am Straßenrand und stieg aus. Obwohl sie wusste, dass es sinnlos war, ging sie zur Haustür und drückte auf den Klingelknopf. Alles blieb ruhig. Sam versuchte durch das Fenster zu spähen, aber außer einem blass geblümten Gardinenstoff war nichts zu sehen. Sie durchquerte den Vorgarten und stellte sich auf Zehenspitzen vor den Holzzaun, der den hinteren Bereich des Gartens von der Straße abtrennte. Er war so hoch, dass sie nur einen kurzen Blick erhaschte. Auf der Rasenfläche lag eine Frau in einem Liegestuhl. Wahrscheinlich hatte sie das Klingeln nicht gehört.

„Miss Kelly?“, rief Sam.

Totenstille.

Sam stellte sich noch einmal auf die Zehenspitzen und rief lauter.

„Miss Kelly, würden Sie bitte die Tür öffnen?“

Wieder Stille, dann eine unwirsche Stimme. „Rufen Sie die Immobilienagentur an und vereinbaren Sie einen Besichtigungstermin.“

Vielleicht hatte sie ja geschlafen und Sam hatte sie aufgeweckt.

„Superintendent Stern, Calgary Police“, sagte Sam. „Ich würde Sie gerne sprechen.“

Keine Reaktion.

„Miss Kelly?“

„Worum geht es denn?“ Die Stimme klang jetzt aufgeregt.

„Es geht um einen alten Freund. Josh Armstrong. Bitte öffnen Sie die Tür.“

Auf der anderen Seite des Zauns regte sich etwas. Für einen kurzen Moment hatte Sam Angst, dass es einen Hinterausgang zur Back Alley geben und Fiona Kelly türmen könne, doch das war natürlich Quatsch. Wenn Fiona etwas vor der Polizei zu verbergen hätte, würde sie wohl kaum in ihrem Garten sitzen und sich sonnen.

Dennoch schien es Sam eine Ewigkeit zu dauern, bis endlich die Haustür aufging und Fiona vor ihr stand. Sie wirkte außer Atem und blickte sie misstrauisch aus kajalgeschwärzten Katzenaugen an. Sie trug einen seidenen Kimono, der oben klaffte und den Blick auf ein üppiges Dekolleté freigab. Ihre nackten Beine waren wohlgeformt und gebräunt und sie war barfuß mit rot lackierten Zehennägeln. Obwohl sie mit Sicherheit mehr als 20 Jahre älter war als Sam, war sie noch immer sehr attraktiv, und Sam verspürte eine instinktive Stutenbissigkeit.

„Darf ich reinkommen?", fragte Sam.

„Ich habe nicht viel Zeit", sagte Fiona. „Was ist mit Josh?"

Sam trat in den Flur, doch Fiona machte keinerlei Anstalten, sie ins Wohnzimmer zu bitten. Ihre rechte Hand war in der Tasche des Kimonos vergraben, und sie wirkte angespannt und nervös.

„Josh Armstrong ist tot", sagte Sam. „Ermordet."

Fiona atmete hörbar ein und aus.

„Der Mord ist schon vor über zwei Monaten passiert", fuhr Sam fort. „Jemand hat ihm die Kehle aufgeschlitzt. Haben Sie nichts davon gewusst?"

„Nein", sagte Fiona und starrte sie weiterhin argwöhnisch an. Sie zeigte keinerlei Regung, doch die Hand in der Kimonotasche ballte sich zu einer Faust, so als umklammere sie etwas.

„Armstrongs Sohn hat uns erzählt, dass Sie eng mit Josh

befreundet waren", sagte Sam. „Vielleicht können Sie uns ja helfen, den Mörder zu finden."

„Kommen Sie herein", sagte Fiona. Sie öffnete eine Tür und Sam trat in einen dunklen Raum, der offensichtlich das Wohnzimmer war. Fiona ließ die Vorhänge zugezogen und knipste eine Lampe an. Der Raum war noch komplett möbliert, an den Wänden hingen Bilder, in der Ecke stand ein Fernseher, auf einer Kommode Familienfotos. Sie wies Sam an, sich auf das Sofa zu setzen, während sie in einem der Sessel Platz nahm.

„Woher wusste Joshs Sohn überhaupt, dass ich seinen Vater kannte?", fragte Fiona. Das Misstrauen in ihrer Stimme war noch immer da, doch sie schien sich ein wenig zu entspannen.

„Er hat Briefe gefunden", sagte Sam.

Fiona schwieg.

„Liebesbriefe", setzte Sam nach.

Fiona verzog die Lippen zu einem schmalen Lächeln und strich die dunklen Locken zurück.

„Josh und ich hatten eine Affaire", sagte sie. „Oben in Fort McMurray. Ewig her. Als er krank wurde und zu seiner Familie zurückzog, habe ich ihm noch ein paar Mal geschrieben. Wenn ich gewusst hätte, dass er die Briefe aufhebt, hätte ich es bestimmt gelassen", fügte sie hinzu.

Sie schlug die Beine übereinander und kramte eine Packung Zigaretten hervor.

„Rauchen Sie?", fragte sie.

Sam schüttelte den Kopf. Fiona zündete eine Zigarette an und inhalierte tief.

„Josh war schon immer zu sentimental“, sagte sie. „Ein alter Narr.“

Sie lachte leise. Ihr Lachen klang geheimnisvoll und sexy, und wie sie da saß in ihrem Kimono und genüsslich den Rauch ausstieß, konnte Sam sich sehr gut vorstellen, dass Josh Armstrong, der vom Alter her fast ihr Vater hätte sein können, ihr ins Netz gegangen und hoffnungslos verfallen war.

„Haben Sie Josh noch einmal getroffen, nachdem er wieder in Calgary wohnte?“, fragte Sam.

„Nein“, sagte Fiona. „Natürlich nicht. Es war aus. Schließlich lebte er wieder bei seiner Frau. Außerdem war er alt und krank“, fügte sie hinzu.

„Josh machte *Northern Energy* für seine Krankheit verantwortlich“, sagte Sam. „Er hat lange gegen die Firma geklagt. Meinen Sie, *Northern Energy* könnte etwas mit seinem Tod zu tun haben?“

Etwas blitzte in Fionas grünen Augen auf.

„Denen traue ich alles zu“, sagte sie. „Das sind Verbrecher. Die reinste Mafia. Waren Sie schon einmal in Fort McMurray?“

„Ja“, sagte Sam. „Katastrophal. Ein ökologisches Desaster. Glauben Sie, dass Josh etwas gegen die Firma in der Hand hatte?“

„Sie meinen, dass *Northern* ihn auf dem Gewissen hat?“ Fiona blickte nachdenklich auf das verhangene Fenster. Etwas an ihr erinnerte Sam an eine Katze, die auf Beute lauert.

„Hmm“, sagte sie und zog an ihrer Zigarette. „Schon möglich.“

Sie machte eine Pause und Sam hätte sie am liebsten geschüttelt, doch sie beherrschte sich.

„Natürlich habe ich keine Beweise", fuhr Fiona fort, „doch einmal sagte Josh, dass er *Northern* schon dazu bringen würde, ihm eine Entschädigung für seine Krebserkrankung zu zahlen. Dass es Unterlagen gäbe, die Einiges beweisen würden, und dass eine Menge wichtiger Leute da mit drin hängen würden."

„Halten Sie es für möglich, dass Josh Armstrong *Northern Energy* erpresst hat?"

Fiona lächelte wieder ihr schmales Lächeln.

„Möglich ist alles", sagte sie. „Josh war ein Scheißkerl. Egoistisch, skrupellos und geldgierig. Wie alle in Fort McMoney. Ich bin ihm lange auf den Leim gegangen. Vielleicht fragen Sie noch einmal Joshs Sohn. Er scheint ja den Nachlass seines Vaters gründlich gesichtet zu haben."

Anscheinend hatte sie es Armstrong krumm genommen, dass er sich gegen sie entschieden hatte und zu seiner Familie zurückgegangen war. Sein Tod schien sie nicht besonders zu berühren.

Fiona drückte die Zigarette aus und erhob sich.

„Sorry", sagte sie, „mehr kann ich Ihnen auch nicht sagen. Ich habe leider noch einen Termin."

„Sagt Ihnen der Name Gerald Steiner etwas?", fragte Sam. „Gerry Steiner?"

„Steiner? Nein", sagte Fiona.

Sam meinte ein Flackern in Fionas Augen wahrzunehmen, doch vielleicht war es nur das Lampenlicht.

„Gerald Steiner war ein Kollege von Josh. Auch er ist vor

Kurzem ermordet worden. Wohnte ebenfalls in *Crescent Heights.*"

„So?", fragte Fiona. „Vielleicht hat er ja gemeinsame Sache mit Josh gemacht. Da oben gibt's jede Menge Scheißkerle. Und alle wollen nur eins: Geld."

„Ja", sagte Sam, „daran habe ich auch schon gedacht."

Sie stand ebenfalls auf.

„Vielen Dank, Miss Kelly", sagte sie und reichte ihr ihre Visitenkarte. „Falls Ihnen noch etwas einfällt."

Fiona nahm die Karte und steckte sie in die Tasche des Kimonos.

„Wie haben Sie mich überhaupt hier gefunden?", fragte sie.

„Ich bin ein Spürhund", grinste Sam. „Ich werde auch Josh Armstrongs Mörder finden, das verspreche ich Ihnen."

Sie fand selbst, dass sie großspurig klang, doch sie war gerade ziemlich zufrieden mit sich.

„Übrigens noch herzliches Beileid zum Tod Ihrer Mutter."

Über Fionas Gesicht glitt ein Schatten. Wenn sie überrascht war, dass Sam auch davon wusste, so ließ sie sich nichts anmerken.

„Danke", sagte Fiona. „Sie ist schon vor einem Jahr gestorben, aber ich habe es noch immer nicht verwunden. Wir standen uns sehr nahe."

Fiona sah aus, als würde sie gleich anfangen zu weinen. Ihre ganze Persönlichkeit schien sich plötzlich zu verändern, so als sei ihre Selbstsicherheit und Coolness nur aufgesetzt und darunter verberge sich ein verletztes Kind.

Merkwürdig, dachte Sam. Hatte der Notar nicht gesagt, sie sei im Waisenhaus aufgewachsen?

„Ich war nicht bei ihr, als sie starb. Ich habe es zu spät erfahren." Fionas Stimme klang tieftraurig.

„Sie sind die einzige Tochter?", fragte Sam.

Fiona nickte. „Wir haben uns eine Zeit lang aus den Augen verloren", sagte sie. „Doch sie hat mich sehr geliebt."

Ihre Stimme zitterte und sie zog den Kimono so eng um sich, als würde sie frieren. Sie starrte vor sich hin und kaute an ihrer Unterlippe. Sams Unbehagen wuchs. Etwas an der Frau war seltsam. Gleich würde sie losheulen. Sam hasste Gefühlsduselei. Es wurde höchste Zeit zu gehen.

„Davon bin ich überzeugt", sagte sie. „Sonst hätte sie Ihnen bestimmt nicht ihr Haus vermacht. Werden Sie nach Fort McMurray zurückkehren?"

„Ich habe hier noch etwas zu erledigen", sagte Fiona. „Danach werde ich sehen."

„Alles Gute", sagte Sam.

Plötzlich hatte sie es eilig, ins Freie zu kommen. Sie hastete zurück durch den dunklen Flur und drückte auf die Klinke der Eingangstür. Einen kurzen Moment lang erfasste sie eine irrationale Angst, dass sie verschlossen sein könnte, doch das war natürlich Quatsch. Die Sonne blendete und Sam ging schnurstracks zurück zu ihrem Wagen. Das Haus und die Straße brüteten verlassen in der Nachmittagshitze. Niemand war zu sehen. Die Ruhe war beinahe gespenstisch. Sam stieg ein und ließ den Motor an. Als sie losfahren wollte, sah sie im Rückspiegel, wie ein schwarzer SUV mit getönten Scheiben die Straße entlangglitt und in die Einfahrt einbog. Ein gut gekleideter Mann von Mitte bis Ende fünfzig stieg aus und klingelte. Der Immobilienmakler? Die Haustür öffnete sich und der Mann verschwand im Inneren. Obwohl sie ihn nur flüchtig gesehen hatte, kam ihr etwas an ihm bekannt vor. Sie wusste selbst nicht warum, doch sie nahm einen Stift und notierte das Nummernschild. Während sie zurück zum Police Headquarter fuhr, zermarterte sie sich vergeblich das Hirn, wo sie den Mann schon einmal gesehen haben könnte. Vielleicht hatte sie sich ja getäuscht. Sie konnte stolz auf sich sein. Sie hatte Fiona Kelly gefunden und Fiona hatte ihre Theorie, dass Armstrong und Steiner *Northern Energy* erpresst hatten, bestätigt. Fast bestätigt. Hatte sie sie bestätigt? Sie hatte sie zumindest nicht widerlegt. Sam war sich sicher, dass sie auf der richtigen Fährte war. Es gab nur einen Haken: Es gab keinerlei Beweise. Hätte Armstrongs Sohn irgendwelche Unterlagen gefunden, hätte er es ihr sicherlich mitgeteilt. Oder etwa nicht? War es möglich, dass er sein eigenes Süppchen kochte? Sie würde ihn morgen noch einmal gründlich vernehmen.

Als sie im Büro ankam, war der Psycho noch immer nicht aufgekreuzt. Sam sichtete ihre Mails und recherchierte im Internet die Klagen diverser Umweltverbände gegen die Petro-Industrie in Fort McMurray. Die Bilanz war erschreckend. Krebserkrankungen, Fehlgeburten, Missbildungen bei Säuglingen, Autoimmunerkrankungen. Erfolge gab es so gut wie keine.

Ihr Handy klingelte. Es war die Arztpraxis. Das Testergebnis war positiv.

Ted Garner

18. Juli 2022
Bow Valley

Es war 9:00 Uhr morgens. Die Luft war kühl und ein frischer Wind kräuselte die Wasserfläche des Sees. Am Himmel weiße Wattewolken. Der Colonel saß auf der Veranda und las Zeitung. Der Fressnapf war verschwunden.

„Bist du fertig?", fragte Garner.

„Aye, aye, Sir", sagte der Colonel und grinste schief. „Bereit zum Abmarsch, Sir."

Sie stiegen in den BMW und Garner dachte, dass er sich wahrscheinlich zu viel um seinen Vater sorgte. Der Colonel war hart im Nehmen. Sie hatten den Sonntag damit verbracht, Sportsendungen im Fernsehen zu schauen, Steaks zu grillen, Whiskey zu trinken und sich anzuschweigen. Wenn der Colonel traurig über den Verlust des Hundes war, so ließ er sich jedenfalls nichts anmerken. Er würde sich einen neuen Schäferhund zulegen. Und er würde ihn scharf machen. Außerdem hatte er genug Waffen und Munition im Haus, um es mit einer ganzen Kompanie aufzunehmen. Und was die Untersuchung im Hospital betraf – vielleicht war es ja nur eine Routine. Unkraut vergeht nicht.

Sobald sie den Schotterweg hinter sich gelassen hatten, drückte Garner wie immer auf die Tube. Er riskierte ein waghalsiges Überholmanöver, raste an einem Holztransporter vorbei und lenkte im letzten Moment zurück auf die rechte Straßenseite. Der Fahrer des ihm entgegenkommenden Pick-up hupte wie verrückt. Der Colonel zuckte nicht mit der Wimper.

„Wie viel PS hat der Wagen?“, fragte er.

„450“, sagte Garner. „280 Stundenkilometer Höchstgeschwindigkeit.“ Er hörte selbst den Stolz in seiner Stimme. Der BMW war die einzige Extravaganz, die er sich leistete.

Der Colonel pfiff anerkennend durch die Zähne.

„Motoren bauen können die Deutschen“, sagte er. „Kostet bestimmt ’ne Stange Geld. Wusste gar nicht, dass Seelenklempner so viel verdienen.“ Wieder das dämliche Grinsen.

Garner merkte, wie der Ärger erneut in ihm hochstieg. Sein Vater war unverbesserlich. Arrogant. Gefühllos. Garner versank in ein düsteres Schweigen, aber seinen Vater schien das nicht zu stören.

Das *Canmore Hospital* lag gleich am Ortseingang. Ein Rettungswagen mit Blaulicht preschte heran und hielt mit quietschenden Reifen vor einer Glastür mit der Aufschrift *Emergency*. Zwei Sanitäter eilten mit einer Tragbahre, auf der ein korpulenter Mann im Jogginganzug festgeschnallt war, in das Gebäude. Garner fand einen freien Parkplatz und sie stiegen aus.

„Soll ich mitkommen?“, fragte er.

„Quatsch“, schnarrte der Colonel.

„Wie lange brauchst du?“, fragte Garner.

„Keine Ahnung.“

„Ich bin in einer Stunde wieder hier“, sagte Garner. „Falls du früher fertig bist, ruf mich auf dem Handy an.“

„Aye, aye, Sir“, sagte der Colonel wieder und salutierte. Machte er sich über ihn lustig oder wurde er langsam senil?

Garner fuhr ins Stadtzentrum. Canmore war ein gepflegter Touristenort, das Einfallstor in den Banff-Nationalpark, und überall tummelten sich bärtige Backpacker, die aussahen, als stammten sie aus einer Jack London-Verfilmung und wollten zum Goldrausch am Klondike. Eine Karawane von Wohnmobilen vollgepackt mit Deutschen, Japanern, US-Amerikanern und sonstigen Nationalitäten durchpflügte die Stadt auf ihrem Weg in die Wildnis. Jedes Jahr besuchten mehr als fünf Millionen Menschen aus aller Welt den Banff-Nationalpark. Immer mehr Campingplätze, Skipisten und Hotels wurden errichtet. Wie viele Touristen verkraftete das sensible Ökosystem des Hochgebirges? Würde auch diese Region bald für immer zerstört sein?

Garner hielt vor einem Gebäude aus Holz mit der Aufschrift *Internetcafé*. Er würde einen Kaffee trinken, seine Mails checken und dann zurück zum Krankenhaus fahren. Er stieg aus dem Wagen, überquerte eine Terrasse mit Blumenkübeln, in denen rote Geranien wucherten, und ging hinein. Um diese Uhrzeit war das Café noch leer. Garner fand einen freien Platz und klappte seinen Laptop auf. Es gab nur eine Nachricht von O'Sullivan, der wissen wollte, wann er heute ins Büro käme und ob es neue Erkenntnisse gäbe. Keine Mail von Samantha Stern. Garner antwortete kurz, dass es heute später werden würde. Ohne zu überlegen klickte er auf die Seite des *Calgary Herald*. Es gab keinen einzigen Bericht über einen Mordfall in Calgary oder

der näheren Umgebung am 8. Juni. Natürlich nicht. Wenn es eine Serie wäre, hätte Samantha Stern es längst herausgefunden. Die Frau war intelligent, und sie war ehrgeizig.

Und sie wollte den Fall alleine lösen.

Er sollte ihr wirklich das Feld überlassen. Sollte sie sich doch die Zähne daran ausbeißen. Es gab genug Fälle, die unaufgeklärt blieben. Er könnte ein Wohnmobil mieten und mit Pat und den Jungs eine Tour durch die Rockies machen. Sich einreihen in die Kolonne der Abenteuerlustigen auf Zeit. Schließlich waren Sommerferien.

Lustlos klickte er durch die Liste der Daily Papers. Fast alle Ortschaften in Alberta waren zu klein für eine Tageszeitung und gaben allenfalls ein Wochenblatt heraus. Die einzige andere Großstadt mit einer auflagenstarken Zeitung war Edmonton. Obwohl er wusste, dass es sinnlos war, gab er *Edmonton Journal Homicide June* in die Suchmaschine ein.

Der Artikel war vom 18. Juni. Ein 83-jähriger Mann war von einem Nachbarn auf einer abgelegenen Farm am Ufer des *North Saskachewan River* westlich von Edmonton tot aufgefunden worden. Er lag mit aufgeschlitzter Kehle auf dem Boden der Scheune. Sein Körper wies schwere Misshandlungsspuren auf. Einen Hinweis auf den oder die Täter gab es nicht.

Von Canmore bis Edmonton waren es knapp 400 Kilometer. Hin und zurück 800. Für heute könnte er das vergessen. Garner googelte die Nummer des Edmonton Police Departments und zückte sein Handy. Nach vielem Hin und Her, tausend Nachfragen nach seiner Legitimation und mehreren Rückrufen hatte er endlich den dortigen Commissioner an der Strippe.

„Mr. Garner." Sonore Stimme. „*Der* Mr. Garner?"

Garner konnte nicht umhin, sich geschmeichelt zu fühlen. Offenbar war sein Ruf auch bis nach Edmonton vorgedrungen.

„Ted", sagte er.

„Was kann ich für Sie tun, Ted?" Die Stimme klang jetzt eifrig.

„Ich bräuchte Informationen über einen Mordfall in Ihrem District, Commissioner. Ein alter Mann, der wahrscheinlich am 17. Juni getötet wurde."

„Darf ich fragen warum?"

„Es könnte einen Zusammenhang mit dem Fall geben, an dem ich gerade arbeite."

Garner hoffte, dass das reichte. Er spürte das Adrenalin des Jägers, das durch seine Adern rann wie flüssige Lava. Und seinen eigenen Ehrgeiz. Er hatte keine Lust, jemand anderen auf die Spur zu setzen. Er war kein Teamplayer. Genau wie Samantha Stern wollte auch er den Fall alleine lösen.

„Sie meinen den Wolf Hansen-Fall?", fragte der Commissioner.

„Genau", sagte Garner.

„Allerdings wurde Hansen bereits am 8. Juni ermordet", sagte der Commissioner. „Das hat die forensische Untersuchung ergeben."

Bingo. Er hatte ins Schwarze getroffen. Es war tatsächlich eine Serie. Garner hätte am liebsten laut gejubelt.

„Hansens Leiche wurde erst am 17. Juni gefunden, da hatte er schon neun Tage tot in seiner Scheune gelegen. Lebte allein auf seiner Farm. Harmloser alter Mann, 83 Jahre alt. Jemand hat ihn grausam gefoltert und ihm anschließend die Kehle durchgeschnitten. Von dem Täter fehlt jede Spur."

„Haben Sie irgendeinen Verdacht?"

„Vermutlich ein Psychopath oder ein Junkie, der Geld für Drogen brauchte", sagte der Commissioner.

„War Hansen vermögend?"

„Nein", sagte der Commissioner. „Bezog nur eine kleine Rente. Lebte bescheiden und zurückgezogen. Keine Familie, keine Verwandten."

Genau wie Gerald Steiner, dachte Garner. Doch waren diese alten Männer wirklich harmlos? Die Grausamkeit der Morde schien auf einen Racheakt hinzudeuten. Oder eine Hinrichtung. Wollte jemand an ihnen ein Exempel statuieren?

„Wissen Sie, ob Hansen früher einmal in Fort McMurray gearbeitet hat?", fragte Garner.

„Keine Ahnung", sagte der Commissioner. „Ist das wichtig?"

„Nein", log Garner.

„Ich kann versuchen, es herauszufinden." Wieder die eifrige Stimme.

„Nicht nötig", sagte Garner.

„Gibt es eine Verbindung mit Ihrem Fall?", fragte der Commissioner.

„Ich denke nicht", erwiderte Garner.

„Schade." Die Stimme klang jetzt enttäuscht. „Falls Sie noch weitere Fragen haben, melden Sie sich."

„Bye", sagte Garner.

Es war 11:24 Uhr. Höchste Zeit, zurück zum Krankenhaus zu fahren. Während Garner bezahlte, spürte er sein Herz laut klopfen. Er war einen entscheidenden Schritt weitergekommen. Es war ein Serienmord. Wenn auch Wolf Hansen bei *Northern Energy* gearbeitet hatte, lag der Schlüssel in Fort McMurray. Er würde später bei der Personalabteilung anrufen und Nachforschungen anstellen. Er würde seine Hand dafür ins Feuer legen, dass auch Hansen auf der Gehaltsliste des Ölkonzerns gestanden hatte.

Der Colonel stand wie ein Zinnsoldat vor dem Eingang des Hospitals und blickte ihm mit finsterer Miene entgegen. Garner fuhr vor und öffnete die Beifahrertür.

„Sorry", sagte Garner, „die Werkstatt hat länger gebraucht als gedacht."

Der Colonel stieg schweigend ein.

„Alles okay mit dir?", fragte Garner.

Der Colonel antwortete nicht. Garner hätte ihn am liebsten am Kragen gepackt und geschüttelt. Sein Vater konnte einen wirklich auf die Palme bringen.

„Was sagt der Doc?", hakte er nach.

„Der Doc sagt, dass ich unters Messer muss", antwortete der Colonel. Wieder der aggressive Ton in seiner Stimme. „Zwei Bypässe. Das alte Herz will nicht mehr. Ich soll ins *Rockyview General Hospital* nach Calgary. Da gibt's eine Spezialabteilung für Herz-Operationen."

Ausgerechnet ins *Rockyview,* dachte Garner. Unwillkürlich stieg das Bild Gerald Steiners, wie er mit aufgeschlitzter Kehle in seinem Krankenbett auf der Intensivstation lag, vor ihm auf, doch er schob es energisch beiseite. Das *General Hospital* in Calgary genoss einen ausgezeichneten Ruf. Deshalb war er ja überhaupt auf den Fall angesetzt worden.

„Hast du schon einen Termin?“, fragte er.

„Ja“, sagte der Colonel. „Die OP ist am 8. August.“

Garner zuckte zusammen. Die Gedanken in seinem Kopf überschlugen sich. Es war Zufall. Alles andere ergab keinen Sinn. Es war eine riesige Klinik, die beste in Alberta, und es würde zig OPs am 8. August im *Rockyview* geben. Bypass-Operationen waren Routine. Sein Vater war ein zäher Knochen.

Und wenn doch etwas schiefging?

Schweigend fuhren sie zurück. Bis zum 8. August waren es noch genau drei Wochen. Sollte er etwa so lange im *Bow Valley* bleiben und sich um den Colonel kümmern? Der Gedanke verursachte ihm Magenschmerzen. Die kurze Zeit im Haus seines Vaters hatte sie einander nicht nähergebracht. Doch er würde wenigstens noch bis morgen bleiben. Der BMW quälte sich durch die Schlaglöcher der ungeteerten Schotterpiste. Sie hätten den Jeep nehmen sollen, aber der Colonel hätte ihn niemals ans Steuer seines Wagens gelassen und Garner war ein schlechter Beifahrer. Wahrscheinlich ruinierte er sich gerade die Stoßdämpfer. Während Garner sich verbissen vorankämpfte, stand das Schweigen zwischen ihnen wie eine undurchdringliche

Wand. Endlich tauchte das Haus auf. Alles wirkte wie ausgestorben. Auf der Wasserfläche des Sees spiegelten sich die dunklen Stämme der Fichten und eine Gruppe von Kanadagänsen schaukelte träge auf und ab. Tiefblauer Sommerhimmel mit ein paar hingetupften Wolken. Eine Postkartenidylle. Nur sein Vater und er trübten das Bild. Der Colonel stieg aus dem Wagen und schloss die Tür auf.

„Wann fährst du?“, fragte er.

„Kann ich noch eine Nacht bleiben?“, fragte Garner. Er fühlte sich wie ein Bittsteller.

„Ich brauche keinen Babysitter“, sagte der Colonel.

„Es gibt keine freien Hotelzimmer in Calgary“, sagte Garner. Er fühlte sich durchschaut, und er war stinkwütend.

„Hast du Hunger?“, fragte der Colonel. „Ich mache uns ein Lunch.“

„Später“, sagte Garner. „Ich muss noch arbeiten.“

Der Colonel ließ sich in den Schaukelstuhl auf der Veranda fallen und starrte auf die fernen Gipfel der Berge. Verbrachte er so seine Tage? Was wusste er von seinem Vater? Wusste er überhaupt irgendetwas von ihm?

Garner ging in sein Zimmer und nahm das Smartphone heraus. Wenigstens gab es hier Handyempfang. Er überlegte kurz, ob er Samantha Stern oder O'Sullivan benachrichtigen sollte, dass er noch bis morgen im *Bow Valley* bleiben würde, doch das konnte warten. Ungeduldig scrollte er auf die Nummer von *Northern Energy*, die er eingespeichert hatte, und ließ sich mit der Personalabteilung verbinden. Eine junge Frauenstimme. Das übliche Repertoire: Serienmorde, Calgary Police Department, danke für die Hilfe, blablabla. Während er auf den Rückruf wartete, spürte er sein Herz laut klopfen. Diesmal ging es schnell.

„Sorry, Mr. Garner, aber ein Wolf Hansen ist in unserer Company nicht gelistet. Wir haben keinerlei Unterlagen."

Garner musste sich bremsen, nicht laut zu fluchen.

„Es könnte schon ein Weilchen her sein, dass er bei *Northern* gearbeitet hat. Auch nicht vor 20 oder 30 Jahren?"

„Nein", sagte sie.

„Sind Sie sicher?", fragte Garner. „Es ist wichtig."

„Absolut sicher, Mr. Garner. Tut mir wirklich leid."

Garner spürte einen Stich. Er hatte sich getäuscht.

Doch hatte er das wirklich? Drei alte Männer, denen die Kehlen aufgeschlitzt wurden. Dreimal an einem 8. Zwei der Männer hatten bei *Northern Energy* gearbeitet. War es möglich, dass sie log? Und was war mit diesem verflixten Datum?

„Gab es in Ihrer Firma ein besonderes Ereignis am 8. Mai oder 8. Juli oder überhaupt an einem 8.?"

„Nicht dass ich wüsste, Mr. Garner." Jetzt klang die Stimme genervt. „Ich kann Ihnen da wirklich nicht weiterhelfen, fürchte ich. Bye."

Die Verbindung war unterbrochen. Sie hatte einfach aufgelegt. Der Ärger stieg in flammendroten Blasen in ihm hoch. Er überlegte kurz, zurückzurufen und sie zur Schnecke zu machen, doch dann entschied er sich dagegen. Sie würde ihm keine weiteren Auskünfte geben. Lustlos blätterte er noch einmal in den Unterlagen, aber er fand keinerlei Anhaltspunkt. Natürlich nicht. Er kannte die Berichte allmählich auswendig. Das Hochgefühl des Vormittags ging in eine depressive Verstimmung über.

Garner trat ans Fenster und schaute hinaus. Der Schaukelstuhl auf der Veranda war leer. Panik überfiel ihn. Er schlüpfte in die Schuhe und rannte die Treppe hinunter. Sein Vater war weder im Wohnzimmer noch in der Küche. Er rief nach ihm, doch niemand antwortete. Sein Herz klopfte bis zum Hals. Er stürmte hinaus auf die Veranda. Nichts. Wie ein gehetztes Tier blickte Garner in alle Richtungen. Der Colonel war unten am See. Er stand auf dem Holzsteg, an dem das Boot vertäut war, und verstaute in aller Seelenruhe Angelruten, Eimer und Kästen. Garner atmete auf. Die Sache mit dem Köter hatte ihm zugesetzt. Er musste aufpassen, dass er nicht überall Gespenster sah. Inzwischen hatte der Colonel ihn erspäht und winkte. Vielleicht freute er sich ja doch über seinen Besuch.

„Ich geh Würmer baden", rief er. „Kommst du mit?"

„Ja", sagte Garner. Ohne dass er wusste warum, besserte sich seine Laune schlagartig.

„Zieh die Stadt-Uniform aus", brüllte der Colonel. „In meinem Kleiderschrank findest du Zivilkleidung."

Garner eilte zurück ins Haus. Während er den grauen Anzug gegen ein Khakihemd und eine Camouflage-Hose seines Vaters tauschte, dachte Garner, dass das Einsiedlerleben, das sein Vater sich hier eingerichtet hatte, gar nicht so übel war. Das Leben eines Menschen, der seine Freiheit über alles liebte. Eine Art Robinson Crusoe-Dasein abseits dessen, was man Zivilisation und Gesellschaft nannte. War er auch so? Als er hinunter zum Ufer lief, fühlte er sich genau wie als kleiner Junge, wenn der Colonel ihn zu einem Ausflug aus dem Militärinternat abholte. Freudig erregt.

„Bereit zum Ablegen, Sir“, sagte Garner und grinste.

Der Colonel musterte ihn und grinste zurück.

„Passt wie angegossen“, sagte er und warf den Außenbordmotor an. Garner sprang ins Boot, und sie legten ab. Der Colonel steuerte geschickt durch das dichte Binsengestrüpp am Ufer, bis sie die Mitte des Sees erreichten. Er stellte den Motor aus und das Boot schaukelte heftig auf und ab. Allmählich beruhigten sich die Wellen und sie lagen so still auf der dunklen Fläche des Sees wie die durchscheinenden Blätter der Wasserlilien. Wolken spiegelten sich und zwei Libellen tanzten. Ihre filigranen blauen Flügel schimmerten im Licht der Sonne. Nur das leise Gluckern des Wassers gegen den Bootsrumpf war zu hören. Der Colonel öffnete einen der Kästen und nahm eine rostige Dose heraus. Weiße Maden krümmten sich in einer pappigen Lage aus Sägemehl. Der Colonel zog einen der fleischigen Würmer hervor, durchstach ihn mehrmals mit einem Haken und fädelte ihn mittig auf. Die beiden frei liegenden Wurmenden bewegten sich heftig hin und her. Garner spürte eine leichte Übelkeit. Der Colonel befestigte den Haken an der Schnur und warf die Angel aus. Er hielt Garner die Dose hin. Garner zögerte einen Moment, dann griff er blind hinein, durchspießte die Made und machte seine Angel klar. Schweigend saßen sie nebeneinander auf der Holzbank und schauten auf die bunten Schwimmer, die auf der Oberfläche schaukelten. Irgendwo das Geschnatter eines Haubentauchers. Singschwäne, die lautlos durch das Wasser glitten. Das sanfte Auf und Ab des Bootes lullte Garner ein, und er fiel in eine zeitlose Stille, in der die Welt sich aufzulösen schien und die Grenzen zwischen Himmel, Wasser und seinem eigenen Ich verschwammen. Er wusste nicht, wie lange sie so gesessen hatten, doch irgendwann holten ihn das Surren der Spule und das Fluchen des Colonels zurück in die Wirklichkeit. Die Angel des Colonels bog sich unter der Last einer Cutthroat-Forelle, die in Regenbogenfarben schimmernd und wild mit dem Schwanz schlagend aus dem Wasser auftauchte. Für einen Moment schien es, als könne der Fisch sich losreißen, doch der Colonel zog ihn mit einem Ruck in den Bootsrumpf, löste den Haken aus dem weit aufgerissenen blutigen Fischmaul und warf die Forelle in einen Zinkeimer. Sie zappelte wie verrückt und schnappte nach Luft. Ihre Kiemen bewegten sich hektisch auf und zu. Der Colonel schöpfte Wasser in den Eimer, bis die Forelle apathisch darin schwamm. Er strahlte.

„Lebendköder sind die besten", sagte er und griff erneut in die Dose. „Du kannst es auch mit Heuschrecken probieren." Er wies auf eine andere Schachtel. „Manchmal beißen sie die Köder einfach ab. Schau besser nach, ob sich dein Wurm noch bewegt."

„Ist schon okay", sagte Garner. Sein anfänglicher Enthusiasmus war verflogen. Der Gedanke, eine Heuschrecke aufzuspießen oder einen lebendigen Wurm an einem Haken aufzufädeln, bereitete ihm Ekel. Im Militärinternat hatte es Jungen gegeben, die Frösche aufbliesen oder

Fliegen die Flügel ausrissen, doch er hatte nicht zu ihnen gehört. Er blickte über die Seefläche, während der Colonel wieder seine Angel auswarf. War die Natur grausam? Sie gehorchte einem einzigen Gesetz: dem des Überlebens. Und die sogenannte Zivilisation? War sie nicht nur eine dünne Tünche, die das wilde Wesen des Menschen verdeckte, bis es erneut in all seiner Brutalität hervorbrach? *Ist doch unsere zivilisierte Welt nur eine Große Maskerade,* hatte Schopenhauer gesagt. Das gefährlichste Raubtier war der Mensch, und er tötete nicht nur, um zu überleben.

Der Nachmittag floss träge dahin. Garner angelte einen Saibling, der so klein war, dass er ihn zurück ins Wasser warf. Sein Magen knurrte, die Holzbank war hart und Mücken umsirrten seinen Kopf in dunklen Schwärmen, doch Garner hätte sich eher die Zunge abgebissen, als sich zu beklagen. Endlich schien auch der Colonel genug zu haben und sie zogen die Angeln ein. In einem zweiten Zinkeimer schwamm jetzt noch ein riesiger Hecht, der ebenfalls auf das Konto seines Vaters ging. Der Colonel war in Bestlaune. Er warf den Motor an, Wildvögel stoben auf, und sie tuckerten zurück zum Haus. Garner sprang aus dem Boot, vertäute es an einem Holzpfosten und half seinem Vater, die Ausrüstung zu entladen. Die beiden Fische in den Eimern schlugen wild mit den Schwänzen.

„Die brat' ich uns gleich. Ich hab' einen Bärenhunger", sagte der Colonel. In seiner Stimme schwang Stolz. Er griff in den Eimer, packte die Forelle und schlug ihren Kopf gegen den Pfosten. Dann zog er ein Jagdmesser aus der Tasche, schlitzte den weißen Fischbauch mit einem einzigen glatten Schnitt auf, zog die Eingeweide heraus und warf sie auf den Steg. Ein Kolkrabe flog krächzend herbei. Er landete auf dem Nachbarpfosten und hüpfte aufgeregt auf und ab. Seine schwarzen Augen glitzerten. Der Hecht schlug so heftig mit dem Schwanz gegen den Rand, dass der Eimer beinahe umgekippt wäre. Der Colonel lachte. „Zwei Prachtburschen, was?“ sagte er, zog auch den Hecht heraus und zertrümmerte seinen Kopf. Der Rabe schnappte die Eingeweide und verschlang sie.

„Was macht dein Fall?“, fragte der Colonel, während sie Angeln, Kästen und die Eimer mit den toten Fischen ins Haus trugen. Es war offensichtlich, dass das Petriheil ihn in Hochstimmung versetzt hatte. Er krempelte die Ärmel hoch und begann, die Fische in dem steinernen Waschbecken der Küche zu schuppen. Das Messer machte ein kratzendes Geräusch, während die Schuppen wie transparente Pailletten umherwirbelten. Die toten Augen schienen Garner anzuglotzen.

„Es gibt noch einen Mord“, sagte Garner. „Ein alter Mann auf einer einsamen Farm westlich von Edmonton. Er hieß Wolf Hansen und lebte allein dort.“

Das kratzende Geräusch auf dem toten Fischkörper hörte plötzlich auf. Der Colonel verharrte einen Moment, dann wandte er sich ihm zu. Seine Hände waren blutig, und auf seiner linken Wange glitzerte eine Schuppe.

„Ich kannte mal einen Wolf Hansen“, sagte er. „Ist lange her.“

Wolf Hansen

11. April 1955
Rabbit Hill

Du kannst sagen, was du willst, doch es war die beste Zeit unseres Lebens.

Heute heulen dir alle was von Traumata und Burn-out vor und rennen zur Therapie und du siehst diese Antikriegs-Filme mit verfetteten Hollywood-Stars, die einmal Nam spielen wollen, doch die Wahrheit ist, dass du nirgendwo bessere Kameraden findest als im Krieg. Gibt es einen stärkeren Freundschaftsbeweis als sein eigenes Leben für das eines anderen zu riskieren? Erst wenn du dem Tod ins Auge blickst, weißt du, wer du wirklich bist. Es gibt nur zwei Sorten von Männern: Hosenscheißer und Kerle mit Eiern. Gerry war ein Hosenscheißer.

Und noch was: In der Army sind alle gleich. Niemand fragt, wo du herkommst und wie viel Kohle du hast. Ich bin auf einer kleinen Farm in der Nähe von Edmonton groß geworden. Wir waren sechs Kinder, vier Jungs und zwei Mädchen, ich war der Älteste. Wir arbeiteten uns den Arsch ab, und wenn der Alte gesoffen hatte, war es besser, sich zu verziehen. Ich nahm dann meine Brüder mit zum *North Saskachewan River,* wir fingen Forellen oder Hechte, spießten sie auf Stöcke, machten Feuer und brieten sie. Später legten wir uns ins Ufergras und schauten auf die Sterne. Ich versuchte, nicht an Mum und Hilda und Evi zu denken, und wenn wir früh am nächsten Morgen durchgefroren und nass vom Tau zurückkehrten, wandte ich den Blick von ihren verheulten Gesichtern ab.

Vielleicht habe ich keine Angst vor dem Krieg, weil ich im Krieg geboren bin. 1939, in einem Ort namens Langenhorn in Norddeutschland. Mein Vater war Soldat, kämpfte irgendwo im Osten. Er hat nie über seine Erlebnisse gesprochen. Die wenigen Dinge, an die ich mich erinnere, sind die Läuse, der Hunger, die Hamsterkäufe. Wir sind 1950 nach Kanada ausgewandert. Mein Vater nahm einen Kredit auf und kaufte billiges Land im Westen. Wir bauten Weizen an, Alfalfa und Raps und wir hielten Kühe, Hühner und Schweine. Die Kühe wurden einmal im Jahr von einem Bullen gedeckt, der die meiste Zeit an einem Nasenring angebunden im Stall verbrachte. Er hatte böse rotgeäderte Augen und wenn du ihm zu nahe kamst, wurde er wild. Mein Vater hatte ihn Adolf getauft. In der Schule riefen sie Kraut und Nazi, doch nachdem ich Sven Amundsen ordentlich die Fresse poliert hatte, herrschte Ruhe. Mein Englisch war eine Katastrophe, ich blieb zweimal sitzen und ging mit 14 von der Schule ab. Ich schuftete unter der Knute meines Vaters, doch das meiste von dem, was wir verdienten, ging für Fusel drauf und die Schulden wurden größer. Damals hatte ich einen Traum. Calgary Stampede. Ich hätte alles dafür gegeben, einmal dabei zu sein, die Bronc-und Bullen-Reiter zu sehen, die Wagenrennen, die Indianer, die Kirmes. Leroy McAllister, ein junger Cowboy auf einer der Nachbarranches, mit dem ich mich ein wenig angefreundet hatte, hatte mir in den glühendsten Farben davon erzählt. Auch von den Preisgeldern, unvorstellbare Summen, die all unsere Probleme auf einen Schlag gelöst hätten. Ich war gerade 16 geworden, und die Perspektive, den Rest meines Lebens auf unserem armseligen Gehöft ohne einen Cent zu versauern, gab mir diese verrückte Idee ein. Ich beschloss, heimlich auf Adolf zu trainieren. Ich war gewandt und ein guter Reiter, ich würde im Sommer mit Leroy nach Calgary fahren, ich würde das Bullenreiten gewinnen. Ich sah mich bereits mit einem Haufen Geld in der Tasche heimkommen, ich sah Mums leuchtende Augen, den Stolz im Gesicht der Geschwister, den Respekt im Schulterklopfen meines Vaters. Ich wäre endlich ein Mann und kein dummer Junge, der sich von seinem versoffenen Alten herumkommandieren ließ. Er würde aufhören zu trinken, und gemeinsam würden wir die Ranch auf Vordermann bringen. Ich träumte von einer Pferderanch, Schwarzvieh, Rinderzucht. Keine Hühner, keine Schweine, keine Felder, die mühsam bestellt werden mussten und kaum Ertrag brachten.

Unter der Woche schufteten wir wie die Tiere, doch am Samstagabend ließ sich der Alte volllaufen und blieb sonntags meist bis zum Mittagessen im Bett. Ich beschloss, das Training an einem Sonntagmorgen aufzunehmen. Mein zweitjüngster Bruder Alfred, der sich in Kanada nur noch Al nennen ließ und perfekt Englisch sprach, stand mir von all meinen Geschwistern am nächsten. Er war zwölf und mein einziger Bewunderer. Ich brauchte einen Assistenten und Al war sofort Feuer und Flamme. Wir standen vor allen anderen auf und begaben uns in den Stall, wo Adolf an einem Strick angebunden vor sich hinvegetierte. Er beäugte uns misstrauisch und stampfte mit den Hufen, doch ich ließ mich nicht beirren und packte beherzt den Nasenring. Al löste vorsichtig die eine Seite des Stricks und öffnete das Gatter. Ich zog an dem Ring, und der Bulle folgte mir auf die Weide hinter dem Haus. Bis dahin schien die Sache ganz einfach, doch jetzt begann der schwierige Part. Wir mussten Adolf dazu bringen, sich kurz niederzulegen, dann würde ich auf seinen Rücken steigen und mich an dem losen Strickende, das noch um seinen Nacken hing, festhalten. Leroy hatte gesagt, man müsse nur acht Sekunden auf dem Bullen bleiben und eine möglichst gute Haltung zeigen, doch das erschien mir ein Kinderspiel. Das Problem wäre, wieder heil herunterzukommen, Adolf abzulenken, einzufangen und in den Stall zurückzubringen, bevor der Alte etwas merkte, und genau dafür brauchte ich Al. Der Bulle stand jetzt auf der Wiese, glotzte blöd und machte den Nacken starr. Ich schlug ihn mit dem Viehtreiber aufs Hinterteil, er brüllte und sackte in die Knie, ich sprang blitzschnell auf und fasste den Strick. Durch Adolfs massigen Körper ging ein Zittern, dann erhob er sich mit einem gewaltigen Satz, schnaubte und stob wild buckelnd über die Weide. Noch ehe ich bis drei zählen konnte, landete ich auf dem harten Boden und Adolf machte eine Kehrtwende, um mich auf seine Hörner zu nehmen. Al fuchtelte wild mit den Armen und lief schreiend auf uns zu, ich rollte mich seitwärts auf die Beine und rannte so schnell ich konnte Richtung Umzäunung. Ich schlüpfte wie ein Aal unter den Brettern hindurch und atmete auf. Gerettet. Doch als ich mich umdrehte, stockte mir der Atem. Al lag reglos auf der Wiese. Adolf stampfte mit seinen Hufen auf ihm herum. Adolf wog mehr als fünf Zentner. Mein Bruder hatte aufgehört zu schreien. Meine Beine zitterten und mein Kopf dröhnte. Wie gelähmt beobachtete ich Adolf und Al, unfähig, auch nur einen einzigen Schritt zu tun. In dem Moment fiel ein Schuss und Adolf fiel wie ein gefällter Baum auf die Seite. Seine Hufe hingen in der Luft und bewegten sich noch einen Moment, dann war es totenstill. Auf dem Grün des Grases bildete sich eine Blutlache. Auch Al lag ganz ruhig da. Mein Vater rannte zu ihm und hob ihn hoch. Er trug ihn ins Haus, ohne mich eines einzigen Blickes zu würdigen. Ich ließ mich auf die Erde fallen und heulte. Es war das einzige Mal in meinem Leben, dass ich flennte wie ein Mädchen. Es dauerte eine Ewigkeit, doch irgendwann hörte ich Sirenen, ein Krankenwagen fuhr auf den Hof und raste kurz darauf mit Blaulicht davon. Also lebte Al. Noch.

An diesem Abend bezog ich die Prügel meines Lebens. Der Alte schlug mich mit dem Ochsenziemer halb tot. Obwohl ich am ganzen Körper blutige Striemen hatte und kaum laufen konnte, packte ich noch in derselben Nacht meinen Rucksack. Ich drehte mich nicht um, als ich die Ranch und meine Familie für immer verließ. Irgendwie kämpfte ich mich durch, trampte runter nach Montana, arbeitete als Erntehelfer, schlief in Feldern und leeren Scheunen. Als mir jemand erzählte, dass die US-Army Freiwillige suchte, meldete ich mich zum Dienst. Bei dem Armee-Stützpunkt im *Cascade County* fragte niemand nach Papieren. Ich sagte, dass ich Deutsch-Amerikaner,

Vollwaise und 17 Jahre alt sei. Ich wurde gemustert und als tauglich eingestuft. Es fragte auch niemand nach den Narben auf meinem Rücken.

Nam gab mir alles, wonach ich mich immer gesehnt habe: Geld, Respekt, Kameradschaft. Wir vier waren ein Kleeblatt. Unzertrennlich. Teilten alles. Standen füreinander mit dem Leben ein.

Am Ende kam ich dann doch noch zur Calgary Stampede, wurde sogar Zweiter beim Bullenreiten. 1965, auf Fronturlaub. Es war der beste Tag meines Lebens. Bis es passierte. Ich glaube nicht an Gott, doch ich glaube, dass jeder Mensch seinem Schicksal begegnet, und du kannst ihm nicht entfliehen. Mein Schicksal war die Stampede.

Ted Garner

19. Juli 2022
Calgary

In der Nacht war Regen aufgekommen. Nebelschwaden waberten über dem See und die Fichten standen wie eine undurchdringliche dunkle Wand entlang der Gravel Road. Es war 8:00 Uhr morgens und Garner kämpfte sich erneut durch die Schlaglöcher. Der linke Stoßdämpfer machte quietschende Geräusche. Vielleicht sollte er den BMW tatsächlich in Calgary in die Werkstatt bringen.

Es war kein Zufall. Sein Vater hatte nicht nur Wolf Hansen, sondern auch Gerald Steiner und Josh Armstrong gekannt, auch wenn Garner dem Gedächtnis des Colonels etwas auf die Sprünge helfen musste. Sie waren zusammen in Nam gewesen, in den frühen 60er Jahren. Vier blutjunge Kerle. Hansen hatte ihm sogar bei einem Einsatz das Leben gerettet. Danach hatten sie sich aus den Augen verloren und der Colonel hatte nie mehr von ihnen gehört. Behauptete er zumindest.

Es hatte Garner die halbe Nacht und die zweite Hälfte der Whiskeyflasche gekostet, um so viel herauszufinden. Besser gesagt so wenig. Sie hatten draußen auf der Veranda gesessen und abwechselnd auf die Sterne und ins Glas geschaut und die meiste Zeit geschwiegen. Als er sich auf Samtpfoten an die Frage nach einem besonderen Ereignis an einem 8. herangepirscht hatte, reagierte der Colonel so unwirsch, dass Garner es nicht wagte nachzuhaken, obwohl er mittlerweile sicher war, dass das Motiv für die Morde in Nam lag. Der Colonel hatte nie mit ihm über seine Einsätze gesprochen. Alles, was Garner über den Vietnamkrieg wusste, hatte er in Filmen gesehen oder in Büchern gelesen, aber die Dinge, die dort geschehen waren, schienen ungeheuerlich. *Apocalypse Now, Platoon,* die durch Napalm zerstörten Dörfer und entlaubten Wälder, das Foto des kleinen nackten Mädchens, das schreiend vor den Bomben davonrannte. Waren sein Vater und seine Kameraden etwa an einem Kriegsverbrechen beteiligt gewesen? Doch wenn er den Colonel danach fragen würde, würde er ausrasten und ihn aus dem Haus weisen.

Während Garner endlich die Autobahn Richtung Calgary erreichte und wieder ordentlich Gas geben konnte, brütete er über der Frage, was sein Vater mit den Morden zu tun haben könnte. War der Colonel der Nächste auf der Liste des Mörders? Nach dem Gesetz der Serie müsste die Tat am 8. August geschehen. Es war der Tag der Bypass-Operation im *Rockyview Hospital*. Bis dahin hatte er noch fast drei Wochen Zeit. Zeit genug, um das Motiv herauszufinden und einen Plan zu schmieden. Sie sollten das medizinische Personal noch einmal gründlich durchleuchten. Der Colonel wäre der perfekte Lockvogel. Doch ihn als Lockvogel einzusetzen, hieße auch, ihn in große Gefahr zu bringen. Vielleicht wäre es am besten, die OP zu verschieben und den Colonel unter Polizeischutz zu stellen. Die Polizei würde jedoch Fragen stellen, und solange Garner nicht wusste, ob und inwieweit sein Vater in eine böse Sache verstrickt war, war die Lage schwierig.

Der Verkehr in der City von Calgary hatte sich normalisiert. Die Stampede war am Sonntag zu Ende gegangen und die Touristen waren entweder weiter in die Rockies gepilgert oder hockten wieder brav im Büro. Ohne Cowboyhut. Obwohl er Samantha Stern erst am späten Samstagnachmittag auf dem Parkplatz des Police Departments abgesetzt hatte, kam es ihm vor wie eine Ewigkeit. Wenn er sich recht erinnerte, stand es mit ihrer Beziehung nicht zum Besten. Scheißegal. Sie konnte ihn mal. Die Uhr am Armaturenbrett zeigte 9:07 Uhr und wahrscheinlich war es für sie ohnehin noch zu früh, um im Dienst zu sein. Er parkte den Wagen, klemmte den Laptop unter den Arm und nahm den Lift hinauf zu Samanthas Büro. Die Tür stand offen. Sam und der Commissioner waren offensichtlich in eine Unterhaltung vertieft. Als er eintrat, wandten sie sich ihm zu und starrten ihn an als wäre er ein Phantom.

„Ted." Die joviale Stimme O'Sullivans. „Wir haben gerade von Ihnen gesprochen."

„Wo waren Sie gestern?" Der Blick aus den milchig-blauen Husky-Augen war so kalt wie immer. „Haben Sie endlich ein Täterprofil erstellt?"

Eins stand fest: Diese Frau verschwendete keine Zeit für Small Talk. Dafür wirkte sie heute außergewöhnlich fit und sehr attraktiv in der engen Jeans und dem geblümten Westernhemd.

„Ja, endlich." Garner betonte das ‚endlich' und grinste. „Ich bräuchte nur einen Drucker."

Sam wies auf ihren Schreibtisch. Garner klappte den

Laptop auf und öffnete die Seite mit dem Täterprofil. Während sie auf die ausgedruckte Datei warteten, hoffte Garner, dass Sam und O'Sullivan sich mit seiner oberflächlichen Arbeit zufriedengeben würden. Er beschloss vorsichtshalber, ihnen ein wenig mehr Futter hinzustreuen.

„Es ist tatsächlich eine Serie", sagte Garner. „Ich habe gestern ein wenig recherchiert. Es gab noch einen weiteren Mord im Juni, wenn auch nicht in Calgary, sondern in der Nähe von Edmonton. Deshalb haben wir es übersehen."

Er benutzte absichtlich das ‚wir', um Samantha Stern versöhnlich zu stimmen.

„Könnte das kein Zufall sein?" Es war offensichtlich, dass sie ihm seinen Erfolg nicht gönnte.

„Nein", sagte Garner. „Wieder ein alter Mann, wieder die Kehle aufgeschlitzt, wieder an einem 8. Wenn das ein Zufall ist, fresse ich einen Besen."

„Meinen Sie, dass es noch mehr Morde geben wird?" Die Stimme des Commissioners klang besorgt. „Wenn Sie recht haben, müsste der nächste Mord am 8. August passieren."

„Vielleicht", sagte Garner. „Wenn es ein Racheakt ist, kommt es natürlich darauf an, wie viele sich in den Augen des Mörders schuldig gemacht haben. Wenn wir Glück haben, waren es ja nur die drei."

Hoffentlich, dachte Garner. Bis er Gewissheit über eine mögliche Beteiligung des Colonels hatte, würde er den Mund halten. Er würde zum Liquor Store fahren, eine große Flasche *Royal Canadian* kaufen und sich heute Nacht auf der Veranda noch einmal an das Thema Vietnam heranschleichen. Steter Tropfen höhlt den Stein. Selbst bei einem hartnäckigen Schweiger wie dem Colonel. Bis zur OP würde er im *Bow River Valley* bleiben und auf seinen Vater aufpassen. Genug Zeit, um die Wahrheit herauszufinden. Und den Täter zu stellen. Alleine.

Der Drucker hatte die knapp zwei Seiten ausgespuckt und der Commissioner vertiefte sich darin, während es Sam nicht die Bohne zu interessieren schien.

„Ich habe gestern übrigens Fiona Kelly gesprochen." In Sams Augen blitzte es, als ob sie eine Bombe platzen ließe.

„So?", meinte Garner. Er versuchte, sich seine Überraschung und Neugierde nicht anmerken zu lassen.

„Sie sagten ja, Fiona Kelly habe eine Erbschaft gemacht und sei in Calgary. Ein Notar hat mir ihre Adresse gegeben."

Bravo, dachte Garner. Die Frau war wirklich intelligent. Insgeheim ärgerte er sich, dass er nicht selbst auf die Idee gekommen war. Sam machte eine Pause und lächelte süffisant. Er musste sich bremsen, sie nicht zu schütteln, um ihr ihre Informationen gewaltsam zu entlocken.

„Und?", fragte er. „Gibt's was Neues?" Er versuchte, möglichst unbeteiligt zu klingen.

„Fiona Kelly hat meinen Verdacht bestätigt." Der Triumph in Sams Stimme war nicht zu überhören. „Wie es scheint, geht es tatsächlich um Erpressung. Josh Armstrong hat ihr gegenüber etwas von gefälschten Gutachten angedeutet, die die Schadstoffbilanz von *Northern Energy* geschönt haben sollen. Ein starkes Motiv."

Garner merkte selbst, wie er innerlich aufatmete. War es möglich, dass er auf dem Holzweg war?

Der Commissioner legte Garners Bericht zurück auf den Schreibtisch. „Interessant. Vielen Dank, Ted“, sagte er, doch er sah nicht besonders glücklich aus. „Vielleicht sollten wir alle Polizeidienststellen in Alberta informieren. Ein Großaufgebot für den 8. August aufstellen. Sondereinsätze an Krankenhäusern und Hospizen fahren.“

„Bis zum 8. August sind es noch fast drei Wochen“, meinte Sam. „Bis dahin haben wir den Täter.“

Der Satz hätte von ihm stammen können, dachte Garner. Samantha Stern war nicht nur intelligent, sie war mindestens genauso ehrgeizig wie er.

„Wenn es tatsächlich gefälschte Gutachten gab, so ist es doch merkwürdig, dass die Erpresser erst jetzt ermordet wurden“, sagte Garner. „Außerdem hat die Personalabteilung von *Northern Energy* abgestritten, dass Wolf Hansen, der alte Mann, der am 8. Juni ermordet wurde, jemals bei ihnen gearbeitet hat.“

„Vielleicht hat die Personalabteilung ja gelogen“, meinte Sam. „Fiona Kelly äußerte den Verdacht, dass Armstrongs Sohn die Firma möglicherweise weiter erpresst hat. Vielleicht hat er ja noch immer etwas gegen *Northern* in der Hand und die Ermordung seines Vaters und seiner Kollegen sollte eine Warnung sein.“

„Hansen wurde vor seinem Tod grausam gefoltert“, sagte Garner.

„Das würde meine Theorie bestätigen“, sagte Sam. „Entweder wollte man ein Exempel statuieren oder ihm Informationen über den Verbleib der Gutachten entlocken.“

Das Gesicht O'Sullivans hellte sich merklich auf.

„Das hört sich doch nach einer sehr vielversprechenden Spur an, Sam." Er sah aus als ob er ihr am liebsten den Hals getätschelt hätte. Oder den Hintern. Der gute alte Bernie. Ein väterlicher Gönner und Förderer. Sam strahlte wie ein Honigkuchenpferd.

„Am besten fahren Sie gleich noch einmal zu Armstrongs Sohn und nehmen ihn ordentlich in die Mangel", fuhr er fort. „Falls der Junior etwas mit Erpressung zu tun hat, wird Ted es schon aus ihm herauskitzeln, schließlich ist er ein Top-Psychologe." Jetzt gab es auch noch ein kleines Zückerchen für ihn, dachte Garner.

„Okay", sagte er. Hauptsache, er entkam O'Sullivan, bevor er ihn zum Dinner einlud.

Als er wieder neben Sam im Polizeiwagen saß, glaubte er, ein Déjà-vu zu haben. Er war erst vor einer Woche in Calgary angekommen, doch die Zeit erschien ihm endlos.

„Fiona Kelly wohnt übrigens auch in *Crescent Heights*", sagte Sam. „Genau wie Gerald Steiner. Hat dort das Haus ihrer Mutter geerbt. Ist das nicht seltsam?"

Ausnahmsweise schien Samantha Stern in Bestlaune zu sein. Ihr Ermittlungserfolg machte sie geradezu geschwätzig.

„Zufall", sagte Garner.

Sam warf ihm einen Seitenblick zu. „Das sagen ausgerechnet Sie."

„Haben Sie Fiona gefragt, ob sie Steiner kannte?"

„Klar", sagte Samantha, „aber sie behauptete, nein."

„Und haben Sie ihr geglaubt?"

„Schwer zu sagen", antwortete Sam. „Irgendetwas an der Frau war eigenartig."

„Was denn?" Jetzt war Garners Neugierde geweckt. Eigenartige Menschen zogen ihn an wie Magnete.

„Sie behauptete, ihre Mutter und sie hätten sich sehr nahegestanden, doch der Notar sagte mir, dass sie im Waisenhaus aufgewachsen sei und keinen Kontakt zur Mutter gehabt habe. Das Notariat hat fast ein Jahr nach ihr gesucht, bis das Testament vollstreckt werden konnte."

„Hmm", meinte Garner. „Das ist nichts Ungewöhnliches bei Heimkindern. Sie kompensieren die Trauer, die Einsamkeit und das Gefühl der Ablehnung durch eine Idealisierung oder Falsifizierung der Beziehung zu den Eltern. Anders ist der Schmerz oft nicht zu ertragen."

Samantha schwieg.

„Die Loyalität der Kinder gegenüber den Eltern ist beinahe grenzenlos", fuhr Garner fort. „Sogar bei Missbrauch und Gewalt schützen sie oft die Täter und geben sich selbst die Schuld."

„Haben Sie Kinder?", fragte Samantha.

Garner nickte. „Zwei Jungen, neun und dreizehn."

Ihr Interesse überraschte ihn. Taute die Eiskönigin allmählich auf?

„Ein Kind zu haben, ist eine große Verantwortung", meinte Sam.

„Ja", sagte Garner.

Sam antwortete nicht. Sie schien plötzlich seltsam in sich gekehrt.

Schweigend fuhren sie durch die Downtown Area, bis sie vor Armstrongs Werkstatt angekommen waren. Der Hof war leer, die Rollläden der Garageneinfahrt heruntergelassen. An der Eingangstür zum Büro klebte ein Zettel. *Betriebsferien 18. Juli bis 8. August.*

Das Datum verfolgte ihn. Auch wenn er sich sagte, dass Sommerferien waren und alle Welt Urlaub machte.

„Fahren wir bei ihm zu Hause vorbei“, sagte Sam. „Er wohnt in *Aspen Woods.* Vielleicht ist er ja noch da und packt seine Koffer.“

„Wetten nicht?“, sagte Garner. Sam drückte aufs Gaspedal.

Natürlich hatte er recht. Das Haus war verrammelt, die Einfahrt leer. Der Vogel war ausgeflogen. Als Sam beim Nachbarn klingelte, bekam sie die Auskunft, dass die Familie in die Rockies gefahren sei. Wohin auch sonst? Die Spur war kalt. Wenn es überhaupt eine Spur war. Es reichte.

„Ich nehme auch Urlaub“, sagte Garner. „Ab sofort.“

Sam schaute ihn entgeistert an.

„Ich bin sicher, dass Sie den Fall auch ohne mich lösen werden“, fuhr Garner fort. „Ein Täterprofil habe ich ja endlich erstellt.“ Er betonte wieder das ‚endlich‘ und grinste. „Falls Sie mich noch brauchen sollten, ich bin die nächste Zeit bei meinem Vater.“ Er nahm einen Zettel heraus und notierte seine Handynummer und die Anschrift des Colonels. „Er ist herzkrank und wird bald operiert. Ich muss mich um ihn kümmern.“

In Sams Blick lag jetzt Überraschung und eine seltene Wärme.

„Dann lieben Sie ihn doch“, sagte sie.

Garner antwortete nicht. Während Sam durch den dichten Verkehr der City zurück zum Police Department raste, dachte er, dass er diesen stacheligen Kaktus wahrscheinlich nie wiedersehen würde. Trotz aller Animositäten spürte er plötzlich ein leises Gefühl des Bedauerns. Irgendetwas an der Frau imponierte ihm. Es war kurz vor der Mittagspause, als sie wieder auf dem Parkplatz standen, und Garners Magen knurrte.

„Kommen Sie noch mit in die Kantine?“, fragte Sam.

„Nein“, sagte Garner. „Ich habe noch ein paar Dinge zu erledigen und fahre dann zurück zu meinem Vater. Er sollte besser nicht alleine sein. Grüßen Sie Bernie.“

Sie standen einen kurzen Moment unschlüssig voreinander, dann wandte Sam sich zum Gehen. Sie verschwand im Gebäude, ohne sich noch einmal umzudrehen. Garner ging zu seinem Wagen und stieg ein. Sie hatten sich noch nicht einmal voneinander verabschiedet. Garner ließ den Motor an und fuhr zurück Richtung Innenstadt. Das Quietschen des linken Stoßdämpfers war nicht besser geworden. Garner beschloss, zunächst zu *Vitek's Auto Works,* einer BMW-Werkstatt, die er gegoogelt hatte, zu fahren, irgendwo ein Lunch zu essen und auf dem Rückweg ein paar Einkäufe zu erledigen. Top-Priorität: Zwei Flaschen Royal Canadian. Mindestens zehn Jahre alt.

Der Hof von *Vitek's* war zugeparkt. Garner quetschte sich zwischen einen Roadster und ein Coupé und ging zu dem Container, der als Büro zu dienen schien. Ein Mechaniker in einem Blaumann mit der Aufschrift *Vitek's* versprach, den Stoßdämpfer zu wechseln, doch das würde bis zum Nachmittag dauern. Immerhin hatten sie die richtigen Ersatzteile. Garner ließ den Autoschlüssel da und aß einen Hamburger in einem Fast Food-Restaurant gleich neben der Werkstatt. Während er das pappige Brötchen in sich hineinstopfte, überlegte er, wie er die Zeit totschlagen könnte. Sein Handy sagte ihm, dass es zwei Sehenswürdigkeiten in Fußnähe gab, den Calgary Zoo und den Calgary Tower. Garner hasste Zoos. Der Anblick der eingesperrten Tiere deprimierte ihn. Er bezahlte und machte sich auf den Weg Richtung Tower. Jetzt, wo die Stampede vorbei war, atmete die Stadt eine bleierne Langeweile und Tristesse aus. Stählerne Wolkenkratzer und verspiegelte Glaspaläste von Banken und Ölfirmen, dazwischen die ewig gleichen Billigläden, Kinos und Schnellrestaurants. Vor dem Calgary Tower stand eine Gruppe Japaner. Alle trugen grellrote Baseballmützen mit der Aufschrift *I love Calgary.* Garner kaufte ein Ticket und reihte sich in die Schlange vor dem Aufzug ein. Während er eingezwängt inmitten einer dichten Touristentraube die 190 Meter nach oben glitt, überwältigte ihn ein Gefühl von Klaustrophobie, wie jedes Mal, wenn ihm Menschen zu nahe kamen. Er schloss die Augen und versuchte, sich zu entspannen, doch in seinem Kopf stiegen chaotische Bilder und Erinnerungen hoch. Er war jetzt 42 Jahre alt. Nach dem Militärinternat hatte er zuerst Philosophie, dann Psychologie studiert. Danach hatte er einige Jahre als Psychotherapeut in einer forensischen Klinik in North Battleford gearbeitet. Er hatte vergeblich versucht, Mörder, Vergewaltiger, Pädophile und drogensüchtige Psychopathen zu resozialisieren. Er hatte tonnenweise Psychopharmaka verordnet und in endlosen Therapiesitzungen versucht, das Böse in der Seele seiner Klienten auszumerzen. Vergeblich. Kurz vor dem Burn-out zog er die Notbremse, wechselte auf die andere Seite. Aufbaustudium Kriminologie. Profiler beim Regina Police Department. Er hatte eine steile Karriere hingelegt, war einer der renommiertesten Profiler Kanadas geworden. Garner liebte seine Arbeit, war besessen von ihr. Doch dieser Fall brachte ihn zum Wahnsinn. Er wünschte, er hätte ihn niemals angenommen. Bei dem Gedanken an seinen Vater bekam er Magenkrämpfe. Garner kannte sich in den Abgründen aus. Fiel er jetzt selbst in einen?

Der Aufzug hielt und die Touristenhorde drängte hinaus auf die Aussichtsplattform, deren gläserner Boden Garner Schwindel verursachte. Es war besser, nicht in den Abgrund zu schauen. Der Himmel hatte sich aufgeklart und der Blick auf die Skyline der City, den sich dahinschlängelnden Fluss und die silbrig glitzernden Gipfel der Rocky Mountains war überwältigend. *Moh'kins'tsis, Elbow Many Houses,* hatten die Blackfoot den Zusammenfluss von *Bow* und *Elbow River* an der Stelle des heutigen Calgary genannt. Es schien unvorstellbar, dass vor noch nicht einmal 150 Jahren riesige Büffelherden über die Prärie gestoben waren und die Blackfoot, Cree und Stoney ein freies Leben als nomadisierende Jäger im Einklang mit der Natur geführt hatten. Jetzt waren sie in winzige Reservate eingepfercht, nach deren Bodenschätzen die Konzerne ihre gierigen Hände ausstreckten. Wieder stiegen die Bilder der Ölraffinerien und verseuchten Klärteiche von Fort McMurray mit ihren monströsen Vogelscheuchen vor Garners geistigem Auge auf. Wie lange würde die kanadische Wildnis dem Raubbau noch standhalten können? War die sogenannte Zivilisation ein Krebsgeschwür, das am Ende seine eigenen Kinder fraß? Garner blickte lange auf die Bergriesen in der Ferne und die windgetriebenen Wolken am Himmel. Gedanken und Gefühle drifteten vorbei, und erneut schien die Zeit sich aufzulösen. Vielleicht war das Leben nur ein Traum und der Tod das große Erwachen. Eine unbestimmte Sehnsucht erfasste sein Herz, und die Erinnerung an Sophie LeRoux überschwemmte ihn mit der Macht einer Flutwelle. Es gab nicht viele Menschen in Garners Leben, die ihm etwas bedeuteten, und es gab noch weniger, die ihn verstanden. Gab es überhaupt jemanden? Hatte Sophie LeRoux ihn verstanden oder war die Nähe zwischen ihnen nur eine Illusion gewesen? Es war vorbei, bevor es überhaupt begonnen hatte. Und es war besser so. Sie waren beide verheiratet. Wie immer, wenn er an diesen Punkt kam, zog Garner einen mentalen Schlussstrich. Und dennoch.

Irgendwann ging er zurück zum Aufzug und glitt wieder hinab in die Tiefe. In seinem Kopf drehte sich alles, und er hatte Mühe, sich in der Wirklichkeit zurechtzufinden. Die Rush Hour hatte begonnen, und der Verkehr vor dem Tower war dicht. Menschen hasteten vorbei, Autos hupten, Ampellichter blinkten. Es war fast 16:00 Uhr und er verspürte eine seltsame Getriebenheit. Plötzlich hatte er es eilig, zurück ins *Bow Valley* zu fahren.

Der Parkplatz vor *Vitek's Auto Works* hatte sich geleert. Garner ging ins Büro und bezahlte. Der BMW stand ganz am Rand neben einem Müllcontainer. Hinter dem Scheibenwischer klebte ein Zettel. *Geschenk im Handschuhfach.* Eine Aufmerksamkeit für die Kunden von *Vitek's*? Garner öffnete die Autotür und zog die Klappe des Handschuhfachs herunter. Ein Briefumschlag und ein kleines, in Zeitungspapier eingeschlagenes längliches Bündel. Er nahm es heraus und wickelte das Papier ab. Ein Schrei entfuhr ihm, und sein Herz schlug bis zum Hals. Es war ein Finger. An dem blutig verkrusteten Ende steckte ein Ehering. Er erkannte ihn sofort. Garner musste würgen. Seine Hände zitterten so stark, dass er Mühe hatte, den Briefumschlag zu öffnen.

Wenn du deinen Alten lebend wiedersehen willst, fahr sofort los. Keine Polizei, keine Tricks. Hab dich im Blick.

Eine Adresse und ein Lageplan. Edmonton. *St. Francis Orphanage.* Garner ließ den Motor an und drückte aufs Gaspedal.

Fiona Kelly

7. Mai 2022
Calgary

Das Licht floss wie goldener Regen durch die Lamellen der Schlafzimmerjalousie und legte ein Streifenmuster über das Bett. Es war ein massives Doppelbett aus dunklem Holz, bezogen mit einem Stoff aus Damast, auf dem sich arabeske Blumenornamente in einem blassen Türkis und tiefen Kornblumenblau kunstvoll aneinander rankten. Die Matratze war weich, ein wenig durchgelegen in der Mitte, dort, wo der Körper ihrer Mutter eine Kuhle geformt hatte. Wenn Fiona sich in die Mulde kuschelte, fühlte es sich an wie ein Nest, und sie meinte, noch einen schwachen Geruch wahrzunehmen, einen Mutterduft von Haut, Haar, warmem Atem. Loreen. Loreen Kelly. So hatte sie geheißen. Fiona hatte keine Erinnerung an sie. Auf der Kommode stand ein Foto von ihr. Das Foto war alt und verblichen. Es zeigte ihre Mutter als junges Mädchen. Auf der Rückseite war ein Stempel mit dem Namen des Fotostudios und dem Jahr der Aufnahme. 1965. Fiona hatte es stundenlang betrachtet, hatte alles genauestens verglichen, die Wölbung der schwarzen Augenbrauen, die Form der Augen, die leicht gebogene Nase, den Schwung der Lippen. Sie hatte die dunklen Locken ihrer Mutter geerbt, doch Loreens Augen waren von einem unschuldig wirkenden Himmelblau gewesen, der Mund ein wenig voller, die Brüste in dem Mieder des rotgetupften Sommerkleides rund und fest wie Äpfel. Fiona redete sich ein, dass sie ihr ähnlich sah.

Es gab auch ein Foto der Großeltern. Dunkle Kleidung, strenge Gesichter. Ein silbernes Kreuz um den Hals der Großmutter. Die Haare zu einem Dutt gebunden. Der Großvater mit einem dünnen Schnurrbart, der traurig über die Mundwinkel herabhing. Daneben Loreens kleiner Bruder im Matrosenanzug. Ein Trauerflor um den Rahmen. Er wäre ihr Onkel gewesen, aber anscheinend war er früh gestorben. Ihre Familie. Doch obwohl Fiona das ganze Haus auf den Kopf gestellt hatte, gab es kein einziges Foto von ihr.

Sie hatte zufällig von der Anzeige im *Calgary Harold* erfahren. Irgendjemand im Club hatte im April eine alte Ausgabe von einem Wochenendtrip mitgebracht und sie ihr unter die Nase gehalten. „Du wirst gesucht, Fiona." Adresse und Telefonnummer eines Notariats in Calgary mit der dringenden Bitte um Kontaktaufnahme.

Es hatte sie Überwindung gekostet, anzurufen. Ihre Erfahrungen mit Behörden waren nicht die besten. Doch nachdem sie sich endlich ein Herz gefasst hatte, ging alles ganz schnell. Sie fuhr runter nach Calgary, unterzeichnete ein paar Papiere und erbte 28 378 Dollar und das alte Haus in *Crescent Heights,* in dem ihre Großeltern und ihre Mutter zeit ihres Lebens gewohnt hatten. Jetzt waren alle tot. Ihre Mutter war nur 16 Jahre älter als sie gewesen, und sie war unverheiratet geblieben. Die Todesursache war unklar, aber der Notar hatte genug Andeutungen gemacht. Zu viel Alkohol, zu viele Tabletten. Fiona kannte das Programm. Zum Schluss hatte die Leber nicht mehr mitgemacht.

Die ersten Tage in dem Haus waren wie ein Rausch gewesen. Fiona durchwanderte die Zimmer, probierte jedes Sitzmöbel aus, studierte die Bilder an den Wänden, grasgrüne Wiesen und Meer, über jeder Tür ein Kreuz mit dem Heiland, ein besticktes Kissen mit dem Schriftzug *Ambrán na bhFiann*. Das hieß The *Soldier's Song* und war die irische Nationalhymne, soviel hatte Fiona herausgefunden. In ihren Adern floss also irisches Blut, daher die grünen Augen, die dunklen Locken. Vielleicht. Sie zog Schranktüren auf, nahm Tassen, Gläser, Besteck heraus, Tischtücher, Töpfe. Im Kleiderschrank Loreens Jacken, Röcke, Blusen. Handtaschen, Schals, Schuhe. Fiona probierte ein Kleid an, es war aus einem seidigen grünen Stoff, es war zu eng an der Brust und um die Hüften, doch sie zwängte sich hinein und betrachtete sich in dem großen Wandspiegel, der neben dem Bett hing. Das Kleid stand ihr nicht, es machte sie blass und hässlich. Plötzlich hatte sie das Gefühl, keine Luft zu bekommen. Sie hatte sie nicht gewollt, niemand hatte sie gewollt, sie hatte sie ins Waisenhaus weggegeben und vergessen. Sie stürzte aus dem Kleid, zog es mit Gewalt über den Kopf, etwas zerriss, sie rannte in Unterwäsche in die Küche, zog eine Schere aus der Schublade, stürmte zurück und zerschnitt den seidigen Stoff in einer rasenden Wut zu einem Haufen grüner Fetzen. Sie zog alles aus dem Schrank heraus und stach blind darauf ein, bis sie völlig erschöpft war und in einem Weinkrampf auf dem Fußboden zusammenbrach. Wie immer, wenn sie in den Abgrund stürzte, verlor sie jegliches Zeitgefühl, und es schien ihr, als würde sie von einem schwarzen Loch verschluckt. Irgendwann ebbte das Schluchzen ab und Fiona blinzelte durch den Tränenvorhang. Ganz hinten im untersten Fach des Holzschrankes lag etwas. Sie griff in den Schrank und zog es hervor. Es war ein abgegriffenes pinkes Büchlein aus Kunstleder, das mit einem silberfarbenen winzigen Schloss versehen war. Einen Schlüssel schien es nicht zu geben. Fiona riss an der dünnen Kette, die in ihrer Nutzlosigkeit beinahe pathetisch wirkte. Ein Teenager-Tagebuch. Fiona schnaubte durch die Nase. Die süßen kleinen Geheimnisse behüteter junger Mädchen. Sie blätterte lustlos in den vergilbten Seiten, die eng in einer zierlichen Schrift beschrieben waren. Die Einträge endeten am 8. Juli 1965. *Mom und Dad haben mir erlaubt, mit Jerome zur Stampede zu gehen, wenn ich verspreche, bis 20:00 Uhr daheim zu sein. Wie glücklich ich bin!!!* Über dem Namen Jerome war ein winziges Herz gemalt. Wie niedlich. Ganz hinten in dem Buch steckte ein Briefumschlag. Auf dem Umschlag stand ihr Name. Scheiße, dachte Fiona. Plötzlich schlug ihr Herz bis zum Hals. Sie riss den Umschlag auf und zog ein Blatt Papier heraus. Die Schrift war dieselbe wie in dem Tagebuch, doch nicht mehr so säuberlich, so als wäre die Schreiberin fahrig und zittrig geworden wie eine Greisin.

Liebe Fiona,
wenn du dies liest, bin ich bereits tot, doch ich starb als ich 15 war. Ich habe mit niemandem jemals über das, was am 8. Juli 1965 geschah, geredet, und selbst im Beichtstuhl erstickte ich

an den Worten und schwieg. Mom und Dad glaubten, Jerome sei dein Vater, auch wenn ich das immer abstritt und sie mich schlugen und als Lügnerin und Sünderin beschimpften. Ich habe versucht, dich zu lieben. Drei Jahre lang, doch ich hatte den Teufel im Leib. Ich dachte, die Sisters of Providence *seien dir bessere Mütter. Es tut mir leid. Bitte verzeih mir.*
Deine Mutter, Loreen

In dem Umschlag lag noch etwas. Fiona nahm es heraus. Es war ein Metallstück, in das etwas eingestanzt war. Eine Erkennungsmarke der US-Army. Fionas Herz setzte für einen Moment aus.

Ted Garner

19. Juli 2022
St. Francis Orphanage Edmonton

Es war 18:25 Uhr, als der BMW in einer gottverlassenen Straße am Rand von *Old Strathcona* hielt. Heruntergekommene Häuser, alte Fabrikgebäude, schäbige Geschäfte, deren Fenster mit Brettern vernagelt waren, eine stillgelegte Tankstelle, zwischen deren rostigen Säulen das Unkraut sprießte. Der Renovierungsboom, der das historische Stadtviertel aus dem 19. Jahrhundert in den letzten Jahren erfasst hatte, war offensichtlich noch nicht bis in diese Ecke von *Strathcona* vorgedrungen. Garner schaute auf den Lageplan, den er in seinem Handschuhfach gefunden hatte. Das *St. Francis Orphanage* musste ganz in der Nähe sein. Normalerweise wäre Garner stolz auf sich gewesen, dass er die 300 Kilometer von Calgary nach Edmonton in der Rekordzeit von knapp zwei Stunden geschafft hatte, doch ihm war speiübel und seine Hände waren schwitzig. Während er wie ein Wahnsinniger über die Autobahn gerast war, hatten sich die Gedanken in seinem Kopf überschlagen.

Er hatte recht gehabt. Sein Vater war in eine böse Sache verwickelt und er war der Nächste auf der Liste des Mörders. Doch Garner hatte einen verheerenden Fehler begangen. Er hatte darauf vertraut, dass der Täter wieder an einem 8. zuschlagen würde, und sich bis dahin in einer trügerischen Sicherheit gewogen. Der Mörder hatte das

Muster jedoch durchbrochen und auch daran war Garner schuld, wie er quälend spät erkannte. Er war ihm dicht auf der Spur gewesen, so dicht, dass der Killer die Angelegenheit jetzt schnell zu Ende bringen wollte. Zu Ende bringen hieß, seinen Vater und ihn zu töten.

Dennoch hatte Garner nicht eine Sekunde gezögert, loszufahren, und war wie ein Irrer nach Edmonton gerast. Wenn er die Polizei eingeschaltet hätte, wäre es das sichere Todesurteil für den Colonel gewesen. Die Grausamkeit der Morde und der abgeschnittene Finger ließen keinen Zweifel an der Gefährlichkeit und Entschlossenheit des Täters. Garners Mutter war bei seiner Geburt an einer Fruchtwasserembolie gestorben. Wie könnte er damit leben, jetzt auch noch seinen Vater auf dem Gewissen zu haben, indem er sich nicht an die Forderung hielt? Er hätte den Colonel nicht alleine lassen dürfen. Jemand hatte zuerst den Hund ausgeschaltet und dann in aller Ruhe abgewartet, bis Garner verschwunden war. Er hatte den Colonel überwältigt und entführt und lockte Garner nun in einen Hinterhalt. Doch warum? Was wollte er von ihm und seinem Vater?

Garner parkte in der Zufahrt einer leer stehenden Werkstatt, nahm die Walther Q5 aus der Jackentasche und öffnete vorsichtig die Autotür. Die Gegend wirkte nicht besonders vertrauenerweckend. Auf der Straße war niemand zu sehen. Garner stieg aus und ging in die Richtung, die ihm der Lageplan anzeigte. St. Francis Orphanage. Samantha Stern hatte gesagt, dass Fiona Kelly im Waisenhaus aufgewachsen sei. Es gab keine Zufälle. Der Mörder war höchstwahrscheinlich eine Mörderin. Doch was hatte sein Vater mit Fiona Kelly zu schaffen? Lag das Motiv für die Morde doch nicht in Vietnam? Waisenkinder waren fast immer traumatisiert. Garner kannte das Gefühl der Einsamkeit und der abgrundtiefen Trauer aus seiner Zeit im Militärinternat nur zu gut. Er hatte viele Jahre als Psychotherapeut gearbeitet. Wenn es ihm gelingen würde, einen Zugang zur Seele der Mörderin zu finden … wenn es ihm gelingen würde, sie von der Unschuld des Colonels zu überzeugen – war er unschuldig? … wenn es ihm gelingen würde, sie zu überraschen und abzuknallen … wenn ... Sein Kopf dröhnte, und er hatte Mühe, einen klaren Gedanken zu fassen.

Am Ende der Straße stand ein altes, mit Efeu überwuchertes Ziegelgebäude, das von einer halbhohen Mauer umgeben war. Garner hielt die Walther umklammert und pirschte sich vorsichtig heran. Alles schien ruhig. Niemand folgte ihm. Er duckte sich hinter die Mauerwand und spähte hinüber. Eine geteerte Hoffläche, die an einigen Stellen von Wurzeln aufgebrochen war, eine Steintreppe, die zu einer Tür aus dunklem Holz führte. Über dem Eingangsportal ein verwittertes Schild mit der Inschrift *Lasset die Kinder zu mir kommen.* Daneben der Gekreuzigte. Das Gebäude wirkte ausgestorben. Das Waisenhaus war anscheinend schon lange nicht mehr in Betrieb. Die dunklen Fenster waren wie tote Augen, die ihn anzustarren schienen. Irgendwo krächzte ein Vogel. Wo war sein Vater? War er irgendwo da drinnen? Sollte er hineingehen? Unschlüssig kauerte Garner hinter der Mauer und beobachtete das leere Haus. Kalter Schweiß rann seine Achselhöhlen hinab und sein Herz klopfte bis zum Hals. Ruhig, alles ruhig. Gab es noch einen Nebeneingang? Er huschte in großen Sätzen voran, überquerte die Hoffläche und erreichte die Hinterseite des Hauses. Er kämpfte sich durch Brennnesseln und Gestrüpp, bis er zu einer fast zugewucherten Kellertreppe gelangte. Die Tür sah nicht besonders stabil aus. Wenn es ihm gelänge, sie aufzubrechen und unbemerkt in das Haus zu kommen …

Der Schlag traf ihn unvermittelt. Garner sackte in die Knie. Sein Kopf schmerzte und er spürte das warme Blut, das in seinen Nacken rann. Ein Tritt gegen sein Handgelenk und die Walther schlitterte die Treppe hinunter. Jemand stülpte etwas über seinen Kopf und riss seine Arme nach hinten. Ein schnappendes Geräusch. Handschellen. Er hatte Mühe zu atmen. Kräftige Arme packten ihn unter den Achseln und schleiften ihn die Treppe hinunter. Er roch den Schweißgeruch des Anderen und hörte sein heftiges Keuchen. Es war ein Mann. Das Öffnen einer Tür, dann wurde er weitergezogen. Das Letzte, was Ted Garner wahrnahm, war ein modriger Geruch, der in seine Nase stieg und ihm Brechreiz verursachte, dann wurde alles schwarz.

Als er wieder zu sich kam, wusste er für einen Moment nicht, wo er sich befand. Es war stockdunkel und er zitterte am ganzen Körper. Der Boden unter ihm war hart und feucht, und er lehnte gegen etwas, das sich anfühlte wie ein Heizungsrohr. Er versuchte, seine Arme zu bewegen, doch die Handschellen schnitten in seine Gelenke, und er war festgekettet. Die Kapuze, oder was auch immer sich über seinem Kopf befand, nahm ihm den Atem. Er spürte einen starken Brechreiz und sein Kopf würde gleich zerplatzen. Garner verfluchte sich selbst. Er war ein Vollidiot gewesen, nicht die Polizei einzuschalten und stattdessen diesen tödlichen Alleingang zu wagen. Niemand wusste, wo er war. Er würde sterben und seine Familie nie wiedersehen. Ein Gefühl von Panik überrollte ihn und er zerrte an seinen Fesseln wie ein gefangenes Raubtier. Es war zwecklos. Der Killer würde ihn hier verrotten lassen und niemand würde ihn jemals finden. Wo war sein Vater? Wahrscheinlich war er tot. Garners Mund war trocken und er verspürte einen quälenden Durst. Wie lange konnte es ein Mensch ohne Wasser aushalten? Er meinte sich zu erinnern, dass es höchstens drei bis vier Tage waren. Die Einsicht, dass er hier sterben würde, schien so absurd, dass sich Garners Innerstes mit aller Macht dagegen wehrte, und doch wusste er, dass es keine Rettung gab. Ihm schwindelte und er schloss die Augen. Er fiel in einen qualvollen Dämmerschlaf, aus dem er ab und an aufschreckte, nur um sich selbst zu verfluchen und die bittersten Vorwürfe zu machen. Er musste erneut das Bewusstsein verloren haben und er wusste nicht, ob Stunden oder Tage vergangen waren, als er Schritte vernahm, die auf dem Steinfußboden widerhallten und sich langsam näherten. Sein Herz raste und trotz der Kälte brach ihm der Schweiß aus allen Poren. Das Spiel war aus. Der Mörder. Er würde ihn töten. Jetzt.

„Ich hoffe, Sie hatten eine angenehme Nacht, Mr. Garner."

Der Mann trat so nah an ihn heran, dass er seinen leichten Geruch nach Schweiß und Eau de Cologne wahrnahm. War es Morgen? Wie lange war er schon in diesem Rattenloch gefangen?

„Sie waren schnell gestern Abend. Wie viel PS hat der Wagen?" Die Stimme klang kalt. Garner antwortete nicht.

Die Kapuze wurde von seinem Kopf gezogen, und Garner blinzelte gegen die plötzliche Helligkeit an. Durch ein vergittertes Kellerfenster fiel ein Sonnenstrahl auf den Steinboden. Garner hob den Blick. Vor ihm stand ein Mann von etwa Mitte bis Ende fünfzig. Er trug einen teuren Anzug und hatte einen brutalen Zug um den Mund. Irgendetwas an ihm kam Garner bekannt vor, doch er zermarterte sich vergeblich das Hirn, wo er den Mann schon einmal gesehen haben könnte.

„Wie es scheint, haben Sie sich an die Abmachungen gehalten, Mr. Garner. Sollte die Polizei doch noch hier aufkreuzen, sind Sie und Ihr Vater schneller tot, als Sie bis drei zählen können."

Also lebte sein Vater noch.

„Niemand weiß, dass ich hier bin", sagte er. Obwohl er sich bemühte, ruhig zu klingen, hörte er das Zittern in seiner Stimme. „Was wollen Sie von uns?"

„Nur ein kleines Familientreffen", sagte der Mann und verzog die Lippen zu einem süffisanten Lächeln. „Ihr Vater erwartet Sie bereits sehnsüchtig."

Er schloss die Handschellen auf und bedeutete Garner, aufzustehen, während er eine Pistole in seine Rippen drückte. Garners Kopf drehte sich, und er konnte sich nur mit Mühe auf den Beinen halten. Er war dehydriert, und wahrscheinlich hatte er eine Gehirnerschütterung. Der Mann bugsierte Garner eine ausgetretene Kellertreppe hinauf und sie gingen einen endlosen, düsteren Flur entlang. Der muffige Geruch in den Wänden und die Pistole in seinem Rücken nahmen Garner den Atem. Am Ende des Ganges war eine Tür. Sie stand halb offen. Eine Frau lehnte im Rahmen und blickte ihnen entgegen. Sie hatte meergrüne Augen und trug ein eng anliegendes Sommerkleid mit einem tiefen Dekolleté. Obwohl sie bestimmt Mitte fünfzig war, verströmte sie eine laszive Erotik von morbider Attraktivität.

„Hallo, kleiner Bruder“, sagte sie und lächelte. „Ich bin Fiona.“

Für einen kurzen Moment dachte Garner, dass alles gut war. Er fühlte sich wie in einem Traum, der als Albtraum begonnen hatte und sich jetzt in einer freudigen und überraschenden Wendung in Wohlgefallen auflöste.

„Ich freue mich sehr, dich kennenzulernen“, sagte Fiona. „Leider konnte ich es nicht früher einrichten. Sorry für die Verspätung. Aber Dwight meinte, ich solle besser abwarten, ob nicht die Kavallerie hier auftaucht. Doch ich wusste, dass ich mich auf dich verlassen kann. Komm doch rein.“

Es hörte sich an, als bäte sie ihn zur Teestunde. Sie drehte sich um und ging voran. Der Mann drückte ihm die Pistole ins Kreuz und manövrierte ihn durch die Tür. Es schien ein alter Schlafsaal zu sein. Metallene Bettgestelle ohne Matratzen standen dicht an dicht in einem düsteren, schäbigen Raum. Auf einem der Gestelle lag sein Vater.

Seine Hände und Füße waren festgekettet, und sein Mund war mit Klebeband verbunden. Die rechte Hand war mit einem blutigen Verband umwickelt. Garner stockte der Atem und sein Herz schlug bis zum Hals.

„Lassen Sie ihn frei“, sagte er. „Er ist unschuldig.“

„Ach ja?“, sagte Fiona. „Setz dich doch, Brüderchen.“

Sie wies auf eines der Bettgestelle und Garner ließ sich vorsichtig auf der Kante nieder. Der Mann drehte ihm brutal die Arme nach hinten und Garner hörte das Zuschnappen von Handschellen.

„Ich glaube, unser Daddy ist ein ziemlich harter Knochen“, sagte Fiona. „War sogar in Vietnam, wie man so hört.“

Garner dachte, dass die Frau verrückt war. Eine Psychopathin. Borderline, Schizophrenie, was auch immer. Er versuchte verzweifelt, einen besseren Blick auf seinen Vater zu bekommen. Der Colonel hatte die Augen geschlossen und lag völlig reglos da. Wahrscheinlich war er ohnmächtig.

„Er ist herzkrank“, sagte Garner. „Er braucht dringend seine Tabletten.“

„Der Arme“, flötete Fiona. „Du bist ja ein richtiges Herzchen, Bruderherz. Was für eine reizende Familie.“ Der Mann und Fiona brachen in höhnisches Gelächter aus. Garners Halsschlagader pochte, und seine Gedanken überschlugen sich. Warum nannte diese Frau ihn Bruder und seinen Vater Daddy? War es möglich, dass Fiona eine uneheliche Tochter des Colonels war? Wenn ja, musste er lange vor seiner Ehe ein Verhältnis gehabt haben. Fiona war mindestens zehn Jahre älter als er, vielleicht sogar fünfzehn. Hatte er sie im Stich gelassen? War sie deshalb so voller Hass? Der Colonel hatte nie von einer anderen Frau, geschweige denn einer Tochter gesprochen. Doch der Colonel war ein großer Schweiger.

„Der alte Daddy ist ein Kämpfer", sagte Fiona. „Der ist hart im Nehmen. Du solltest dich besser um dich selber sorgen."

„Ich sorge mich um Sie", sagte Garner. Er versuchte, ein wenig Wärme in seine Stimme zu legen. „Sie bringen sich in große Schwierigkeiten. Ich glaube, dass Sie krank sind. Ich bin Psychotherapeut. Ich kann Ihnen helfen."

„Halt's Maul", zischte Fiona. „Ich brauche keinen Therapeuten. Ich hasse Therapeuten."

„Was wollen Sie von mir?", fragte Garner.

„Du hättest deine Nase nicht in Angelegenheiten stecken sollen, die dich nichts angehen", sagte Fiona. "Dwight hat dich im *Sunset* gesehen. Du hast zu viele Fragen gestellt. Wir mögen keine Schnüffler."

Garner fiel es wie Schuppen von den Augen. Der Mann in dem teuren Anzug war der Besitzer des Clubs in Fort McMurray, der Mann, der seinen Rauswurf veranlasst und ihm Lokalverbot erteilt hatte. Er hatte recht gehabt. Es war seine Schuld, dass der nächste Mord nicht erst am 8. August stattfinden würde, sondern schon sehr bald. Wahrscheinlich noch heute. Wahrscheinlich innerhalb der nächsten Stunden. Oder Minuten. Bei dem Gedanken setzte sein Herzschlag für einen Moment aus.

„Wie haben Sie herausgefunden, wer ich bin?", fragte Garner.

„Kinderspiel“, sagte Dwight. „Einer meiner Leute ist dir zum Hotel gefolgt. Der Kleine an der Rezeption ließ sich nicht lange bitten, ihm deinen Namen zu verraten. Du kannst dir nicht vorstellen, wie überrascht wir waren. Der Sohn des alten Rob Garner. Was für ein Zufall.“

Garner fluchte innerlich. Wenn er gewusst hätte, dass der Colonel in die Sache verwickelt war, hätte er den Fall niemals angenommen.

„Was hat mein Vater Ihnen getan?“, fragte er. „Und was ist mit den anderen?“

„Das wird der alte Daddy dir gleich erzählen“, sagte Fiona. „Obwohl er bisher nicht besonders gesprächig war. Doch wir werden ihn sicher zum Reden bringen. Ich finde, er hat genug geschlafen. Wir sollten ihn aufwecken.“

Plötzlich hielt sie ein Messer in der Hand. Unwillkürlich schrie Garner auf, doch Dwight packte seinen Kopf und verklebte seinen Mund mit Klebeband. Garner hörte seinen eigenen Atem, der stoßweise durch die Nase ging. Er spürte Brechreiz und musste würgen. Dwight presste Garners Beine zusammen, legte ihm Fußschellen an und fesselte ihn an das Bettgestell.

„Mach es dir gemütlich“, sagte Fiona. „Dwight und ich haben in diesen Betten ganz wunderbar geschlafen.“

„Manchmal hat mir der Pfarrer sogar ein Schlafliedchen gesungen.“ Dwight lachte dreckig. „Und mich das Beten gelehrt. Nur die Beichte ist der Weg zur Erlösung. *Vater, vergib uns unsere Schuld wie auch wir vergeben unseren Schuldigern.*“

„Und führe uns nicht in Versuchung, sondern erlöse uns von

dem Bösen", fuhr Fiona fort. Sie schlug mit dem Messer das Zeichen des Kreuzes. „Der Daddy wird dir jetzt eine schöne Geschichte erzählen", sagte sie und strich ganz sanft mit der Schneide über die Kehle seines Vaters. Es sah beinahe aus wie eine Liebkosung. Eine hauchdünne Blutspur bildete sich auf der faltigen Haut.

„Aufwachen, lieber Daddy." Ihre Stimme klang jetzt laut und schrill. Der Colonel schlug die Augen auf und Fiona zog ihm mit einem brutalen Ruck den Klebestreifen vom Gesicht. Sein Vater holte japsend Luft. Sein Atem ging schwer. Dwight hielt seine Pistole im Anschlag.

„Schau mal, wer hier ist", sagte Fiona. „Du hast Besuch."

Sie kramte einen Schlüssel hervor, schloss die Hand- und Fußschellen auf und half dem Colonel, sich aufzurichten. Er hielt sich nur mit Mühe auf der Bettkante, und sein Mund war schmerzverzerrt. Als er Garner sah, verzog sich sein Gesicht zu einer Grimasse.

„Du bist gekommen", sagte er. „Du bist ein Vollidiot."

Seine Stimme klang brüchig, doch Garner verstand ihn perfekt.

„Der Daddy freut sich gar nicht", sagte Fiona. „Böser Daddy." Sie fuchtelte mit dem Messer vor den Augen des Colonels herum, doch der Colonel zuckte nicht mit der Wimper.

„Ich bin nicht dein Daddy", sagte er.

„Dein Freund Wolf war da anderer Meinung", sagte Fiona. „Nachdem wir ihn ein wenig gekitzelt haben, hat er alles ausgespuckt. Es war deine Schuld. Du hast ihr Leben zerstört. *Unser* Leben."

„Hansen ist ein Lügner." Die Stimme des Colonels war jetzt laut und bestimmt. „Und du bist krank im Kopf. Ich habe nichts mit dir zu tun. Mein Sohn ist Polizeipsychologe. Wenn du uns frei lässt, kann er dir helfen. Dann kommst du in die Klapse statt in den Knast."

Fionas Augen verengten sich zu Schlitzen.

„Halt's Maul", zischte sie. Sie hob das Messer und stach zu. Blut floss aus einer Wunde in der Wange des Colonels. Er verzog vor Schmerz das Gesicht, doch kein Laut entfuhr seinen Lippen.

Garner musste würgen. Er versuchte verzweifelt zu sprechen, doch aus seinem verklebten Mund kam nur ein gurgelndes Geräusch, während er wie hypnotisiert auf Fiona und seinen Vater starrte.

„Ich sollte dir die Eier abschneiden", sagte Fiona.

„Immer schön langsam, Mädchen." Dwight grinste. „Wir wollen doch noch ein bisschen Spaß zusammen haben."

„Spuck endlich die Wahrheit aus, du Scheißkerl." Fionas Stimme schnappte über, und ihr Gesicht war hassverzerrt.

„Fuck you", sagte der Colonel.

Dwight hob langsam die Pistole und zielte auf die Kniescheibe des Colonels. Der Schuss war kaum zu hören. Offensichtlich benutzte er einen Schalldämpfer. Der Colonel schrie auf und krümmte sich vor Schmerz. Garners Puls klopfte so laut in seinen Schläfen, dass sein Schädel dröhnte.

„Wenigstens läuft er uns jetzt nicht davon", sagte Dwight und grinste.

Garner erstarrte. Blut rann aus den Wunden des Colonels und er keuchte. Wie viel Blut konnte man verlieren, bevor man starb? Doch der Colonel würde eher sterben als den Mund aufzumachen. Sie würden beide sterben. Es würde ein langsamer und qualvoller Tod sein.

Fiona wandte sich von seinem Vater ab und trat dicht an Garner heran.

„Sicher hat der gute Daddy seinen Sohn sehr sehr lieb." Sie legte das Messer an Garners Kehle. Die Klinge fühlte sich kalt an und Garner zitterte unkontrolliert.

Der Colonel schwieg.

Die Zeit schien sich aufzulösen. Garner spürte etwas Warmes, das seinen Schritt durchnässte und seine Beine hinablief. Er stürzte in einen Abgrund, dann wurde ihm schwarz vor Augen.

Dwight

8. Mai 2022
Rosebud Palliative Center Calgary

Als Fiona mich anrief und faselte, dass sie wüsste, wer ihr Vater war, und dass sie für das, was sie mit ihm getrieben hätte, in die Hölle käme, dachte ich, sie wäre besoffen oder auf Speed und säße wieder mal in der Scheiße und ich fuhr sofort runter nach Calgary. Sie saß da in diesem spießigen kleinen Haus, das sie von ihrer Mutter geerbt hatte, und schwelgte in süßen *Fake*-Erinnerungen, und als ich ihr sagte, dass sie aufhören solle, sich was vorzumachen, und dass ihre Mutter eine Nutte gewesen war und sie ins Waisenhaus gesteckt hatte, weil sie keine Lust auf einen Bastard hatte, rastete sie aus, bis ich ihr eine langte und sie vögelte und wieder halbwegs zur Räson brachte. Sie brach heulend zusammen, und ich nahm sie in den Arm und versprach ihr, dass ich ihr helfen würde, die Wahrheit herauszufinden.

Es war nicht schwer, den alten Narren ausfindig zu machen. Als er noch in Fort McMurray gearbeitet hatte, war er lange genug um Fiona herumscharwenzelt, und obwohl er jedes Mal brav für ihre Dienste bezahlt hatte, hasste ich ihn. Es war mir nicht entgangen, dass sie Gefühle für ihn hatte, dass er mehr war als ein Sugar Daddy, doch Fiona gehört mir. In diesem Scheißleben hat mir niemand was geschenkt, und was mir gehört, kriegst du nur über meine Leiche. Fiona hatte eine Adresse, die er ihr gegeben hatte, als er zu seiner Familie zurückzog, und ich rief Joey an, um auszukundschaften, ob er noch dort lebte und was er so trieb. Außer dem *Sunset* hatte ich noch ein paar andere Pferdchen am Laufen und ganz gute Kontakte bis runter nach Calgary. Das ist das Schöne, wenn du mal ein paar Jahre gesessen hast: Du hast überall Freunde, und Joey schuldete mir einen kleinen Gefallen. Innerhalb von 24 Stunden wusste ich mehr, als ich wissen wollte.

Das *Rosebud Palliative Center* war so eine Art Wellnessoase für Leute, die am Abkratzen waren, und als ich den alten Knaben da in seinem Rollstuhl im Garten zwischen den Blumenrabatten sitzen sah, abgemagert bis auf die Knochen und mit kahlem Schädel, hätte ich ihn beinahe nicht erkannt. Man brauchte kein Arzt zu sein, um zu wissen, dass seine Tage gezählt waren. Fiona sagte, dass sie nur kurz mit ihm reden wolle, und dass ich aufpassen solle, dass niemand sie störte. Anscheinend hatten sie die Halbleiche da geparkt, damit er noch einmal Sonne tanken konnte, bevor er für immer in der Gruft verschwand, und außer ihm war niemand zu sehen. Ich ging schnurstracks über den Rasen, löste die Bremse des Rollstuhls und schob ihn hinter ein Rhododendrongebüsch, an dem die ersten Knospen sprießten. Entweder war er schon auf dem Weg ins Nirwana oder er hielt mich für einen Pfleger, jedenfalls sagte er keinen Pieps.

„Hallo Josh“, sagte Fiona und trat vor ihn hin.

Die Halbleiche hob den Kopf und verzog den Mund zu einem zahnlosen Lächeln.

„Fiona“, hauchte er. Es war pathetisch, wie er sich freute sie zu sehen.

Fiona zog etwas aus ihrer Hosentasche und hielt es vor seine Nase. Es war eine Erkennungsmarke der US Army, die sie bei den Sachen ihrer Mutter gefunden hatte.

„Ich glaube, die hast du verloren", sagte Fiona. „Am 8. Juli 1965." Ihre Stimme klang ganz cool, doch ich kannte sie und wusste, dass darunter ein Vulkan brodelte.

Du konntest sehen, wie ihn der Schlag traf. Er begann zu zittern und sein Kopf wackelte hin und her wie bei einem Schwachsinnigen.

„Woher hast du das?", stieß er hervor.

„Meine Mutter hat es mir vererbt", zischte Fiona. „Erinnerst du dich an sie? Ihr Name war Loreen."

Die Augen in dem Greisenschädel waren jetzt weit aufgerissen und ich sah, dass er sich in die Hosen schiss.

„Ich verstehe nicht", fiepte er. „Sie war tot. Es war ein Unfall."

„Sie hat überlebt", sagte Fiona. „Und sie ist schwanger geworden. Mit mir."

Die Halbleiche sah jetzt aus, als würde sie jeden Moment aus dem Rollstuhl kippen. Einen Moment war es so still, dass man das Gras wachsen hörte.

„Ich war nicht allein", flüsterte er. „Wir waren zu viert."

„Wer waren die anderen?" Fionas Stimme verriet jetzt ihre Erregung. In ihrer Hand blitzte plötzlich ein Messer auf.

Armstrong begann am ganzen Körper zu schlottern. Fiona setzte das Messer an seine Kehle.

„Gerry Steiner, Wolf Hansen und Rob Garner", keuchte er. „Es war Robs Schuld", setzte er hinzu, „Gerry und ich wollten das nicht, doch Rob hat sie im Stich gelassen. Rob hat sie auf dem Gewissen, Rob und Wolf."

Wie schön die Halbleiche sang und seine alten Freunde in die Pfanne haute. Er war zum Kotzen. Bald würde er in der Hölle schmoren.

Ich trat dicht an ihn heran. „Weißt du, wo deine Freunde wohnen?", fragte ich.

„Steiner ist zurück nach Calgary. Keine Ahnung, wo die anderen sind. Hansens Leute hatten eine Farm in der Nähe von Edmonton. Mehr weiß ich nicht." Sein Blick war jetzt so flehentlich wie der eines winselnden Köters. „Ich habe nichts getan. Ich bin unschuldig."

„Du schuldest mir mein Leben", sagte Fiona. „Meins und das Leben meiner Mutter."

„Ich schulde dir gar nichts", entgegnete Armstrong. Er schien sich ein wenig zu berappeln. „Ich habe dir alles gegeben. Ich habe dich geliebt."

„Du hast mich gefickt", sagte Fiona. „Du hast deine eigene Tochter gefickt."

„Du bist nicht meine Tochter." Plötzlich schien Leben in die Halbleiche zu kommen. „Du bist eine Lügnerin. Ich glaube dir kein Wort." Um den zahnlosen Mund lag jetzt ein bösartiger Zug. „Wenn Loreen wirklich deine Mutter war, so war sie eine Nutte, genau wie du. Hat erst alle scharf gemacht und dann auf Madame Keusch getan."

Das Messer machte einen glatten Schnitt. Er röchelte und das Blut schoss heraus wie bei einem geschächteten Hammel. Fiona stand da wie versteinert und schaute auf die sprudelnde Wunde an seiner Kehle. „Bravo", sagte ich.

„Der alte Scheißer hat's verdient." Ich zog Fiona mit mir, und wir schlichen uns an den Rhododendronbüschen vorbei und kletterten über den Holzzaun, der den Garten von der Straße trennte. Alles war wie ausgestorben. Niemand hatte etwas bemerkt. Wir stiegen in den SUV, und ich sah zu, dass wir von der Bildfläche verschwanden. Fiona blickte mich an und ich sah den Hass in ihren Augen.

„Wir werden sie finden", sagte ich. „Und wir werden sie töten." Allmählich fand ich Gefallen an der Geschichte.

Samantha Stern

20. Juli 2022
Calgary

Das *Peter Lougheed Abortion Centre* war ein dreiflügeliger Gebäudekomplex mit schmutzig gelben Klinkern und wirkte genauso deprimierend wie alle Krankenhäuser der Welt. Sam stellte den Wagen auf dem Parkplatz vor der Klinik ab und atmete einen Moment tief durch. Sie war ausnahmsweise zu früh. Bis zu ihrem Termin war es noch eine gute Viertelstunde. Ein Vorgespräch und eine kurze Untersuchung. Der Eingriff könnte dann bereits in der kommenden Woche stattfinden. Er würde nur etwa zehn Minuten dauern. Vollnarkose, schmerzfrei, ambulant. Sie würde es gar nicht merken. Das *Abortion Centre* war ihr von Dr. McLoyd empfohlen worden. Sam stieg aus und ging zum Eingang. Die gynäkologische Abteilung lag in der 5. Etage. Sie nahm den Lift, meldete sich an der Rezeption und setzte sich auf einen der orangefarbenen Plastikstühle vor dem Sprechzimmer. Während sie wartete, versuchte sie, nicht an ihre überquellende Voicemail zu denken. In den letzten Tagen hatte Jeff mindestens 50 Mal versucht, sie anzurufen, aber sie hatte ihn konsequent weggedrückt. Wenn er wüsste, dass er sie geschwängert hatte, würde er mit Sicherheit nicht mehr anrufen. Höchstens, um ihr zu dem zu raten, was sie gerade im Begriff war zu tun. Dennoch wünschte sie sich plötzlich, er wäre hier. Sie schob die Erinnerung an Jeff gewaltsam beiseite und lenkte ihre Gedanken auf die Arbeit. Workaholics waren wie alle Süchtigen auf der Flucht vor sich selbst, doch manchmal war die Realität nicht anders zu ertragen.

Dieser Garner hatte ihr gestern Mittag den Fall vor die Füße geknallt. Urplötzlich. Wollte sich um seinen alten Vater kümmern. Er hatte sich noch nicht einmal vom Commissioner verabschiedet. O'Sullivan war gekränkt, auch wenn er versucht hatte, sich das nicht anmerken zu lassen. Sam hatte den Nachmittag im Büro verbracht und das Profil, das dieser Psycho erstellt hatte, durchgelesen. Es war unbrauchbar. Allgemeines Blabla, das ihr kaum weiterhelfen würde. Je länger Sam darüber nachdachte, desto seltsamer fand sie die Reaktion Garners. Nach allem, was sie über ihn gehört hatte, war der Mann krankhaft ehrgeizig, und er liebte Alleingänge. Vielleicht hatte er ihr etwas verschwiegen und wollte den Ruhm für sich einheimsen. Was war mit diesem Wolf Hansen? In ihrem Eifer, mit ihrem eigenen Ermittlungserfolg in Punkto Fiona Kelly zu glänzen, hatte sie es versäumt, Garner dazu auszuquetschen.

Armstrongs Sohn war bis zum 8. August verreist. Ausgerechnet bis zum 8. August. Die Rockies waren ein riesiges Gebiet, sie hatte keine Ahnung, wo er sich aufhielt, und um ihn polizeilich suchen zu lassen, war die Spur viel zu dünn. War es überhaupt eine Spur? In ihren bisherigen Gesprächen mit ihm hatte er stets einen aufrichtigen und integren Eindruck gemacht. Es schien schwer vorstellbar, dass er eine Firma wie *Northern Energy* erpresste, doch natürlich schaute man den Menschen nur vor den Kopf. Sie hätte Fiona Kelly gründlich in die Mangel nehmen sollen.

Plötzlich war sie sich sicher, dass Fiona ihr nicht alles gesagt hatte, was sie wusste. Hatte sie nicht auch Geld von Josh Armstrong bekommen? Was war, wenn sie selbst mit in die Sache verwickelt war? Sam beschloss, noch einmal nach *Crescent Heights* zu fahren und nachzubohren, sobald sie hier raus war.

Die Tür zum Sprechzimmer ging auf und ein viel zu gut aussehender junger Arzt im weißen Kittel bat Samantha herein. Er sah aus, als spiele er die Hauptrolle in einer Arztserie, und Sam verspürte einen starken Fluchtinstinkt, doch sie riss sich zusammen. Sie schilderte in drei Worten ihr Anliegen, ließ das empathische Dauerlächeln, die Standardaufklärung über Risiken und Nebenwirkungen sowie die gynäkologische Untersuchung über sich ergehen und war schneller wieder draußen als sie gedacht hatte. Alles paletti. Reine Routine. Sie füllte ein paar Papiere an der Rezeption aus und bekam einen Termin für den kommenden Montag. Obwohl sie sich sagte, dass es genau das war, weswegen sie hergekommen war, hatte sie plötzlich einen Kloß im Hals. Sie stürmte zum Lift, glitt die fünf Stockwerke nach unten und verließ das Gebäude wie vom Teufel gejagt. Sie stieg ins Auto, gab Gas und raste Richtung *Crescent Heights.* Sie war genau in der richtigen Stimmung, um Fiona Kelly auf den Zahn zu fühlen, und zwar so lange, bis es wehtun würde.

Es war ein Déjà-vu. Die ausgestorbene Straße, der ungepflegte Vorgarten, die zugezogenen Vorhänge. Sam klingelte, doch niemand öffnete. Es war auch niemand hinter dem Bretterzaun im Garten zu erspähen. Der Liegestuhl war verschwunden. Mist, dachte Sam. Sie notierte die Telefonnummer, die auf dem Schild der Immobilienfirma stand, und ging zurück zum Wagen. Unschlüssig wartete sie noch eine Viertelstunde und beobachtete das Haus, doch nichts regte sich. Sie gab die Nummer des Maklers in ihr Handy ein. Die eifrige Frauenstimme am anderen Ende sagte, dass das Haus leider bereits verkauft sei, dass das *Jessie Stevenson Real Estate Team* aber noch genügend ähnliche Angebote habe und ob sie nicht einfach vorbeikommen wolle und blablabla… Sam unterbrach.

„Calgary Police, Chief Superintendent Samantha Stern. Wissen Sie, wo ich Fiona Kelly finden kann?"

Schweigen.

Es kotzte Sam an, doch sie würde wieder die Krallen ausfahren müssen. Das Mäuschen holte sich Rat bei einem großen Mäuserich und spuckte dann recht fix eine Handynummer aus. Sam zog die Krallen wieder ein und bedankte sich artig. Fiona Kelly meldete sich nicht. Sam überlegte kurz, ob sie auf die Voicemail sprechen sollte, entschied sich dann aber dagegen. Haus und Straße wirkten immer noch wie ausgestorben, und Sam fuhr zurück zum Police Department. Im Büro rief sie Fiona noch einmal an. Wieder keine Reaktion. Es war erst 9:40 Uhr und Sam war ratlos, was sie tun sollte. Sam hasste Untätigkeit. Lustlos nahm sie noch einmal das Täterprofil zur Hand.

Tätertypologie: wahrscheinlich machtorientiert. Schwaches Selbstbewusstsein, Erleben von Dominanz. Möglicherweise auch hedonistisch. Die Freude am Quälen. Lust- und thrillorientiert.

Dieser Psychokram war Blödsinn. Traf das nicht auf die halbe Menschheit zu? Warum hatte dieser Ehrgeizling die Sache so abrupt geschmissen? Hatte er die Sache überhaupt geschmissen? Was wusste er über Wolf Hansen? Garner hatte gesagt, Hansen sei vor seinem Tod grausam gefoltert worden. Warum? War es wirklich nur die Freude am Quälen oder hatte jemand dem alten Mann ein Geheimnis entlocken wollen? Erneut ärgerte sie sich, dass sie nicht nachgebohrt hatte. Sam kramte den Zettel mit Garners Handynummer und der Adresse seines Vaters aus der Jeanstasche. Während sie die Nummer eintippte, dachte sie, dass Garner Spielchen mit ihr spielte. Wenn er tatsächlich eine Spur gefunden hatte und auf eigene Faust ermittelte, würde er sie abwimmeln. Sie wappnete sich geistig gegen mögliche Abwehrmanöver, doch niemand antwortete. Es gab nicht einmal eine Voicemail. Das Handy war tot. Hatte er ihr etwa eine falsche Nummer gegeben? Und wenn ja, mit Absicht?

Der Tag entfaltete sich wie eine schleichende Krankheit. Geisttötend und ermüdend. Es war einer der beschissensten Fälle, an denen sie jemals gearbeitet hatte. Auch wenn sie es sich nicht eingestehen wollte, hatte sie noch immer keine wirklich heiße Spur. Vielleicht sollte sie den Fall ja auch schmeißen. Doch die Vorstellung, dass dieser Psycho hier aufkreuzen und dem Commissioner mit einem süffisanten Grinsen den Mörder präsentieren würde, während sie selbst wie eine Idiotin dastand, stachelte sie zu einem fiebrigen Aktionismus an. Sie nahm den Lift in die zweite Etage, klopfte an Dans Bürotür und trat ohne zu warten ein. Er hob den Kopf und wandte sich ihr zu. Sein Mund verzog sich zu einem einladenden Lächeln. Sam erinnerte sich vage daran, dass sie nach zu viel Punsch bei der letzten Weihnachtsfeier mit ihm in der Kiste gelandet war und zwang sich krampfhaft, zurückzulächeln. Bei dem, was sie von ihm wollte, konnte das keinesfalls schaden. Nachdem sie ihm gesagt hatte, was er tun sollte, sah das Lächeln auch nicht mehr so freudig aus. Genau genommen war es kurz vor dem Sterben.

„Sam, eine Handyortung muss richterlich angeordnet werden."

„Bis dahin ist es zu spät", sagte Sam. „Gefahr im Verzug. Ich arbeite an einem Serienmord."

Dans Gesicht war ein einziges großes Bedenken. Sie trat zu dicht an ihn heran und sah ihm tief in die Augen.

„Bitte, Dan", sagte sie.

„Okay", sagte Dan. „Das bleibt unter uns."

„Klaro. Hand aufs Herz", sagte Sam. „Wie lange brauchst du?"

„Das geht ratzfatz", sagte Dan. „Setz dich."

Manchmal hatte es auch Vorteile, eine Frau zu sein. Es dauerte höchstens drei Minuten, und Sam wusste, dass sich Fiona Kelly gerade in Edmonton befand. Sie bekam die genauen Koordinaten, küsste einen überraschten Dan auf die Wange und verschwand wieder in ihr Büro. War nicht der Mord an Hansen in der Nähe von Edmonton passiert? Sie versuchte noch einmal, Ted Garner auf seinem Handy zu erreichen, doch alles blieb tot. Wenn der Psycho glaubte, sie verarschen zu können, hatte er sich getäuscht.

Sam beschloss, kurzerhand nach Edmonton zu fahren und im dortigen Police Headquarter die bisherigen Ermittlungen zu dem Hansen Fall einzusehen. Wenn sie Glück hatte, erwischte sie auch Fiona Kelly. Zwei Fliegen mit einer Klappe. Google Maps zeigte an, dass die Koordinaten, die Dan ihr gegeben hatte, an einem Ort in *Old Strathcona* zusammenliefen. Sam aktivierte das Streetview-Männchen und sah sich virtuell vor einem alten Gebäude aus dunkelrotem Backstein stehen. Sie zoomte sich heran und las die verblichene Inschrift über dem Portal. *St. Francis Orphanage.* Bingo. Vielleicht wollte Fiona Kelly sich ja von einer alten Erzieherin verabschieden, bevor sie mit ihrem Geld aus dem Hausverkauf in die Karibik umsiedelte. Vielleicht wollte sie es ja auch für arme Waisenkinder spenden. Sie würde im Sekretariat anrufen und darum bitten, Fiona Kelly sofort ans Telefon zu holen.

Es gab keine Telefonnummer. Das *St. Francis Orphanage Edmonton* war bereits Ende der 80er Jahre geschlossen worden. Sam stieß auf einen alten Zeitungsartikel, in dem schwere Misshandlungs- und Missbrauchsvorwürfe gegen einen Priester erhoben wurden, die sich aber nicht verifizieren ließen. Natürlich nicht. Seltsam, dachte Sam. Was trieb Fiona Kelly in dem verlassenen Waisenhaus? Je länger sie über ihre Begegnung mit Fiona nachdachte, desto dringlicher erschien es ihr, sie noch einmal zu sprechen. Wenn sie ordentlich auf die Tube drücken würde, könnte sie in zwei Stunden da sein. Spät. Wahrscheinlich zu spät. Dennoch, es war einen Versuch wert. Besser als tatenlos im Büro herum zu hocken. Für heute hatte sie ohnehin nichts Besseres zu tun. Sie würde Dan bitten, ihr in zwei Stunden noch einmal die aktuellen Handykoordinaten zu übermitteln.

Sam nahm ihre Dienstpistole aus dem Schrank und schloss leise die Bürotür. Es war besser, wenn der Commissioner nichts von ihrem Date mit Dan und ihrem Ausflug nach Edmonton mitbekam. O'Sullivan mochte weder Verstöße gegen die Dienstvorschrift noch Alleingänge. Und wie recht er hatte … Sam nahm den Lift nach unten und stieg in den Polizeiwagen.

Es war 12:53 Uhr, als Samantha Stern in *Strathcona* ankam. Sie war mit Blaulicht über die Autobahn gerast und hatte die Strecke in Rekordzeit geschafft. Noch ein Verstoß gegen die Dienstvorschrift. Dan hatte ihr bestätigt, dass sich Fiona Kelly anscheinend noch immer am selben Ort befand. Sams Laune besserte sich mit jeder Sekunde, die sie sich dem Ziel näherte. Hoffentlich war der Vogel noch nicht ausgeflogen. Dieses Mal würde sie ihn zum Singen bringen. Wenn Fiona Kelly irgendetwas über gefälschte Gutachten, Erpressung oder den Mord an Wolf Hansen wusste, würde sie es ausspucken. Die Gegend wirkte heruntergekommen. Zwei Obdachlose lungerten in der Einfahrt einer verlassenen Werkstatt herum, vor der ein silberfarbener BMW parkte. Das *St. Francis Orphanage* lag am Ende der Straße. Sam beschloss, den Dienstwagen auf dem Hinterhof einer alten Fabrik abzustellen und die restlichen Meter zu Fuß zu gehen. Es war besser, die Lage erst einmal zu erkunden und den Vogel nicht unnötig zu verschrecken.

Das Waisenhaus war ein düsteres Gebäude, das von einer halbhohen Mauer umgeben war. Alles wirkte wie ausgestorben. Auf dem Innenhof war niemand zu sehen. Was trieb Fiona Kelly hier? Schwelgte sie in alten Kindheitserinnerungen? Bei allem, was Sam in dem Zeitungsartikel über das Waisenhaus gelesen hatte, wohl kaum. Und wo steckte sie? Sam ging die Treppe zu dem schweren Eingangsportal hinauf, doch die Tür war verschlossen. Das Gebäude befand sich im Besitz der katholischen Kirche, und es schien mehr als unwahrscheinlich, dass Fiona einen Schlüssel besaß und sich im Inneren des Hauses befand. Unschlüssig ging Sam an der Außenmauer entlang um das Gebäude herum. Keine Spur von Fiona Kelly. Mist. Sie war zu spät. Vielleicht war Fiona Kelly ja auch auf dem Rückweg nach Fort McMurray und hatte hier nur eine Zwischenstation gemacht. Sam beschloss, in der City ein Lunch zu essen und anschließend zum Police Headquarter zu fahren, um sich über den Hansen-Fall informieren zu lassen. Sie wollte gerade zurück zu ihrem Wagen gehen, als ihr Blick auf einen schwarzen SUV mit getönten Scheiben fiel, der auf der gegenüberliegenden Straßenseite parkte. Es war dasselbe Modell, das der Mann fuhr, den sie in Fionas Haus hatte hineingehen sehen und der ihr irgendwie bekannt vorgekommen war. Sie zog den Zettel, auf dem sie sich die Nummer notiert hatte, aus dem Portemonnaie. Das Kennzeichen war identisch. Zufall? Wohl kaum. Fiona war hier, aber sie war nicht allein. Sam schaute über die Mauer. Auf der Rückseite des Hauses befand sich ein verwilderter Garten. Dichtes Gestrüpp, hüfthohe Disteln,

Brennnesseln, Unrat. Zwischen dem Blattwerk glänzte etwas. Eine Glasscherbe? Sam stieg über die Mauer und kämpfte sich durch das Gebüsch, bis sie den glitzernden Gegenstand erreichte. Es war ein zertretenes Handy. Eine Schleifspur im niedergedrückten Unkraut führte zu einer Kellertreppe. Jemand war vor Kurzem hier gewesen. Sam entsicherte die Dienstpistole und pirschte sich vorsichtig näher. War Fiona Kelly etwas zugestoßen? Sie schlich die Stufen hinab und drückte die Türklinke herunter. Die Tür war abgeschlossen. Auf der untersten Treppenstufe war ein eingetrockneter rostiger Fleck. Blut. Sam spürte, wie das Adrenalin durch ihre Adern rann. Sie war allein. Vielleicht befand sich Fiona Kelly doch in dem Gebäude und vielleicht war sie sogar in großer Gefahr. Wie immer in riskanten Situationen wurde Sams Kopf seltsam klar. In ihrer Zeit in der israelischen Armee hatte Gideon sie alles gelehrt, was es über das Sichern von Gebäuden und die Befreiung von Geiseln zu wissen gab. Sie zog das *Krav Maga Combat*-Messer, das sich stets im Stiefelschaft ihrer Cowboy-Boots befand, heraus und brach das Schloss auf. Sie trat gegen die Tür, suchte Deckung hinter der Mauerwand und wartete ein paar Sekunden, doch alles blieb ruhig. Die Pistole im Anschlag betrat sie vorsichtig den Keller. Er war leer. An der Wand hinter dem Heizungsrohr ein weiterer Blutfleck. War Fiona Kelly bereits tot? Eine steinerne Treppe führte nach oben. Sam pirschte sich Stufe um Stufe hinauf. Sie gelangte in einen düsteren Flur mit grau gestrichenen Wänden, von denen der Putz abbröckelte. In dem Gang hing ein scharfer Geruch nach Benzin. Niemand war zu sehen. Am Ende des Flurs eine Tür. Sie stand halb offen. Sam streifte die Stiefel ab. Lautlos schlich sie näher. Der Boden war eiskalt.

„Fuck you." Die brüchige Stimme eines alten Mannes. Jemand lachte. Das Lachen klang böse. Es war ein Mann. Der Benzingeruch verursachte Sam Übelkeit.

„Fahr zur Hölle, Daddy." Eine Frauenstimme. Sam erkannte sie sofort. Fiona Kelly.

„Lass wenigstens Ted frei, du Teufelin." Das schwappende Geräusch einer Flüssigkeit, die ausgegossen wurde, ein schmerzhaftes Stöhnen. Der Gestank wurde stärker. Sam musste würgen.

Die Gedanken in ihrem Kopf überschlugen sich. Fiona Kelly war nicht das Opfer, sie war die Mörderin, und sie und ihr Komplize hatten anscheinend zwei Männer in ihrer Gewalt. Einer hieß Ted. War es möglich, dass der silberfarbene BMW, den sie vor der verlassenen Werkstatt gesehen hatte, Ted Garner gehörte? Sam hatte die Tür erreicht. Sie hielt den Atem an und presste sich gegen die Wand. Vorsichtig spähte sie durch den Spalt zwischen Türblatt und Rahmen. Ein alter Schlafsaal. Auf einem der eisernen Bettgestelle saß ein alter Mann um die Achtzig. Sein Gesicht war blutüberströmt und seine rechte Hand mit einem schmutzigen Verband umwickelt. Ein Hosenbein war in Kniehöhe zerfetzt und nass von dunkelrotem Blut. Er hielt sich nur mit Mühe aufrecht und starrte auf das Bett neben sich. Auf dem Bett lag Ted Garner. Hände und Füße waren mit Metallbügeln an das Gestell gefesselt, und er regte sich nicht. An seinem Kopf klaffte eine Wunde. Sein

Mund war mit Klebeband verklebt. War er tot? Fiona Kelly stand neben ihm und strich über sein Haar. Es sah beinahe zärtlich aus.

„Bruderherz hat schlapp gemacht", sagte sie. „Wie schade. Wir hatten so viel Spaß zusammen."

Der Mann, dessen böses Lachen sie gehört hatte, kam jetzt in ihr Gesichtsfeld. Es war der Mann mit dem schwarzen SUV, der Mann, den sie vor Fionas Haus gesehen hatte. Er sah gefährlich aus. In einem Schulterhalfter steckte eine Pistole. Sam war sicher, dass er sie zu gebrauchen wusste. Er hielt einen Kanister in der Hand und trat an das Bett, auf dem Garner lag. Er schüttete den Rest Benzin über Garner aus und zog eine Streichholzschachtel aus der Hosentasche. Auf dem Boden vor dem Bett glänzte eine schlierige Pfütze.

„Genug gespielt", sagte er. „Jetzt machen wir ihnen Feuer unterm Arsch."

„Lass meinen Sohn frei. Er hat nichts damit zu tun." Die Stimme des Alten klang jetzt gequält. „Bitte."

Der Mann grinste, doch es war mehr ein Blecken der Zähne. Er ging zu dem Bettgestell, auf dem der alte Mann saß, und klopfte ihm freundschaftlich auf die Schulter. „Ja, lass ihn frei, Fiona." Er warf ihr ein paar Schlüssel zu.

„Ich bin wie Jesus, ich bringe die Lahmen zum Laufen und erwecke die Toten zum Leben. Halleluja. Mal schauen, wie schnell dein Sohn rennen kann. Du musst ihn nur richtig anfeuern." Wieder das böse Lachen. „Die gute alte Hütte wird gleich brennen wie Zunder. Wie schade um all die schönen Erinnerungen."

Fiona kniete sich auf Garner und schloss die Hand- und Fußschellen auf.

„Machen wir ein kleines Wettrennen“, sagte der Mann und nahm ein Zündholz aus der Schachtel. Der Alte schrie: „Ted.“ Es klang wie das heisere Bellen eines gefangenen Wildtieres. Garner stöhnte. Also lebte er noch. Er versuchte mühsam, sich aufzurichten, doch Fiona drückte ihn brutal zurück auf das Gestell. War sie auch bewaffnet? Wenn ja, würde Garner sterben, doch Sam hatte keine andere Wahl. Sie musste den Mann ausschalten, und zwar sofort. Sie nahm die Pistole hoch und atmete tief durch.

„Ready, steady, go“, sagte der Mann und machte einen Schritt auf Garners Bett zu. Er riss das Zündholz an, und eine kleine Flamme zuckte auf.

„Hände hoch!“, rief Sam und schnellte aus der Deckung.

Fiona ließ Garner los und sprang von dem Bettgestell. Für den Bruchteil einer Sekunde versperrte sie Sam den Blick.

Der Mann ließ das Zündholz fallen, zog blitzschnell die Pistole und schoss. Sam spürte einen brennenden Schmerz an der Schläfe. Sie feuerte zurück und der Mann fiel zu Boden. Fiona stürzte wie eine Furie auf sie zu. In ihrer Hand blitzte ein Messer. Sie *war* bewaffnet. Sam drückte ab, doch der Schuss verfehlte sein Ziel. Der Stich eines Messers in ihrem rechten Arm. Sam ließ die Waffe fallen. Flammen schlugen hoch, der Benzingeruch wurde beißend. Sam fasste sich an die Schläfe. Blut rann in ihre Augen. Ihr Blick war verschwommen. Fiona stach blind auf sie ein. Sam versuchte verzweifelt, sie abzuwehren, doch der schwarze

Rauch nahm ihr den Atem. Alles drehte sich. Sie fühlte, wie das Blut aus ihr herausströmte und ihre Lungen versagten. Der ganze Raum stand in Flammen. Sie würden alle sterben. Auch das neue Leben in ihr würde sterben. Mit letzter Kraft zog sie das Combat-Messer mit der Linken und stach zu. Fiona taumelte ein paar Schritte nach hinten und fiel zu Boden. Ihr Kleid fing Feuer, und sie schrie wie am Spieß. Wo war Garner? Sam versuchte, in dem dichten Qualm etwas zu erkennen, doch es war sinnlos. Dennoch verharrte sie wie angewurzelt und starrte in das brennende Inferno. Etwas bewegte sich in den Rauchschwaden. Jemand kämpfte sich durch die Feuerglut Richtung Tür. Der Mann war nackt und zog etwas Schweres mit sich. Anscheinend hatte Garner sich die benzingetränkten Kleider im letzten Moment vom Leib gerissen. Sam zögerte nicht eine Sekunde. Das Feuer versengte ihre Haare und nahm ihr den Atem, doch sie stürzte auf Garner zu, und gemeinsam schleppten sie den alten Mann aus dem Raum. Garner keuchte. Seine Augen tränten, und sein Gesicht war rußgeschwärzt. Auch im Flur standen jetzt dichte Rauchschwaden. Sie würden es niemals schaffen.

„Rennen Sie“, sagte Garner. „Retten Sie sich.“ Seine Stimme war so schwach, dass sie ihn kaum verstand.

„Nein“, sagte Sam. Ihre Lungen waren am Zerbersten, doch sie hielt den Alten weiter untergehakt und kämpfte sich zusammen mit Garner Schritt für Schritt voran. Hinter ihnen schlugen die Flammen jetzt bis zur Decke. Es schien ihr, als laufe sie durch die Hölle, doch irgendwann erreichten sie das Eingangsportal. Ihr Herz schlug bis zum

Hals und sie hatte Angst, dass sie gefangen wären, doch die schweren Eisenriegel ließen sich zurückschieben und die Tür öffnete sich. Sie stolperten ins Freie und sogen die Luft ein wie Ertrinkende. Sie trugen den Alten die Treppe hinunter und legten ihn vorsichtig auf dem Pflaster des Hofes ab. Garner bettete den Kopf seines Vaters auf seinen Schoß und fühlte seinen Puls. Lebte er noch?

„Schnell, rufen Sie einen Krankenwagen", krächzte Garner. Er zitterte am ganzen Körper, und seine nackte Haut war krebsrot. Brust und Rücken waren mit Brandblasen übersät. Sam zog das Handy heraus und wählte den Notruf. Ihre Kehle war so trocken, dass sie kaum sprechen konnte, doch irgendwie schaffte sie es, sich verständlich zu machen. Das Haus brannte jetzt lichterloh. Schwarzer Rauch stieg aus dem Dachstuhl, und die Glasfenster barsten mit lautem Knall. Sam blutete aus mehreren Stichwunden und sie war so erschöpft, dass sie Mühe hatte, die Augen offen zu halten und bei Bewusstsein zu bleiben. Tränen rannen Garners Gesicht hinunter und gruben glitzernde Bäche durch den Ruß. Seine Schultern bebten. Der alte Mann lag ganz still.

„Nicht weinen", sagte Sam. „Nicht weinen. Nicht weinen." Es klang wie ein Mantra.

„Es ist nur der Rauch", sagte Garner.

Schweigend saßen sie da und starrten auf das brennende Haus. Irgendwann erklang in der Ferne das Heulen der Sirenen.

Gerry Steiner

8. Juli 1965
Calgary

Wolf war einer dieser Typen, die du dir besser zum Freund als zum Feind machst. Ich kann nicht sagen, dass ich ihn besonders mochte, er hatte diese Ausstrahlung des Alpha-Männchens, eine Mischung aus Arroganz, Kaltschnäuzigkeit und Brutalität, doch es gab niemanden in unserem Platoon, der seinen Mut und seine Gerissenheit nicht bewundert hätte. Er war nicht umsonst mit 23 Jahren bereits Platoon Commander, und wir alle vertrauten ihm blind unser Leben an.

Warum ich zur US-Army gegangen bin? Vielleicht wollte ich mir etwas beweisen, doch ich bin kein Held und bei meinem ersten Einsatz habe ich mich vollgeschissen. Später habe ich mich geschämt, geschämt für alles, was wir da unten getan haben, unvorstellbare Dinge, und ich habe nie jemandem erzählt, dass ich in Nam gewesen bin. Ich habe den Rest meines Lebens damit verbracht, die ganze Scheiße von damals zu vergessen, doch die Vergangenheit ist wie Kleister, sie lässt dich nicht los. Ich könnte dir jetzt sagen, dass wir jung waren, dass wir sturzbesoffen waren, dass wir das nicht gewollt haben, doch das ist nicht wahr. Die Wahrheit ist, dass der Krieg aus dir eine Bestie macht, der es Spaß bereitet, andere zu quälen und zu töten.

Als wir 1965 auf Fronturlaub in die Heimat fuhren, hatte ich bereits aufgehört zu zählen, wie viele Menschen ich getötet hatte. Ich wusste nur eins: Es waren nicht nur Soldaten der Vietcong gewesen. Die Bombardierungen, das Napalm, die brennenden Dörfer. Das Entsetzen in den dunklen Augen der Kinder.

Es war Wolfs Idee gewesen, zur Calgary Stampede zu fahren. Er hatte keinem von uns gesagt, dass er am Bullenreiten teilnehmen wollte, und ich habe bis heute keine Ahnung, wie er es geschafft hat, Zweiter zu werden, aber auch das war typisch für Wolf. Er redete viel von Kameradschaft, doch im Grunde war er ein Einzelgänger, der sich niemandem anvertraute. Das Einzige, was ich über ihn wusste, war, dass er genau wie Rob, Josh und ich Kanadier war, doch als ich ihn einmal nach seinen Leuten fragte, funkelte er mich böse an und sagte, dass ich mich um meine eigenen Angelegenheiten kümmern solle. Vielleicht war er ja auf einer Ranch aufgewachsen und kannte sich mit Bullen aus, jedenfalls war er völlig aus dem Häuschen und sagte in einer Tour: „Wenn das mein Alter sehen könnte!", und ich dachte, dass sein Vater bestimmt tot war. Das Preisgeld betrug ein paar tausend Dollar, und Wolf ließ den Großkotz raushängen, kaufte jedem eine Flasche *Royal Canadian* vom Feinsten und kippte ihn hinunter, als wolle er seine in einem Zug leeren. Er spendierte uns eine Fahrt auf dem Riesenrad, und als wir zu viert hoch über dem Stampede-Gelände in einer Gondel schaukelten, uns zuprosteten und auf die bunten Lichter der Buden und Fahrgeschäfte hinabschauten, fühlte ich mich so glücklich und frei wie seit Ewigkeiten nicht mehr. Country-Musik wehte heran, und mein Herz füllte sich mit der Sehnsucht, die uns alle von Zeit zu Zeit heimsucht, der Sehnsucht nach einem Platz zum Ankern. In Nam gingen viele der Jungs regelmäßig in die Bordelle, die es überall für die GIs gab, oder wichsten den halben Tag, doch ich war zu katholisch und zu prüde, und in diesem Moment wünschte ich mir ein Mädchen, dessen Unschuld mich von all meinen Sünden reinwaschen würde. Später dachte ich, dass es dieser Wunsch war, der das Mädchen durch eine Art bösen Zauber materialisiert hatte, doch das ist natürlich Schwachsinn.

Sie stand da an einer dieser Schießbuden in einem rotgetupften Sommerkleid und schaute einem halbwüchsigen Jungen zu, der vergeblich versuchte, eines der Stofftiere abzuschießen. Von der Seite sah man nur dunkle Locken und gut entwickelte Brüste, doch das reichte, dass Wolf sich ein Luftgewehr geben ließ, mit dem ersten Schuss das Gipsröhrchen einer Plastikrose zerschoss und mit dem zweiten und dritten einen Teddybären und eine Flasche Sekt gewann. Der Schießbudenbesitzer händigte ihm missmutig die Preise aus und Wolf wandte sich zu dem Mädchen und hielt sie ihr hin. Sie schaute überrascht und schüttelte lächelnd den Kopf, und ich glaube, es war dieses Lächeln, das uns alle im Bruchteil einer Sekunde den Kopf verdrehte. Sie hatte meerblaue Augen mit langen schwarzen Wimpern, und wenn sie dich ansah, musstest du aufpassen, dass du nicht in diesen Augen ertrankst. Wolf fragte, wie sie heiße, und sie sagte Loreen. Wolf stellte sich selbst und uns drei mit einem breiten Grinsen vor und ich dachte, dass heute Wolfs großer Tag war. Eine Welle aus Eifersucht und

Missgunst überflutete mich. Sie gab uns allen die Hand, auf eine artige und wohlerzogene Weise, und ich merkte, dass meine schwitzig und heiß war. *„Nice to meet you"*, sagte sie und wandte sich zum Gehen, doch Wolf beugte sich zu ihr und steckte ihr die Plastikrose ins Haar. „Wo kommst du her?", fragte er und ich hörte die Beharrlichkeit und die Dringlichkeit in seinem Tonfall, und auch das leichte Lallen. „Calgary. *Crescent Heights.* Ich muss heim", sagte sie und sah hinüber zu dem Jungen, der uns beobachtete wie ein scheues Wildtier und auf sie zu warten schien. „Momento", sagte Wolf. Er zog sein Messer aus der Hosentasche, schnitt die Metallkapsel am Hals der Sektflasche mit einem Schnitt auf, löste die Agraffe und ließ den Korken knallen. Schaum schoss in einer Fontäne heraus, und wir lachten wie die Idioten. Unsere Whiskeyflaschen waren bereits halb leer. *„Cheers"*, sagte Wolf, und hielt Loreen die Sektflasche entgegen. Sie blickte zweifelnd, und ich dachte, dass sie gehen würde, doch in diesem Moment hob Rob seine Whiskeyflasche und prostete ihr zu. Sie schaute ihn an und ich sah das Aufleuchten in ihren Augen, so als wäre ein Sonnenstrahl auf die Wasserfläche des Meeres gefallen und brächte sie zum Erhellen. Ich spürte ein Ziehen in der Magengrube und nahm einen kräftigen Schluck. Auch Loreen setzte die Flasche an und trank. Sie schüttelte sich ein wenig, sodass ihre wilden Locken sich zerzausten, strich eine Haarsträhne zurück und schaute wieder in Robs Richtung. „Du solltest gehen", sagte Rob, „wir sind kein guter Umgang." Aber die Art, wie er das sagte, klang wie eine Einladung. Sie lachte und nahm noch einen Schluck, so als wolle sie ihm etwas beweisen, vielleicht, dass sie mit ihm Schritt halten konnte, dass sie älter war als sie aussah. Der Junge näherte sich jetzt unsicher, doch Loreen schenkte ihm keinerlei Beachtung. Er blieb noch eine Weile unschlüssig stehen, dann zuckte er mit den Schultern und verschwand. Wolf, Josh und ich plapperten um die Wette und rissen blöde Witze, um Loreen zu imponieren, nur Rob verzog keine Miene und schwieg. Er hatte diese hintergründige und überlegene Art, und während Wolf ein Hitzkopf und Draufgänger war, strahlte Rob eine unerschütterliche Sicherheit aus, so als ruhe er ganz in sich selbst und brauche nichts und niemanden. Und es war genau diese Ausstrahlung, auf die die Frauen flogen. Manchmal hasste ich ihn dafür. Auch Loreen begann jetzt zu kichern und warf immer öfter verstohlene Blicke auf Rob, die keinem von uns entgingen. Obwohl wir weiterhin verzweifelt um ihre Gunst und Aufmerksamkeit buhlten, spürte ich, wie die Stimmung mit jedem Schluck Whiskey kippte und sich Wolfs Flirten in ein aggressives Besitzergreifen verwandelte, ein Habenwollen um jeden Preis. Wolf hatte den Arm um ihre Schultern gelegt und zog sie immer enger zu sich heran, doch sie machte sich los und sagte: „Ich muss jetzt wirklich heim." „Oh, Loreen", lallte Wolf, dann riss er sich zusammen, nahm Haltung an und sagte im Ton des Gentlemans: „Wir fahren dich nach Hause, okay?" Wieder blickte sie zweifelnd, doch sie sah Rob an und fragte: „Kommst du mit?" „Klar", sagte Rob und wir machten uns auf den Weg zum Ausgang. Auf dem Stampede-Gelände herrschte dichtes Gedränge, doch die

Straße, in der wir geparkt hatten, wirkte wie ausgestorben. Es war früher Abend und die Luft war noch immer heiß und flirrend. Wir waren mit einem Armee-Jeep aus Montana gekommen, den wir für unseren Fronturlaub nutzen durften, und obwohl Wolf sternhagelvoll war, half er Loreen auf den Beifahrersitz und setzte sich ans Steuer, während wir drei uns auf die Rückbank quetschten. Wolf prahlte gerne damit, dass er auch halb blind und halb tot noch Auto fahren könne, und er hatte es so oft unter Beweis gestellt, dass keiner von uns protestierte. Es war 1965, und es gab längst nicht so viel Verkehr wie heute. Ich hatte keine Ahnung, wo *Crescent Heights* lag, doch Wolf raste mit überhöhter Geschwindigkeit durch die Straßen, bis wir die Stadtgrenze erreichten und die Weizenfelder begannen. Mein Kopf schwirrte, mir war übel und ich hatte jedes Zeitgefühl verloren. Ich sah, wie Loreen auf Wolf einredete, er lachte und fuhr ein Stück im Zickzack über die einsame Landstraße. Rob tippte ihn von hinten auf die Schulter und sagte: „Ich muss mal pissen." All die Jahre habe ich mich gefragt, warum Rob genau zu diesem Zeitpunkt ausgestiegen ist. Ahnte er bereits, was geschehen würde oder war es einfach einer dieser schicksalhaften Momente, die über den ganzen Rest deines Lebens entscheiden? Wolf hielt und Rob sprang aus dem Jeep, stellte sich an den Straßenrand und öffnete den Hosenstall. Ohne zu warten, drückte Wolf aufs Gaspedal und fuhr los. Zuerst dachte ich, er wolle einen blöden Scherz machen oder Loreen den Anblick ersparen, doch er fuhr weiter und weiter, und dann wurde mir klar, dass er seinen Rivalen ausschalten wollte. Ich sah die Enttäuschung und die Angst in Loreens Gesicht, doch ich sah auch wie sich ihre Brüste in dem engen Sommerkleid abmalten und ich spürte den heißen Fahrtwind, der durch ihre Locken fuhr, wie eine körperliche Berührung. Danach ging alles ganz schnell. Wolf bog in einen Feldweg ein, bremste und sagte: „Pause, Leute." Loreen wollte nicht aussteigen, doch er packte sie am Arm, zog sie aus dem Wagen und versuchte, sie zu küssen. Sie bog den Kopf zurück und stieß ihn von sich, sodass Wolf einen Schritt nach hinten taumelte. Ich sah das wütende Flackern in seinen Augen, als er auf sie losstürmte, sie mit Gewalt an sich zog und seinen Mund auf ihren presste. Irgendwie gelang es ihr, sich von ihm zu befreien, sie spuckte ihm ins Gesicht und sagte: „Lass mich in Ruhe." Da sah Wolf rot. Er packte sie und warf sie auf den Boden. Ihr Kleid rutschte hoch und ich sah ihre nackten Schenkel. Sie versuchte, nach ihm zu treten, doch er schlug ihr ins Gesicht und rief uns zu: „Haltet sie fest." Vielleicht waren wir es zu sehr gewöhnt, Wolf zu gehorchen, vielleicht hatte der Alkohol uns den Kopf vernebelt und aufgegeilt, jedenfalls packte Josh ihre Arme, während Wolf ihr das Höschen abstreifte, ihre Beine auseinanderdrückte, die Jeans herunterzog und in sie eindrang. Sie schrie jetzt wie am Spieß, doch Wolf hielt ihr den Mund zu und keuchte und pumpte, bis er endlich fertig war. Er schwankte ein wenig, als er sich erhob und grinsend sagte: „Der Nächste bitte." Loreen hatte aufgehört zu schreien, ihr Gesicht war angeschwollen, ihr Kleid zerdrückt und fleckig. Ich sah das Blut an ihren Schenkeln und spürte Ekel, doch Wolf sah mir ins Gesicht und sagte: „Bist du schwul oder was?“ Ich kniete mich auf sie und zog mein Glied heraus. Ich kam so schnell, dass Wolf und Josh sich über mich lustig machten, dann sagte Josh: „Ich zeig dir mal, wie das geht.“ Loreen lag regungslos da und hielt die Augen geschlossen. Vielleicht war sie ja bewusstlos. Josh drehte sie auf den Bauch, drang von hinten in sie ein und fickte sie wie ein Tier. Ich wollte den Blick abwenden, doch Wolf lachte dreckig und sagte: „Schau genau hin, Kleiner, da kannst du was lernen.“ Josh war mein einziger Freund in der Army, er war wie ein großer Bruder, und etwas in mir wehrte sich gegen die Vorstellung, dass er etwas Unrechtes tat, dass wir alle etwas Unrechtes getan hatten. Hatte Loreen uns nicht schöne Augen gemacht und war sie nicht freiwillig mitgefahren? Wenn sie sich nicht so angestellt hätte, als Wolf sie küssen wollte, wäre ihr nichts passiert. Josh rutschte schwitzend von ihr herunter und strich ihr beinahe entschuldigend über das Haar, und für einen Moment dachte ich, dass sie sich umdrehen und ihn anlächeln würde und alles wieder gut wäre, doch sie lag weiter da, so still und reglos wie eine Puppe. „Scheiße“, sagte Josh, und spätestens als Wolf ihren Puls fühlte und sagte: „Die atmet nicht mehr“, dämmerte mir endgültig, dass die Sache aus dem Ruder gelaufen war. Mein Herz schlug bis zum Hals und mir war speiübel. Auf dem Feldweg war niemand zu sehen. Rechts und links wogte der Weizen wie ein goldenes Meer. Irgendwo schlug eine Amsel. Alles wirkte so friedlich wie ein Sommernachtstraum. Josh und Wolf trugen das Mädchen ein paar Meter in das Feld hinein und legten sie dort ab. Wir gingen zurück zum Jeep, Wolf startete den Motor und sagte: „Halt bloß die Schnauze, Gerry. Wenn du das Maul aufreißt, bist du tot.“ Schweigend fuhren wir denselben Weg zurück, den wir gekommen waren. Nach ein paar Kilometern sahen wir Rob, der am Straßenrand saß und rauchte. Wolf bremste, der Wagen hielt und Rob stieg ein als sei nichts geschehen. Er fragte weder nach Loreen noch legte er sich mit Wolf an. Es war noch keine Stunde vergangen, seit wir ihn hier zurückgelassen hatten, doch diese Zeit erschien mir wie eine Ewigkeit und sie veränderte unser Leben für immer.

Epilog

23. Juli 2022
Edmonton

Die Intensivstation des *Grey Nuns Community Hospitals* Edmonton lag in der 3. Etage. Garner versuchte, durch die mattierte Glasscheibe einen Blick auf seinen Vater zu erhaschen, doch alles, was er erkennen konnte, war ein verkabeltes weißes Bündel mit grauem Haar, das reglos in einem Krankenbett lag, hinter dem auf einem Monitor Zackenkurven gefährlich auf- und abflackerten. Sein Vater schwebte noch immer in Lebensgefahr. Wieder spürte Garner, wie Tränen seine Wangen hinunterrannen und er in ein schwarzes Loch stürzte. Er hatte seit drei Nächten nicht geschlafen. Er war zu Tode erschöpft, doch Flashbacks und Albträume ließen ihn jedes Mal schweißgebadet hochfahren, sobald er die Augen schloss. Posttraumatische Belastungsstörung. Garner brauchte keinen Psychotherapeuten, um diese Diagnose zu stellen. Der Arzt hatte gesagt, dass die Verbrennungen 2. Grades, die er erlitten hatte, nach ein paar Wochen abgeheilt wären. Doch wie lange würde es dauern, bis seine Seele geheilt wäre?

Garner wischte über sein Gesicht und versuchte mit aller Macht, sich zusammenzureißen. Hatte er das nicht sein ganzes Leben lang getan? Er warf einen letzten Blick auf seinen Vater, dann nahm er den Lift und fuhr ins Erdgeschoss. Die Haut unter den Verbänden juckte. Samantha Stern saß an einem Tisch in der Cafeteria. An ihrer Schläfe klebte ein großes Mullpflaster und ihre Haare waren sehr kurz geschnitten, was sie jungenhaft und frech wirken ließ. Sie trug Jeans und eine langärmelige Bluse, und in den milchig-blauen Husky-Augen lag eine ungewohnte Wärme.

„Sie sehen umwerfend aus“, sagte Garner. „Wie geht es Ihnen?“

Sam lächelte. „Es war zum Glück nur ein Streifschuss“, sagte sie. „Zwei größere Stichwunden am Arm mussten genäht werden und ich habe eine Bluttransfusion bekommen. Der Doc wollte mich hierbehalten, doch ich habe mich selbst entlassen. Ich mag keine Krankenhäuser.“

Sie blickte Garner mitfühlend an. „Und Ihr Vater?“

„Er ist sehr schwach“, sagte Garner. „Die Ärzte wissen nicht, ob er es schaffen wird.“

Sam schwieg und nippte an ihrem Kaffee. Garner spürte wieder den Kloß im Hals. Er hatte immer gedacht, das Leben sei eine Reise, an dessen Ende eine große Erkenntnis wartete, doch je älter er wurde, desto mehr glaubte er, dass es eine Irrfahrt ohne Sinn und Ziel war. Wenn sein Vater jetzt starb, würde er sein Geheimnis für immer mit ins Grab nehmen. Doch vielleicht war das besser so.

„Der Fall ist gelöst“, sagte Garner. „Fiona Kelly und ihr Komplize waren die Mörder. Zwei unberechenbare Psychopathen, die es auf hilflose alte Männer abgesehen hatten, um ihre hedonistischen Machtgelüste und ihre sadistische Freude am Quälen auszuleben. Wahrscheinlich eine Kompensation für erlittene Kindheitstraumata.“

„Seltsam, dass die beiden sich ausgerechnet Ihren Vater ausgesucht haben, finden Sie nicht?“

Sam hob den Blick und sah ihm tief in die Augen. Es war schwer, ihrem Blick standzuhalten.

„Ja, ein seltsamer Zufall", sagte Garner.

„Die Feuerwehr hat zwei verkohlte Leichen in den Trümmern gefunden", fuhr Sam fort. „Der Mann hieß Dwight Williams. Es war nicht schwer, ihn zu identifizieren. Ich hatte mir das Kennzeichen seines Wagens notiert. Ihm gehörte der Club in Fort McMurray, in dem Fiona gearbeitet hat."

Garner schwieg.

„Auch Dwight Williams ist im *St. Francis Orphanage* aufgewachsen", sagte Sam. „Die beiden kannten sich schon ihr ganzes Leben. Das Waisenhaus wurde in den 1980er Jahren geschlossen. Es gab schwere Missbrauchs- und Misshandlungsvorwürfe, doch alles wurde vertuscht. Es scheint, dass auch Dwight Williams zu den Opfern gehörte. Er war bereits als Jugendlicher straffällig und es war nicht schwer, seine Anklage gegen einen Priester als unglaubwürdig hinzustellen. Williams ist mehrfach vorbestraft wegen Drogenhandel und Gewaltdelikten. Fiona Kelly war ihm hörig."

Sam blickte ihn weiterhin unverwandt an. „Bei der Leiche von Fiona Kelly lag eine Kennmarke der US-Armee. Darauf stand der Name Joshua Armstrong. Armstrong war in den 60er Jahren in Vietnam gewesen." Sams Blick wurde durchdringend. „Genau wie Ihr Vater."

Garner schwieg weiter. Samantha Stern hatte wie immer gründliche Arbeit geleistet.

„Vertrauen Sie mir immer noch nicht?", fragte Sam.

Samantha Stern hatte ihr eigenes Leben riskiert, um ihn und seinen Vater zu retten, und sie wäre beinahe dabei draufgegangen. Vielleicht war es an der Zeit, reinen Tisch zu machen.

„Es war kein Zufall", sagte Garner. „Hansen, Steiner, Armstrong und mein Vater kannten sich. Sie waren alle zusammen in Nam. Doch das ist leider alles, was ich weiß."

Sams Miene wurde nachdenklich.

„Meinen Sie, ein altes Kriegsverbrechen könnte dahinterstecken? Dann hätten Sie recht gehabt und es war doch Rache", sagte sie schließlich. „Aber was haben Fiona Kelly und Dwight Williams mit dem Vietnamkrieg zu tun?"

Garner zuckte mit den Achseln.

„Darüber zerbreche ich mir schon seit Tagen den Kopf."

„Haben Sie Ihren Vater nicht gefragt?"

„Mein Vater ist ein großer Schweiger", sagte Garner. „Selbst als Fiona Kelly mir ein Messer an die Kehle setzte, hat er den Mund nicht aufgemacht." Er merkte selbst wie bitter seine Stimme klang.

Sam nippte wieder an ihrem Kaffee und schwieg.

Garner spürte erneut die Tränen hochsteigen. Er musste sich zusammenreißen.

„Und wenn es doch ein Zufall war und es nichts zu erzählen gab?", fragte sie schließlich.

„Nein", sagte Garner. „Das ist niemals ein Zufall."

„Ihr Vater liebt Sie, er hat um Ihr Leben gefleht."

Garner schwieg.

„Warum hat Fiona Sie eigentlich ‚Bruderherz' genannt?"

Garner zuckte unwillkürlich zusammen. „Sie war paranoid“, sagte er. „Hat sich verzweifelt eine Familie gewünscht. Vielleicht eine Projektion.“

„Wenn Ihr Vater überlebt, werden wir ihn vernehmen müssen“, sagte Sam. „Er ist der einzige Zeuge.“

„Ja“, sagte Garner.

Sein Vater würde so oder so für immer schweigen. War Fiona Kelly seine Halbschwester gewesen? Selbst wenn der Colonel überlebte, würde Garner ihn niemals danach fragen. Manche Dinge ruhten besser für immer in den Tiefen der Zeit.

Sam erhob sich.

„Ich muss los“, sagte sie. „Ich habe noch einen Arzttermin.“ Sie lächelte geheimnisvoll. „Leben Sie wohl.“

„Danke für alles“, sagte Garner. „Passen Sie gut auf sich auf. Und bringen Sie sich nie wieder in unnötige Gefahr für zwei alte Idioten.“

Sam lächelte noch breiter. „Keine Sorge“, sagte sie. „Ich werde bald eine Pause einlegen. Ich werde Mutter.“

„Oh“, entfuhr es Garner. Es fiel ihm schwer, sich seine Überraschung nicht anmerken zu lassen. „Herzlichen Glückwunsch. Alles Gute.“

Während Sam Richtung Ausgang ging, blickte Garner durch das Panoramafenster auf den Park hinter dem Krankenhaus. Eine vertrocknete Rasenfläche, ein paar verkrautete Blumenrabatten, zwischen denen eine Schwarzdrossel unruhig hin und her hüpfte. Eine Frau schob einen Mann im Rollstuhl über den Kiesweg. Am Himmel tief hängende Wolken. Es würde Regen geben. Garners Blick glitt mehr und mehr ins Leere und er verspürte eine Einsamkeit, wie er sie das letzte Mal als kleiner Junge im Militärinternat empfunden hatte. Der kalte Schlafsaal, der tägliche Drill, die Demütigungen. Das gnadenlose Recht des Stärkeren. Die seltenen Male, die der Colonel ihn besucht hatte, wollte er ihm in die Arme fallen und ihn anflehen, ihn zu sich zu holen, doch etwas hielt ihn seit frühester Kindheit davon ab, seine Gefühle zu zeigen. Die dunkle Wand des Schweigens. *Indianer kennen keinen Schmerz.* Wenn sein Vater starb, würden sie nie mehr miteinander reden. Doch hatten sie das jemals getan?

Widerwillig nahm er das Handy aus der Hosentasche. Er musste Pat endlich die Wahrheit sagen. Sie würde ihm Vorhaltungen machen. Ihn an den Montreal-Fall erinnern und an sein Versprechen, keine Alleingänge mehr zu wagen. Seine Pflichten, seine Verantwortung als Familienvater. Ihn bedrängen, aus dem Polizeidienst auszusteigen. Er spürte eine große Müdigkeit und scrollte lustlos durch die Kontaktliste, bis er bei einem Namen hängen blieb. Es war der Name einer Buchhandlung in Montreal. *Librairie Le Port d'Esprit.* Sein Herz schlug plötzlich laut und schnell. Ohne zu überlegen, drückte er auf die Wähltaste. Niemand würde abnehmen. Vielleicht eine Kollegin. Sie wäre nicht da. Und wenn ja, würde sie ihn nicht sprechen wollen. Er hatte sich nie mehr bei ihr gemeldet.

„Ted!“ Freude, Überraschung. „Wie geht es Ihnen?“

Die überwältigende Nähe ihrer Stimme. Sophie LeRoux. Garner schluckte.

„Haben Sie etwas Zeit für mich?“, fragte er. „Ich glaube, ich könnte eine Freundin brauchen.“

Quellenangaben

Die Schopenhauer-Zitate entstammen den folgenden Werken:

Arthur Schopenhauer, *Parerga und Paralipomena,* 1851 (2 Bände).

Arthur Schopenhauer, *Die Welt als Wille und Vorstellung,* 1819 (mehrfach ergänzt, seit 1844 in zwei Bänden).

Hilfreiche Informationen über Fort McMurray und die Umweltzerstörung durch den Teersandabbau verdanke ich u. a. dem Dokumentarfilm *„Dark Eden"* (Deutschland, 2019, Regie und Drehbuch Jasmin Herold, Michael David Beamish).

Glossar

Apocalypse Now: Antikriegsfilm des Regisseurs Francis Ford Coppola aus dem Jahr 1979, dessen Handlung während des Vietnamkriegs spielt. Er basiert auf einer freien Interpretation von Joseph Conrads Erzählung *Heart of Darkness.*

Dak Son: Das Massaker von Dak Son war ein Kriegsverbrechen, das von der Nationalen Front für die Befreiung Südvietnams (Vietcong) während des Vietnamkrieges am 5. Dezember 1967 in dem Dorf Dak Son begangen wurde. Dabei starben 252 Zivilisten.

Edmonton Oilers: Kanadisches Eishockeyteam der National Hockey League aus Edmonton in der Provinz Alberta.

First Nations: Bezeichnung der indigenen Völker in Kanada mit Ausnahme der Métis (Nachkommen von Cree und Europäern) und der im Norden lebenden Inuit.

Hotel Hanoi: Das Hoa-Lò-Gefängnis (vietnamesisch Hoa Lò ‚glühender Ofen') war ein berüchtigtes Gefängnis des Vietcong für politische Gefangene in Hanoi, Vietnam. Hotel Hanoi war in Anlehnung an die Hilton Hotels die ironische Bezeichnung amerikanischer Kriegsgefangener für die Einrichtung während des Vietnam-Krieges.

Kommi: Umgangssprachlich für Kommunist.

My Lai: Das Massaker von My Lai war ein Kriegsverbrechen der USA während des Vietnamkriegs, das am 16. März 1968 begangen wurde. Die Ermordung von 504 Zivilisten wurde von der US-Armee zunächst vertuscht.

Nam: Umgangssprachliche Abkürzung für Vietnam, be-

sonders gebräuchlich bei Kriegsveteranen. Der Vietnamkrieg dauerte von etwa 1955 bis 1975. Als wesentliche Kriegsparteien standen sich Nordvietnam mit der auch als Vietcong bezeichneten kommunistischen Nationalen Front und die USA als Verbündeter Südvietnams gegenüber. Nach dem Abzug der amerikanischen Truppen kehrten viele US-Soldaten traumatisiert in die Heimat zurück.
Napalm: Brandwaffe mit dem Hauptbestandteil Benzin, die als zähflüssige, klebrige Masse am Ziel haftet und eine starke Brandwirkung entwickelt. Die US-Streitkräfte setzten während des Vietnamkriegs nahezu 400 000 Tonnen Napalm ein. Der Einsatz erfolgte meist durch Jagdbomber im Tiefflug gegen Flächenziele. Zusätzlich kam das hochgiftige Entlaubungsmittel Agent Orange zum Einsatz.
Platoon: Kriegsfilm des Regisseurs Oliver Stone aus dem Jahr 1986. Er zeigt die Auswuchse des Vietnamkrieges und seine Wirkung auf Infanteriesoldaten.
RCMP: Abkürzung für Royal Canadian Mounted Police, die Bundespolizei Kanadas.
Roughneck: Ursprünglich ein Begriff für Arbeiter, insbesondere für Ölarbeiter auf Bohranlagen. Es wird auch als Synonym für Schläger und Rowdys verwendet.
Sureté Montréal: Bezeichnung der Provinzpolizei in Québéc, der einzigen französischsprachigen Provinz Kanadas.

Handlung und Charaktere des Romans sind frei erfunden. Jede Ähnlichkeit mit lebenden oder toten Personen ist rein zufällig.

Pendragon Verlag
gegründet 1981
www.pendragon.de

2. Auflage

Originalausgabe
Veröffentlicht im Pendragon Verlag
Günther Butkus, Bielefeld 2022

Lektorat: Günther Butkus, Jessica Tiekötter
Umschlag und Herstellung: Uta Zeißler, Bielefeld
Umschlagfoto: mckenzie-toyne
Satz: Pendragon Verlag auf Macintosh
Gesetzt aus der Adobe Garamond
ISBN 978-3-86532-810-6
Gedruckt in Polen